KB115380

天魔神教
洛陽本部

천마신교
낙양본부

천마신교 낙양본부 1

정보석 新무협 판타지

초판 1쇄 찍은 날 § 2020년 6월 17일
초판 1쇄 펴낸 날 § 2020년 6월 24일

지은이 § 정보석
펴낸이 § 서경석

편집책임 § 김예슬
디자인 § 공간42

펴낸곳 § 도서출판 청어람
등록번호 § 제387-1999-000006호
등록일자 § 1999. 5. 31
어람번호 § 제2-2834호

주소 § 경기도 부천시 부일로 483번길 40 서경B/D 3F (우) 14640
전화 § 032-656-4452 팩스 § 032-656-4453
http://www.chungeoram.com
E-mail § chungeorambook@daum.net

ISBN 979-11-04-92205-3 04810
ISBN 979-11-04-92204-6 (세트)

天魔神教
洛陽本部

정보석 新무협 장편소설

FANTASTIC ORIENTAL HEROES

천마신교
낙양본부

1

天魔神教
洛陽本部
천마신교
낙양본부

次例

序章

[리인카네이션(Reincarnation)]

도사는 주변을 두리번거렸다. 사람의 말소리인지, 귀신의 장난인지 모를 기이한 소리가 전 방향에서 들렸기 때문이다.

그때 갑자기 도사의 동공은 지진이라도 난 듯 끊임없이 흔들거렸다.

"이럴 리가 없다……"

분명 사악하기 짝이 없는 마기(魔氣)를 느꼈는데.

일순간 사라졌다?

"……"

핏물이 뚝뚝 떨어지는 검을 내려다보던 도사는 말없이 눈을 감아 버렸다.

반고(盤古) 사후, 머리와 사지가 변하여 생긴 오악(五嶽)은 중원(中原)의 정기(正氣)의 시발점(始發點)이 되었고, 그 기운이 중원 전체에 퍼져 생명을 탄생케 했다. 그렇게 발생한 정기는 천지만물의 형태로 인해 흐르기도 하고 모이기도 했는데, 그중 정기의 시발점인 오악보다 더욱더 진하게 모여든 곳이 있으니 호북성(湖北省) 균현(均縣)의 남쪽에 위치한 도교(道敎)의 영산(靈山)인 무당산(武當山)이다.

무당산은 태화산(太和山), 태악(太嶽), 현악(玄嶽) 외에도 많은 이름으로 불리는데, 모두 무당산에 산재하는 극도로 정순한 선기(仙氣)를 찬양하는 말이다.

그러니 이러한 무당산의 정기마저 흩뜨려 놓을 정도의 마기라면 더 이상 인간의 것이라 할 수 없을 만큼 독한 것이다.

실제로 도사는 육안으로 보이지 않는 먼 거리에서부터 마기를 느끼고 한걸음에 달려왔었다. 그 정도로 독한 마기였다. 한데, 그것이 이상한 말귀가 들리고 나서부터 일순간에 흔적조차 찾아볼 수 없을 만큼 감쪽같이 종적을 감춘 것이다. 도저히 이해할 수 없는 일이었다.

"도, 도사님. 가, 감사합니다, 도사님!"

선혈이 흘러나오는 배를 부여잡은 여인은 고통도 모르고 도사에게 감사를 표했다. 불룩 튀어나온 것이 아이를 임신한 듯한데, 하의가 모두 피로 젖어 있었다.

그 모습은 누구에게나 측은지심을 불러올 만했지만, 정작 그녀의 생명을 구한 도사는 굳은 표정으로 눈을 떠 바닥을 보왔다.

정확하게 말하자면, 그가 죽인 다섯 장정들의 시신을 보았
다.

도사는 격한 숨을 쉬었다.

"후우… 무량수불."

"도, 도사님? 괘, 괜찮으십니까?"

도사가 입은 백의에는 백색 의외에 그 어떠한 결점도 없었
다. 한 톨의 먼지도 묻지 않았고, 한 방울의 핏물도 튀지 않았
다 하지만 그의 불안정한 호흡을 들어 보니 혹 상처를 입었을
까, 여인은 걱정이 되었다. 그녀는 조심스레 도사의 앞으로 가
그의 얼굴을 마주 보았다.

털썩.

도사와 눈을 마주친 여인은 비명조차 지르지 못하고 그대로
주저앉았다. 아이가 떨어질까 본능적으로 배를 감싸 쥐었지만,
시선은 도사에게서 떨쳐 내지 못했다.

도사는 깊은 심호흡을 한 뒤 다시 눈을 감았다.

그러곤 물었다.

"내 눈이 어떠했소?"

"……."

"부인(婦人)."

"에, 에에?"

"내 눈이 어떠했소?"

부드러운 목소리에 두려움이 사라진 여인이 입을 열고 대답

했다.

"사, 살귀(殺鬼)와도 같았습니다."

도사는 다시금 깊이 숨을 마셨다가 내쉬었다.

"안광에 살기가 섞였으니, 과율(過律)이 되돌아올 수 있는 선을 넘었군."

"예?"

"저들이 마인(魔人)이라 생각하여 두 번 생각할 것 없이 급히 죽였다오. 그러나 이제 보니, 그저 흔한 산적이었나 보오. 이토록 짧은 거리에서 다섯 인간을 죽였으니, 단숨에 업보가 쌓여 도사의 길이 막힌 것이지."

"그, 그 뜻은?"

도사는 하늘을 올려다보며 또다시 눈을 떴다.

그의 눈동자에는 어느새 살기가 사라지고 그 자리를 허무함이 메웠다.

"천문(天門)이 막혔으니 입선(入仙)은 이번 생에서 물 건너간 게지."

도사의 말에 여인은 입술을 살짝 깨물었다.

그녀는 태어날 때부터 무당산 어귀에서 살았고, 도교를 섬기는 아버지 밑에서 자랐으며, 도교를 섬기는 집에 시집을 가, 지금까지도 도문의 가르침을 따르는 사람이었다. 때문에 다른 사람이라면 이해하지 못할 도사의 말을 단번에 이해할 수 있었다.

그녀가 머리를 조아리며 공손히 말했다.

"이 어리석은 천녀(賤女)와 모자란 천자(賤子)를 구하려다 살계를 범하여 하늘 문이 막혔으니, 이 은혜를 어찌 갚아야 할지 모르겠습니다."

여인의 말을 들은 도사는 여인이 도문의 가르침을 아는 사람임을 눈치챌 수 있었다.

도사는 조금 편안해진 마음으로 도호를 말했다.

"무량수불. 아니오. 마기가 없었음에도 마기가 있었다고 착각했다면, 이는 내 마음의 문제. 귀곡성(鬼哭聲)을 들은 걸 보아하니 내 정신에 마가 있었던 것 같소. 마인이라 단정 지었기에 살계를 연 것이 아니라, 살계를 열고 싶은 마음에 마인이라 단정 지은 것이오. 내가 스스로 시험을 만들어 스스로 통과하지 못한 것이니, 부인에게는 책임이 없소."

따스한 말이었으나, 여인의 얼굴에 떠오른 죄책감은 한층 더 짙어질 뿐이었다. 도사에게 하늘 문이 막힌 것이 얼마나 끔찍한 일인지, 그녀는 누구보다도 잘 알았기 때문이다.

그 여인은 배를 한 번 쓰다듬고는 결심한 듯 말했다.

"검을 쓰시는 것을 보니, 무당 본 파의 도사이십니까?"

"그렇소만?"

"그렇다면, 이 아이를 꼭 도문에 바치도록 하겠습니다."

도사는 물끄러미 그 여인의 하체를 보았다. 다리를 절고 있는 것이 상당한 통증을 느끼는 듯했다.

"……."

아이는 어차피 죽을지도 모른다.

그래서 바치겠다는 말을 하는 것인가?

도사의 어두운 표정을 보고 그 속내를 눈치챈 여인이 말했다.

"아직 아이의 움직임이 느껴집니다. 범처럼 맹렬하니, 꼭 살아남을 겁니다."

여인의 말에 도사의 눈에 이채가 떠올랐다. 도사는 천천히 그 여인에게 다가가 손을 짚어 맥을 살폈다.

쿵쿵. 쿵쿵.

분명 강하고 힘찬 맥박이 두 번 느껴졌다.

"기이한 일이오. 이렇게 피를 많이 흘릴 정도로 부상을 당하신……."

도사가 놀란 표정을 지으며 말을 멈추자, 여인이 물었다.

"왜 그러십니까?"

도사는 갑자기 손을 뻗어 여인의 단전에 가져갔다. 여인은 놀랐지만, 자신의 생명을 살려준 도사를 믿고 가만히 있었다.

한동안 눈을 감고 집중한 도사가 손을 때며 말했다.

"상처가 모두 아물었소."

"예?"

"혹 고통이 느껴지시오?"

"조금씩은 느껴집니다만, 아주 불편할 정도는 아닙니다."

"……."

"분명 아이는 괜찮을 겁니다."

"너무 괜찮아서, 믿을 수가 없군."

얼굴을 밝아진 여인이 되물었다.

"그렇습니까?"

도사는 자리에서 일어났다.

"아이는 분명 남아일 것이오. 어미를 지키는 신비한 힘을 가진 아이가 분명하니, 무당에서도 그 아이를 받도록 하겠소."

"……"

막상 아이를 받겠다 하니, 방금 전까지 안도한 기분이 송두리째 날아가는 듯했다. 하지만 여인은 차마 스스로 내뱉은 말을 거둘 수 없었다. 도사가 없었다면, 그녀와 아이는 어차피 죽은 목숨. 그들을 살리기 위해서 도사가 잃어버린 것을 생각하면, 자식 하나쯤은 사실 아무것도 아니다.

도사는 땅에 엎어지다시피 한 여인을 내려다보며 냉정하게 말을 이었다.

"그리고 그 아이를 구함으로 인해 막힌 도사의 길을 그 아이에게 가르치겠소. 그 아이가 신선의 반열에 들도록 내가 친히 사부가 될 것이오. 좋은 도사로 키우겠다고 약조하겠소."

여인은 도사를 존경하던 아버지의 말을 기억했다. 인간이 걸을 수 있는 모든 길 중 도사의 길만큼 낙오자가 없다는 말을. 그토록 어렵고 험한 길인데, 부모와 떨어져 홀로 걸어야 하는 아이의 팔자가 벌써부터 불쌍했다.

그 여인의 눈에서 눈물을 또르르 흘렀다.

"그렇다면 태어날 때부터 수경신(守庚申)을 행하게 하고, 육식을 금하도록 하겠습니다."

도사는 고개를 돌려 피가 묻은 자신의 검을 내려다보며 나지막하게 일렀다.

"오늘부터 하시오."

"……"

"열 살이 되면 무당으로 보내시오. 내가 무당에서 기다리고 있겠소. 우향낙선(愚香落仙)을 찾으시오."

여인은 다시금 입술을 깨물고는 조용히 말했다.

"알겠습니다, 우향진인."

"이젠 낙선(落仙)이오."

단호한 도사의 말을 이번만큼은 여인도 양보할 수 없었다.

"저와 제 아이의 생명을 구하셨으니, 제겐 진인(眞人)이십니다."

눈물이 가득한 여인의 두 눈빛을 본 도사는 결국 들릴 듯 말 듯한 목소리로 작게 읊조렸다.

"무량수불."

여인이 물었다.

"아이의 이름은 어찌 지어야 하겠습니까?"

말없이 여인을 내려다보던 도사는 고개를 돌리고 걸음을 걷기 시작했다.

"날 때부터 도사로 키우기로 작정하였다면, 도명(道名)을 받기 전까지 아예 이름을 짓지 마시오. 오로지 관계(關係)로 그를 칭하시오."

"알겠습니다. 그렇게 하겠습니다."

도사가 저 멀리 고개를 넘어 사라질 때까지 머리를 조아린 여인은 그 이후에도 한동안 그곳에 주저앉은 채로 자리를 떠나지 못했다.

第一章

전 중원에서 모여든 정기로 인해 사시사철 운무(雲霧)로 휩싸인 무당산. 그곳에는 구파일방 삼강 중 하나인 무당파가 있다.

무당파는 분명 도문(道門)이지만, 세간에는 무림방파로 더 잘 알려져 있다. 고금을 통틀어 무림에 발생한 모든 대소사에 직간접적인 영향을 미쳐 왔기 때문이다.

단순히 세상을 향한 영향뿐 아니라 무학에 끼친 영향도 상당한데, 내공으로는 도교 사상을 기반으로 한 모든 무공의 시초이며, 외공으로는 검을 쓰는 모든 무공의 모든 시초이다. 소림파에서 발견한 내력의 존재에 음양을 더하여 재해석함으로 현재 존재하는 거의 모든 무공의 틀을 만들었으며, 무공 자체에 쓰이는 수많은 용어들이 무당으로부터 비롯되었다. 이처럼 무당파는 소림파와 더불어서 현존하는 무림의 역사라 할 만큼 오래되었다.

무당파는 상하를 구분할 때 항렬과 입문한 순서를 따지는데, 이때 개인의 나이와 무공은 서로 잊고 살 정도로 중요하지 않았다. 가장 큰 틀에서 나누는 기준은 사제(師弟) 간의 항렬이며, 이를 간단하게 말하면 처음 정식으로 입문한 제자가 누구를 사부(師傅)를 모시냐에 따라 그 사부의 바로 아래 항렬로 취급되는 것이다. 그리고 같은 항렬 안에서는 입문한 순서를 따져 형과 아우로 나누게 된다. 이는 마치 가정 안의 질서와 유지되는 것과 비슷했다.

다른 항렬 간에는 상명하복을 기본으로 하며, 같은 항렬 안에선 다소 부드러운 상하 관계가 유지된다. 그러나 직계 제자가 아닌 이상 아무리 자기보다 항렬이 낮다 하여 함부로 할 수 없는 것이, 그 제자에게 직접적인 명령을 내리거나 가르침을 주는 것은 그 스승을 무시하는 것과 같았기 때문이다.

따라서 무당파의 어른들은 행여나 어린 제자에게 명령이나 가르침을 주고자 한다면, 자기와 배분이 같은 사부를 통해서 간접적으로 이르는 것이 예의였다. 때문에 사숙(師叔)이 사질(師姪)에게뿐 아니라 심지어 사조(師祖)가 사손(師孫)에게조차 가르침을 내리려 할 때도 그 사부를 통해서 하는 것이 일반적이었다.

이토록 가족과 같은 관계로 이어진 무당파는 실제로 가정의 성격을 띠는 부분이 많았다. 그들은 아무리 작은 일을 논할 때도 장문인이 홀로 결정하기보단 같은 항렬의 사제들과 함께 논했으며, 윗대 어른들의 말씀까지도 모두 청종하여 결정하기 일쑤였다. 무당파의 규율 또한 그러한 성질을 지녔고 때문에 지도부의 판단은 항상 느리고 신중할 수밖에 없었다.

그러니 한 무공을 정식무공(正式武功)으로 채택하는 정도의 중대한 사안은 만장일치가 아니고서야 불가능했다.

쿵!

뛰는 것조차 경박스럽다 하여 자제하는 무당파의 제자 중, 대문을 소리 나도록 거칠게 여는 사람은 단 한 사람밖에 없었다.

우향낙선.

분노로 가득한 표정을 지은 그가 옥허궁(玉虛宮) 안으로 들어서자 안의 모든 도사가 그의 행보를 주시했다.

*   *   *

무당파에서 가장 큰 건물인 옥허궁에 모여든 제자들은 모두 무당파 장문인인 노향진인(露香眞人) 잠봉삼과 같은 향(香) 항렬을 가진 일대제자(一代弟子)들이었다.

정식무공은 사부의 상관없이 보편적으로 모든 무당의 제자들에게 가르치는 무공을 일컫는다. 이에 관한 사항을 변경하는 것은 회동의 참석한 일대제자들이 만장일치해야만 가능할 정도로 중대했기 때문에 그들이 모인 것이다.

마침 그들은 찬반 투표를 하려 했기 때문에 모두 거수를 하고 있었다. 하지만 성큼성큼 들어서는 우향낙선을 보더니 하나둘씩 고개를 저으며 손을 내리기 시작했다. 만장일치의 법칙에 따라 한 명이라도 반대한다면 정식무공의 채택은 이뤄질 수 없는 일이고, 우향낙선은 지금까지 그랬던 것처럼 반대를 할 것이 자명했기 때문이다.

마찬가지로 작은 한숨을 내쉰 노향진인은 힘없는 눈빛으로 우향낙선을 보곤 말했다.

"사제가 이제라도 참석하였으니 찬반의 의견을 알려……."

우향낙선은 몸을 꼿꼿이 세운 채로 말했다.

"반대합니다."

노향진인이 눈을 딱 감으며 물었다.

"사안을 듣지도 않고 결정할 텐가?"

"태극마심신공(太極魔心神功)을 정식무공으로 채택하려는 것 아닙니까? 전에도 세 번이나 같은 사안으로 찬반 투표를 하였고, 전 이번에도 반대할 것입니다."

그래서 이토록 늦은 시간, 아무도 우향낙선에게 알리지 않고 비밀리에 모인 것이다. 하지만 어떻게 알았는지 기어코 제시간에 찾아와 찬반 투표를 망쳐 놓았다.

"……."

노향진인이 아무런 말을 하지 않자, 우향낙선은 일대제자들을 둘러보며 참아 두었던 분노를 은은하게 담아 외쳤다.

"사형 사제 도사님들! 어찌하여 그 마공을 무당파의 정식무공으로 채택하려 한답니까? 이는 도사님들의 사부님들을 비롯하여 많은 문파의 엽(葉) 자 어르신들께서도 반대하는 일입니다. 그런데 어찌하여 갑자기 본 파로 귀환한 태상장문인의 말 한마디에 그리 흔들리실 수 있단 말입니까?"

무당파의 지도부라 할 수 있는 일대제자는 그 항렬에서 가장 일찍 입문한 대사형이 장문인의 자리에 올라서면서 자연스럽게 세대교체가 일어난다. 장문인보다 높은 배분을 가진 모든 도사들이 전 장문인과 함께 은퇴하여 새로운 장문인의 항렬이 일대제자가 되는 것이다.

어느 정도 도를 갈고닦았으면 일선에서 물러나 입선을 목표로 일생을 살아가야 한다는 문화가 뿌리 깊게 자리 잡은 것인데, 그렇다고 어르신의 말이 완전히 무시되진 않았다. 마치 한 가장(家長)에게 모든 결정권이 있지만, 집안 어르신들의 말을 청종하는 것과 같은 것이었다.

일대제자들은 우향낙선이 자기들의 사부를 거론하는 터라 모두들 꿀 먹은 벙어리가 되었는데, 노향진인은 눈을 뜨며 자신 있게 물었다. 분명 지금 일대제자들이 하려는 행동은 무당파 어르신들의 말을 모두 무시하려는 것이지만, 그들의 가장 큰 형인 태상장문인이 그들과 함께했기 때문이다.

"태상장문인께서는 반로환동(返老還童)을 이룩하셨다. 보고도 모르느냐?"

입신의 경지에 올라 젊음을 되찾는 반로환동의 현상은 무당파의 오랜 역사 속에서도 한 세대에 두 사람에게 중복하여 일어난 적이 없을 정도로 희귀한 것이다. 그것은 단순히 입신의 증거를 넘어서, 불로장생을 꿈꾸는 도사들에게 도를 깨쳤다는 결정적인 증거였다.

하지만 우향낙선은 그렇게 생각하지 않았다.

"그런 외관에 속으시면 안 됩니다. 단순히 젊어졌다 하여, 도를 깨달은 것입니까?"

"그럼 네가 도를 깨달았느냐?"

옥허궁의 한쪽에서 들린 젊은 목소리에 모든 이의 고개가 그곳으로 돌아갔다.

그곳에는 팔짱을 끼고 비웃음을 숨기고 있지 않은 무당파의 태상장문인, 검선(劍仙) 이소운이 있었다. 아무리 많이 줘도 이십 대 초반으로밖에 보이지 않는 그는 가장 어린 자가 중년을 바라보고 있는 일대제자들의 무리 속으로 당당하게 걸어갔다.

그를 본 일대제자들이 모두 고개를 숙였다.

"검선 어르신께 인사드립니다."

"검선 어르신께 인사드립니다."

마지막까지 고개를 숙이지 않은 우향낙선을 이소운이 물끄러미 바라보자, 그제야 그가 고개를 숙이며 말했다.

"마엽진인(魔葉眞人)께 인사드립니다."

그 말에 이소운과 우향낙선을 제외한 모든 이의 표정이 굳었다.

마엽진인은 과거 이소운이 천마신교의 첩자임을 고백하고 용서를 구함으로 얻은 그의 새로운 도명이었다. 최근 반로환동

하여 돌아온 그를 검선이라 칭하며 모두들 경외했는데, 여전히
그를 마엽진인이라 부르는 것은 그의 입신(入神)을 부정한다는
뜻을 내포하고 있었다.

이소운이 우향낙선 앞에 서서 물었다.

"인사는 되었다. 내 질문에 대답이나 해 보거라. 내가 네 죽
은 사부를 대신해서 네 도를 가늠하겠다."

"……."

"네가 도를 깨달았느냐?"

우향낙선은 잠시 침묵을 지키다가 이내 스스로 말하지 않을
수 없었다.

"낙선한 제가 어찌 도를 깨달았겠습니까?"

이소운은 뒷짐을 지었다.

"하면. 살행으로 돌아올 수 없는 업보를 쌓아 도에서 낙선한
네가, 나의 도를 어찌 가늠한다는 말이냐?"

"저는 제 기준으로 마엽진인의 도를 가늠한 것이 아닙니다."

"허면?"

"엽 자 어르신들께서 하나같이 이야기하셨습니다. 반로환동
을 하였다 하여 입선(入仙)한 것이 아니라고 말입니다. 마엽진인
을 가늠한 것은 마엽진인을 옆에서 보아 온 엽 자 어르신들입
니다."

"내 못난 사제들은 일정 경지에 멈춘 채 죽음을 기다리는 자
들이 수두룩하다. 그들이 내가 되찾은 생기가 부러워 질투를
하여 그런 말을 하는 것이다. 어차피 남은 날 동안에는 내가

전수하는 신공(神功)을 익힌다 하여 입신(入神)에 들 수 없다 생각하는 게지."

"어찌 그렇게 확신하실 수 있습니까? 마엽진인께서 교만하여 그런 생각을 하는 것이 아니라 단정할 수 있습니까?"

이소운은 주변을 향해 팔을 펼치며 말했다.

"나처럼 반로환동에 이룩할 가능성이 있는 여기 일대제자들은 모두 내 신공에 우호적이다. 이들 중 내가 새로이 창안한 태극마심신공을 정공이 아니라 하는 자가 없다. 즉, 어린 자일수록 입신의 가능성이 높아 내게 우호적이니 이는 내 교만이 아니다."

"어린 자일수록 어리석기에, 자신의 욕심에 눈이 가리어 제대로 분별하지 못하는 것은 아닙니까?"

"그 말을 하기 위해선 네가 네 사형과 사제보다 성숙하다는 것을 증명해야 할 것이다. 하겠느냐?"

"……"

"내가 말한 어리다는 뜻은 내 입장에서의 말이다. 너에게도 해당되고… 어리다는 근거는 너와 네 사형 사제들에게 동일하게 적용되어야 한다."

"그렇다면 어린 저는 왜 찬성하지 않고 반대합니까?"

"너는 낙선하여 어차피 반로환동의 길이 막힌 자다. 더 어리기에 더 가능성이 있다는 점에 부합하지 않는다. 그러니 그 가능성이 있는 네 사형과 사제들뿐만 아니라 사질들과 삼대제자(三代弟子)들까지도 질투하여 태극마심신공이 정식무공이 되는 것을 막으려는 것이다."

"아닙니다. 저는 그것이 무당의 도에서 벗어났기에 막으려는 것입니다."

이소운은 팔짱을 꼈다.

"나 또한 내 생각이 내 교만에서 비롯되지 않은 이유를 설명하였으니, 너 또한 네 생각이 네 질투에서 비롯되지 않았음을 설명해 보거라."

우향낙선이 입술을 비틀더니 두 주먹을 꽉 쥐고 외쳤다.

"마기(魔氣)를 심장에 쌓아 올리는 내공이 어떻게 신공입니까!"

"왜 아니냐?"

"마기는 부정하기 짝이 없는 것입니다. 그것은 이 무당산의 정기와는 아무런 상관도 없는 기운. 그것을 몸속에 담아 넣는 것이 어떻게 정공이고 어떻게 무당파의 내공입니까?"

이소운은 부드러운 목소리로 타이르듯 말했다.

"그 구결을 읽기도 거부하고 가르침도 거부하는 내게 태극마심신공의 묘리를 설명하여 무슨 의미가 있겠나 싶지만, 네 사부의 얼굴을 생각해서 말해 주겠다. 그것은 분명 심장에 마기를 쌓지만, 정확히는 몸의 발생하는 탁기를 모두 심장에 집중하는 것이다. 따라서 완전히 정결하게 변한 몸으로 무당산의 선기를 그대로 받아들이는 것이지."

"그렇다 하여도 마공은 마공입니다. 정(正)에 반대되는 마(魔)가 섞인 이상 그것은 마공. 그것을 말장난으로 바꾸실 순 없습니다."

"그렇다면 사람을 죽여 천문이 닫힌 도사 또한 도사라 칭할 수 없겠군. 그런 경우라면 너는 이 자리에 참석할 자격이 없어, 태극마심신공이 정식무공이 되는 것을 막을 수 없다."

"……."

"어쩌하냐? 정공에 마가 섞여 마공이라면, 살계를 연 도사도 도사가 아니다. 네가 스스로를 도사라 말하고 싶다면, 단순히 마가 섞였다 하여, 태극마심마공을 마공이라 치부할 수는 없을 것이다."

"……."

"억울하더냐? 사정이 있느냐? 네게 억울함과 사정이 있다면 태극마심마공에게도 억울함과 사정이 있다. 너는 내가 친히 설득하려 했고 알려 주려 했을 때도 그 구결의 한 글자조차 듣지 않으려 했다. 어찌하여 마가 섞인 태극마심신공이 정공이 될 수 있는지, 단 한순간도 마음을 열고 들으려 하지 않았다. 그렇다면 네가 살계를 열었음에도 여전히 도의 길을 걷는 도사라 주장하는 그 사정과 억울함을 내가 왜 들어야 하며, 왜 인정해야 하느냐?"

이소운의 두 눈에는 시퍼런 안광도 없었고, 그 몸에선 어떤 강렬한 기운도 흘러나오지 않았다. 그러나 그의 존재는 옥허궁 전체를 무겁게 짓누르고 있었다.

두 주먹이 피가 나도록 쥐고 몸을 부들부들 떨던 우향낙선은 절대 해선 안 될 말을 하고야 말았다.

"태상장문인의 현묘한 혓바닥을 이길 자신이 없어 그러했습니다. 내 사형 사제들을 현혹시킨 것처럼 나를 현혹시킬 것이 분명하니 말입니다."

노향진인을 비롯한 일대제자들의 두 눈이 동그랗게 커졌다.

그것은 절대 한 배분 위에 사람에게 말할 만한 말이 아니다. 그것도 자기보다 한 배분 위와 동급이라 여겨지는 대형(大兄)에게 할 말이 아니다. 태상장문인 이소운은 엽 자 항렬 중 가장 배분이 높은 대형. 단순히 우향낙선보다 한 배분 위가 아니라 두 배분 위라 생각하는 것이 맞았다.

그런 어른에게 헛바닥이라니……

우향낙선을 제외한 일대제자들은 하나같이 무릎을 꿇었고, 큰 목소리로 하나같이 말했다.

"검선 어르신께 사죄드립니다!"

"검선 어르신께 사죄드립니다!"

어떤 이들은 이마에 피가 나도록 땅에 세게 박았다.

그 가운데 도도하게 선 이소운은 조금씩 흔들거리는 두 다리를 필사적으로 참아 내고 있는 우향낙선에 말했다.

"마음에 품은 진심(眞心)을 말하여라."

"무엇을 말입니까?"

"내가 아직도 마교의 끄나풀이라 생각하는 것이냐?"

"무슨 말씀을 하시는지 모르겠습니다."

이소운은 회상하며 턱을 괴었다.

"네 사부는 내 바로 밑이었지. 내가 사문의 용서를 받고 다시 대사형이 되었을 때, 네 사부가 얼마나 속으로 질투하였는지 나는 잘 안다. 자랑스러운 무당파의 장문인으로 그 이름을 세세토록 남길 수 있었으니, 그처럼 공부가 깊은 도사도 질투를 느낄 만하지. 그가 네게 그런 유언을 남겼더냐? 내가 마교의 끄나풀일 것이니 그것을 경계하라고?"

"……."

"너 또한 의심이 들 것이다. 네 사부의 유언이 진정 무당파를 위한 것인지 아니면 본인의 질투로 비롯된 것인지. 나는 평생을 다른 이의 질투를 받으며 살아왔다. 지금 이 순간도 마찬가지. 그렇기에 질투에 대해서 잘 아느니라. 가장 인정하기 어려운 것. 그것을 인정하는 건 도사 중 도사만이 가능하다."

"제가 사부의 질투를 이어받았다 생각하십니까?"

"그보다는 네게도 근본적인 질투가 있다. 바로 천문이 막힌 것 말이다. 그로 인해서 너는 삐뚤어져 있어. 아니면 삐뚤어져 있기에 천문이 막힌 것이든."

아.

차라리 가슴을 쪼개 심장을 꺼냈다면 이보다 덜 아프지 않을까?

진심을 낱낱이 파헤치는 이소운의 말에, 우향낙선은 그대로 옥허궁을 떠나 버리고 싶었다. 몸을 옥죄는 수치와 모욕에서 벗어나기 위해 이 자리에서 자결을 하고 싶었다.

하지만 그는 지지 않고 다리를 굳건히 했다.

"증명해 보십시오."

이소운은 웃었다.

"간단하지. 불순하기 짝이 없는 동기로 무당파에 입문하여, 살인을 기획해서 계획적으로 대형이 되고, 사랑하는 사부와 사제들을 속여 가며 신령한 도사로 연기를 한 나에게… 너만 한 업보가 없었으리라 생각하느냐?"

"그, 그런……."

그가 말하고자 하는 바를 이해한 우향낙선의 두 눈동자가 더 이상 커질 수 없을 만큼 커졌다.

이소운이 말을 이었다.

"난 업보가 쌓임에 따라 본 파의 무공으론 절대로 대성할 수 없었다. 때문에 태극마심신공을 창안한 것이다. 이 무공은 지금 아무것도 모르고 이마를 땅에 박은 채로 용서를 구하는 어리석은 제자들보다도 바로 너에게 더 적합하다, 우향낙선."

우향낙선의 몸이 순간 휘청거렸다.

"마, 말도… 안 돼!"

그는 겨우 중심을 잡았지만 호흡을 안정시키지 못했다.

그런 그에게 다가와 그의 팔을 붙잡고 일으킨 이소운이 한없이 맑은 미소로 우향낙선을 바라보았다.

"어떠하냐? 네 마음속에 아직도 반대하고자 하는 마음이 있느냐? 없을 것이다. 네 질투의 근본을 해결하였으니 말이다. 이제 남은 것은 악한 마음을 버리고 돌아오는 것이다."

"……."

우향낙선의 표정이 서서히 일그러지기 시작했다. 그러자 그것을 본 이소운이 속삭이듯 말했다.

"이겨 내라, 이겨 내. 헛된 고집을 피우지 마라. 네가 잘못 생각했음을, 네게 질투가 있었음을 인정해라. 그것이 도사이니라. 네 마음이 무당파를 향한 사랑이 아니라 형제들을 향한 질투로 비롯되었다는 것을 깨달아라, 우향낙선. 네 스승과 같은 길을 걷지 마."

우향낙선은 소리가 나도록 숨을 쉬었다.

한 번.

두 번.

세 번.

그는 눈을 질끈 감고는 이소운이 잡은 옷깃을 쳐냈다.

"내가 태극마심신공에 찬성하는 일은 없을 것입니다, 마엽진인!"

쿵!

그 즉시 땅을 박차고 일어난 노향진인은 핏대가 설 정도로 분노한 목소리로 진중히 일렀다.

"지금! 당장! 우향낙선의 파문을 어르신들에게 구청(求請)하겠다! 검선 어르신께 보인 태도를 증언한다면 어느 어르신도 반대하시지 못할 것이다. 제자의 파문 구청은 장문인인 내 허락을 기본으로, 파문 대상을 제외한 같은 항렬의 제자들의 만장일치로 결정되는 사항이니, 이 자리에서 거수로 찬반을 보여라."

그의 말이 끝나기 무섭게 일대제자들은 하나둘씩 손을 들기 시작했다. 그가 검선에게 보인 태도는 도저히 용납할 수 있는 수준이 아니었기 때문에, 그들의 마음이 모두 하나로 모인 것이다.

그런데 그것을 본 검선이 노향진인에게 물었다.

"구청은 받아들이지. 하지만 내가 반대할 것이니, 내 사제들도 반대할 거야. 그러면 파문은 선고되지 못해. 괜한 데 힘 빼지 말게, 장문인."

"검선 어른! 어찌해서 이토록 버릇없는 자를 감싸고……."

"그만. 내 사지를 자른 것도 아니고, 말 한 번 버릇없게 한 것으로 제자의 파문을 결정하다니… 장문인도 아직 깨달음을 얻지 못하였군."

"……."

"아니면 자기의 의견에 반대한다 하여 그렇게 매정하게 파문 구청을 하는 건가?"

노향진인은 입술을 달싹이며 몇 번이고 소리를 치려 했지만, 그러면 그럴수록 자기가 부끄러워지는 것을 느꼈다. 그는 결국 고개를 푹 숙이곤 조용히 대답했다.

"그런 것이 아닙니다. 제 결정이 성급했음을 고백합니다. 송구합니다."

"그래, 그것이 참된 도사의 행동이지."

미소 진 이소운은 우향낙선에게 고개를 돌리곤 말했다.

"우향낙선. 스스로 악독한 마음을 품겠다면 내가 할 수 있는 것은 없지. 그렇다고 우향낙선을 파문하여 내 뜻을 강압적으로 본 파에 관철시키는 것도 바르지 못한 것이야. 그러니, 이렇게 하지."

"……."

"본 파에서 유일하게 무공 수위를 기준으로 구성원을 뽑는 태극진인(太極眞人). 그들에게만 가르치도록 하겠네."

우향낙선의 얼굴이 다시금 일그러짐과 동시에 노향진인의 얼굴이 잠깐 굳었다.

우향낙선이 뭐라 하기도 전에 노향진인이 먼저 말했다.

"그 뜻은 검선께서 직접 태극진인들을 지도하시겠다는 말씀이십니까?"

이소운은 고개를 끄덕이며 미소 지었다.

"그것은 일대제자 모두의 만장일치가 필요한 것이 아니니, 우향낙선이 막을 수 없는 것이야. 나는 누구 하나 특별할 것 없이 무당파의 모든 제자에게 이 특혜를 선물해 주고 싶었지만, 우향낙선의 입장도 있고 하니 무학을 중시하는 태극진인들에게만 우선적으로 주도록 하지. 그리고 그 이후 우향낙선의 생각이 바뀐다면 그때 다시 고려해 보도록 해."

우향낙선은 겨우 입을 벌리고 말을 꺼낼 수 있었다.

"제 생각이 바뀌는 날은 없을 것입니다."

이소운은 자신 있는 목소리로 우향낙선을 향해 미소를 지어 보였다.

"무량수불. 스스로 보고 판단하여 도사의 길로 돌아오시길 바라겠네, 우향낙선."

산의 정기가 넘실거리길 그치지 않는 옥허궁이, 그날만큼은 진한 사람의 냄새가 가득했다.

*　　　　　*　　　　　*

환한 보름달이 비추는 묘지 위에 도사는 엎드려 울고 있었다. 그는 행여나 누군가 소리를 들을까 수치스러워 입을 꾹 다물고 속으로 울음기를 참아 내고 있었다.

도사는 묘지에 안치된 스승을 안아 보고자, 그 묘지 위에 대자를 뻗은 채로 누워 있었다. 그 해괴한 모습을 처음 발견한 노향진인은 어떻게 받아들여야 할지 모를 정도로 놀랐다. 하지만 곧 도사의 사지가 조금씩 들썩이고 격한 숨소리가 나는 것을 듣곤 그가 울고 있다는 깨달았다.

노향진인이 나지막하게 말했다.

"우향진인."

그때까지도 누군가 가까이 온 줄 몰랐던 우향낙선은 급히 자리에서 일어나며 얼굴을 훔쳤다.

"장문인이십니까? 장난이 지나치십니다. 그토록 말하지 않았습니까?"

"알지, 낙선을 진인이라 말할 수 없다는 건."

"배려가 아닙니다. 그저 놀리는 것밖에 되지 않습니다."

우향낙선은 묘에서 내려오려 했다. 그러나 노향진인이 되레 그 묘지 위로 올라와 우향낙선의 옆으로 다가왔다. 그의 양손에는 두 술병이 있었다.

노향진인은 편히 자리하더니, 보름달을 올려다보며 우향낙선에게 나지막하게 물었다.

"사부님 위에 올라왔다고 나를 욕할 텐가?"

"사부님은 하늘에 계시지 않습니까? 이곳은 사부님을 좀 더 가까이 보고자 만든 작은 동산일 뿐입니다."

그들의 아래에 있는 건 사부의 시체가 아닌 흙일 뿐이다.

노향진인이 고개를 끄덕이며 말했다.

"알지. 그래서 나도 내 사부님을 볼 수 있을까 하여 올라왔네. 어떤가? 잘 보이던가?"

"그건 모르겠습니다만, 엎드려 잠을 자기엔 안성맞춤이었습니다."

"아까 보니 확실히 그러고 있긴 하더라."

"……"

갑작스러운 편안한 어투에 우향낙선은 뭐라 말해야 할지 몰랐다. 노향진인은 그런 우향낙선에게 시선을 돌리며 말을 이었다.

"장문인이 되고 편히 말한 적이 없었지, 아마? 그리 서 있지 말고 옆에 앉아. 소싯적엔 내가 술을 만들면 가장 먼저 시음해 줬잖아."

노향진인은 두 술병을 들고 흔들어 보였다. 속 안에서 찰랑거리는 소리가 고요한 밤 가운데 은은하게 퍼졌다.

"그러고 보니 정말 오랜만입니다. 도술(道術)로 만든 겁니까?"

도술은 신선(神仙)들이 쓰는 선술(仙術)을 아직 인간인 도사들이 모방하여 만든 것이다. 무당파의 도사들은 우도(右道)로는 검을 좌도(左道)로는 도술을 익히는 것이 일반적이었는데, 체계적인 우도가 우대되고 좌도를 경시하는 경향이 짙어져 작금에는 도술을 아예 익히지 않은 도사들도 많았다.

노향진인은 술병 하나를 건네며 말했다.

"오는 중에 시냇물을 떠서 이곳에 걸어오며 계속 술법을 걸어 봤어. 한번 시음해 봐."

우향낙선은 마개를 열어 술병에 담긴 술을 먹어 보았다.

맹물이었다.

"맛이 좋군요."

노향진인은 혹시나 하는 마음에 물었다.

"술이 되었는가?"

우향낙선은 잠시 머뭇거렸다.

"물이든 술이든 맛만 좋으면 되는 것 아닙니까?"

노향진인 힘없는 미소를 지었다.

"사제는 항상 거칠고 예의가 없는 것처럼 보이지만, 누구보다도 속이 깊었지 아마?"

"……."

"장문인이 되고 나서 언젠가부터 물을 술로 바꾸는 이런 기본적인 도술도 못 하게 됐어."

젊을 적, 우향낙선만큼 노향진인의 술을 좋아하던 도사가 없었다. 그 슬프디슬픈 소식에 우향낙선은 입맛을 다시며 물었다.

"왜 그렇게 된 겁니까?"

"술이 과연 도를 닦는 데 도움이 될까? 그런 의문을 품기 시작하니, 의문이 의심이 되고 의심이 판단이 되고 판단이 정죄가 되었지. 그러더니 더 이상 술을 만들지 못하게 돼 버렸어."

"술을 먹고 안 먹고가 중요한 것이 아니지 않습니까? 술 자체가 좋다 나쁘다 말할 수 없습니다."

"그야 머리로는 누구보다도 잘 알지. 하지만 술은 도에 있어 나쁘다는 이 마음속의 믿음을 이젠 어찌할 길이 없어."

"그래서 술을 만들지 못하시는 겁니까? 그 믿음 때문에?"

"늙은 도사들이 겸손을 표방하며 도술을 행하기를 거부하는 건 어찌 보면 생각이 많아져서 도술을 못하기 때문일 거야. 안 하는 게 아니라 못하는 거지. 일대제자 중에도 더 이상 도술을 펼치지 못하는 사람들이 수두룩할걸?"

도술은 무당산의 정기를 순수한 상태 그대로 이용하여 펼치는 것. 다시 말하면 뛰어난 술법을 익혔어도 무당산의 정기가 가득한 각 봉의 꼭대기에나 신선처럼 군림할 수 있지, 산 밖으로 한 발자국이라도 나가면 모든 위력이 반감되어 사기꾼보다 못하게 된다. 그리고 그 족쇄는 입신의 경지에나 이르러야 벗어날 수 있다.

그러니 도사들은 밖에서도 큰 위력을 낼 수 있는 검법을 선호하게 되었다. 우향낙선은 그 아래 깔린 더러운 속내를 알고 있었다. 그리고 그는 하고 싶은 말을 마음에 담아 두는 성격이 아니었다.

"다들 세속의 영예를 떨쳐 버리지 못해 그런 것이지요."

"그보다는 신비만을 쫓지 않기 위해서 그런 것 아니겠어?"

"그러면 순수한 검법을 익힐 것이지 검공이란 걸 만들어 유풍살을 연마하는 건 뭡니까? 다, 밖에 자랑하기 위해서가 아닙니까?"

"그러면 선술을 모방하는 도술을 익히는 건 무슨 쓸모가 있지? 결국 그것도 수행이 부족한 도사들이 신선인 척을 하는 것뿐 아니겠어?"

"……."

"……."

"참으로 오랜만입니다. 대사형과 이런 대화를 하는 건."

"그래."

그 둘은 동시에 술병을 들어 맹물을 입에 털어 넣었다.

노향진인이 먼저 짧은 침묵을 깼다.

"내가 무엇을 꿈꾸고 무당파에 왜 입문했는지 아냐?"

"그야 장문인이 되기 위해서 아닙니까? 삼대제자 때는 배분으로 인해 누가 장문인이 될지 미리 정해진다는 사실을 몰랐으니까, 다들 그런 유치한 생각을 하지 않습니까? 소싯적엔 저도 그런 생각을 했었고."

"아니야. 나는 이 장문인의 자리를 한 번도 꿈꿔 본 적이 없어."

"그러면 무엇을 꿈꾸셨습니까?"

노향진인은 손을 들어 보름달을 가리켰다.

보름달 위로 두 개의 그림자가 날아가고 있었다.

"태학(太鶴)?"

우향낙선의 되물음에 노향진인이 말했다.

"저 학을 타고 싶었어."

"학… 말입니까?"

"태학을 타고 하늘을 날아 산 정상까지 올라가 보고 싶었어. 그뿐이었지. 내가 무당파에 입문한 이유는."

"정말입니까?"

"응. 그뿐이었어. 왜 그런 표정을 지어? 멋있잖아? 솔직히 말하면 지금도 그래. 장문인직을 내려놓아 태학을 탈 수 있다면 그렇게 하겠어."

"……"

우향낙선은 병한 얼굴로 노향진인을 보았고, 노향진인이 조금은 서글픈 표정으로 자신의 술병을 내려다보는 것을 보고야 말았다.

"하지만 이젠 이 간단한 물조차 술로 바꾸지 못하는 말코 도사가 되어 버렸어."

"아닙니다. 동문들 중 대사형은 그나마 도사 같습니다."

"하하, 그래?"

"네. 학을 타고 싶다니, 대사형께서 그토록 순수하셨습니까?"

"혹시 또 모르지. 만약 내가 다시 젊음을 되찾는다면, 이 늙은 마음도 다시 젊어질지도. 늙어 버린 몸뚱이에 굴복하여 늙어 버린 마음이니, 젊어진 몸뚱이에 굴복하여 젊어지지 않겠어?"

"대사형. 전에는 몸만 늙었지, 마음이 늙지 않아 문제라고 하지 않으셨습니까? 이젠 그 반대군요. 마음이란 참으로 묘합니다."

은은하게 진심을 내비친 노향진인.

짐짓 모르는 척 넘겨 버린 우향낙선.

둘 사이에 흐르는 침묵은 너무나 무거웠다.

노향진인이 먼저 침묵을 깼다.

"떠나 줘."

"……"

"무당에서 떠나 줘. 그래야 태극마심신공이 정식무공이 되어 나도 그것을 익힐 명분이 생겨."

잔인한 부탁에 우향낙선은 속에서 올라오는 울분을 침과 함께 삼켰다.

"그토록 반로환동을 이루고 싶으십니까? 그럼 그냥 마엽진인께 가르쳐 달라고 하십시오."

노향진인은 하늘을 가리켰다.

"우리의 사부는 죽은 것이 아니라 우화등선(羽化登仙)한 것이 아닌가? 사부님이 멀쩡히 살아 계셔 지켜보고 계시는데, 어찌 사문의 다른 어른께 다른 가르침을 받을 수 있겠어? 그건 내 사부의 가르침이 부족하였다고 공표하는 것밖에 되질 않아."

그래서 무당파의 정식무공을 익힌다는 명분이 필요한 것이다.

우향낙선은 솟아오르는 화를 다시금 참아 내며 날카롭게 물었다.

"그게 아니라, 장문인의 체면상 새로운 신공을 욕심내는 게 부끄러워 그런 거 아닙니까?"

"말했잖아. 저 학을 다시 탈 수 있다면, 장문인의 자리라도 내놓겠다고. 그런 마음을 가진 내가 체면 때문에 이러는 것 같은가?"

"정말로 장문인 자리를 내놓아서 태학을 탈 수 있다면 그렇게 하실 수 있겠습니까?"

노향진인은 혀를 한 번 차더니 나지막하게 대답했다.

"쯧, 아마 못 하겠지. 알면서 묻긴가?"

"……"

"사제는 항상 단순하고 어리석어 보이지만, 누구보다도 마음을 꿰뚫어 봤지 아마?"

"죽기 전엔 늦은 것이 아닙니다, 대사형. 세속의 생각에서 벗어나서 다시 도사의 길로 돌아오십시오."

"낙선이 진인에게 도사의 길을 가르치는 건가?"

"도문에 보면, 미물인 개가 신선을 가르치기도 하지 않습니까?"

"참 나, 누구 혓바닥이 현묘하다는 건지……."

"……"

노향진인은 자신의 가슴에 손을 펴 올리며 말했다.

"나를 보게, 우향낙선. 이 정기(正氣)가 가득한 무당산 한가운데서 세속에 찌들어 버린 이 무당파의 장문인을 말이야. 그렇다면, 천문이 닫힌 낙선이 저 사기(邪氣)가 가득한 세상 한가운데서도 도를 닦는 것도 가능하겠지."

"……."

"도문(道門)에 있는 말이지, 아마? 자연은 모든 가능성을 배제하지 않는다고. 폭우가 쏟아지는 산을 기어코 올라가겠다는 미친놈도, 세상이 모두 물에 잠겨 모든 인간이 수장될 경우를 위해 존재하는 거라고."

"저보고 그 미친 가능성이 되라는 겁니까?"

"검선 어른은 이제 무당파의 그 누구도 막지 못해. 나 또한 어른을 따르는 마음을 이겨 낼 수 없어, 더 이상 중립을 지키기 어려워. 내 입에서 자넬 파문하라는 소리가 나올 줄이야… 미안해."

"됐습니다. 잊었으니 사과하실 거 없습니다."

"그러니 내가 검선 어른을 더 흠모하기 전에 떠나달라는 거야. 이대로 네가 무당파에 있다간 넌 결국 뿌리째 뽑히게 될 거야. 다른 사람이 아니라 바로 나로 인해서 말이야."

"……."

"나는 너를 남기고 싶다. 이 무당파에서 떠나, 네가 생각하는 무당파의 순수성을 지켜 나가. 내가 떠나달라 말하는 건 그것을 위한 거야. 네가 생각한 곳에서 네가 생각하는 도사의 길을 갈고닦아라. 그리고 만약… 만약에 말이야. 세상이 물에 잠기게 되는 그 일말의 가능성이 현실이 된다면, 네가 무당파로 돌아와 무당파를 다시 되돌려라."

우향낙선은 소리 없이 웃고는 다시 물었다.

"그저 반로환동하고 싶다는 그 욕심 때문에 저보고 떠나달라는 것 아닙니까?"

"모르지. 진의(眞意)라는 것이 정녕 존재할까, 요즘은 그것이 의문이야."

우향낙선은 맹물을 다시금 들이켰다.

"그 미친 사람 말입니다."

"응?"

"그 폭우가 쏟아지는데도 산을 기어코 올라가겠다는 그 미친 사람 말입니다. 그 사람은 무슨 생각으로 폭우가 쏟아지는 산을 기어코 올라가겠다고 하는 거라 생각하십니까?"

노향진인은 잠시 말이 없다가 이내 답을 내놓았다.

"특별함을 증명하기 위해서지."

"특별함을 증명한다?"

"모든 인간은 스스로가 특별하다는 걸 증명하기 위해서 살아가니까. 그 미친 사람은 그 방도가 조금 독특한 것이 아닐까 해."

"그럼 그런 미친 사람을 멍청하다고 비난하는 세상 사람들은 왜 비난하는 것입니까?"

"무지(無知) 때문 아니겠어? 내가 방금 말한 이치를 아는 자라면, 폭우 속에 산에 기어코 올라가겠다는 사람을 보고 미친 사람이 미친 짓을 한다고 말하는 것이 아니라 그저 자연의 섭리를 따르는구나 말하겠지."

"그럼 그 이치를 아는 도사는 그런 사람을 보고도 말리지도 않겠군요."

"그렇겠지."

"그럼 세상 사람들 눈에는 말리지도 않는 그 도사가 매정하게 보이지 않겠습니까? 사람의 목숨을 방치하는 것처럼 보이니 말입니다."

"그래서 도를 닦기 위해선 세속의 시선에 관심을 두지 말라는 것 아니겠나?"

"불길 속으로 뛰어드는 나방을 지켜보고 있는 것이 도, 이 말씀입니까?"

"무슨 말을 하고 싶은 거야?"

"제 생각에는 말입니다. 폭우 속으로 뛰어드는 미친 사람을 보고도 말리지 않는 도사야말로 말코 도사입니다."

"……."

"그저 사람을 구하기 귀찮아서 그런 말들을 지어내는 것 아니겠습니까?"

"사제는 항상 사람의 진의를 악의적으로만 해석해서 탈이야."

"진의는 항상 악합니다."

"왜 악한 것이 항상 진짜이고 선한 것이 항상 가짜인가? 오늘은 고아를 돌보고 그다음 날은 여인을 겁탈하는 이중성을 가진 자가 있다고 해 봐. 그는 선한 가면을 쓴 악인인가 아니면 악한 가면을 쓴 선인인가? 논리적으론 둘 다 맞는다고 할 수 있지. 하지만 꼭 전자로 생각하려는 것이 사람들의 특징이야."

"순수함이 선의 속성이기 때문입니다."

"아니. 다른 사람의 진의가 악하다고 믿으면 자기 마음이 편하기 때문에 그리 믿는 것이야. 무엇이 선인지 정의하는 것도 사람이지. 사제가 말했던 것처럼 선(善)의 정의(定義)에 순수성을 포함시키려는 사람들의 믿음조차도 그러한 정의로 인해 자기 마음이 편하고자 하는 악의에서 비롯되었지. 아닌가? 선의 정의조차도 악의에서 비롯되었어."

"그런……."

"미친 사람이 사제이고 그 미친 사람을 방관하는 도사가 나를 뜻하는 것이라면… 그러면 그렇다는 거야."

"……"

"너무 머리 쓰지 마라. 안 그래도 흰 머리가 한 가닥씩 보이는데 더 추해질라."

우향낙선은 고개를 저어 버렸다.

"젊을 적엔 밤을 세워 가며 즐겨 했던 탁상공론(卓上空論)도 늙어서 하니 못 해 먹겠습니다, 후우……. 그땐 뭐 그리 재밌었는지 원……."

"탁상공론이 묘상공론(墓上空論)이 되어서 그렇지."

낙향진인의 말에 우향낙선은 잠시 고민했다가 곧 포기했다.

"그 말은 솔직히 무슨 말인지 모르겠습니다."

"아. 그건 숨은 뜻이 있는 게 아니고 그냥 말장난해 본 거야."

"……"

"……."

이번에 찾아온 침묵은 전보단 훨씬 가벼웠다.

우향낙선이 나지막하게 말했다.

"무당을 떠나겠습니다."

"그래 주겠어?"

"확실히 무당에 남아 있다간 마지막 희망까지 사라질 판이니 말입니다. 몸이 이따위라 대사형께서 말씀하신 세속까진 무리더라도 무당산 주변 이름 없는 봉우리에 가서 있으렵니다. 밖에서 본 파를 보면 달리 보일 수도 있지 않겠습니까?"

노향진인은 자리에서 일어나며 옷을 털었다.

"잘 생각했어. 너라면 날 믿어 줄 줄 알았다."

"대사형의 진의를 믿어 이러는 게 아닙니다. 논리적으로 동의하기에 그런 것이니 너무 좋아하지 마십시오. 다만 한 가지 조건이 있습니다."

"조건?"

"제가 정녕 무당파의 마지막 가능성이 될 수도 있다고 믿으신다면, 아이들 중 가장 자질이 뛰어난 아이를 데려간다 해도 막지 마십시오."

노향진인의 표정이 잠시 어두워졌다.

"평생 제자를 안 받을 것처럼 굴더니만… 그건 어려워."

우향낙선은 고개를 돌려 지금까지 참아왔던 분노를 두 눈동자에 담아 노향진인을 노려보았다.

"그럼 대사형의 진의를 의심할 수밖에 없습니다. 가능성이니 희망이니 한 그 말은 다 개소리일 수밖에 없단 말입니다!"

"……."

"아닙니까, 대사형?"

노향진인은 살기 어린 눈빛으로 그를 보는 우향낙선을 물끄러미 보다가 이내 툭하니 말했다.

"신기해."

"뭐가 말입니까?"

"무슨 생각이든 그 속을 가를 수 있는 그 지혜 말이야. 사제는 항상 무엇이 참이고 무엇이 거짓인지 알 수 있는 방법을 생각해 내지."

"제자 줄 겁니까? 안 줄 겁니까?"

"딱히 제자를 바라서 하는 소리 아니지? 그저 내 진의를 확인하고 싶은 것뿐 아닌가?"

"제자 줄 겁니까? 안 줄 겁니까?"

노향진인은 한숨을 쉬곤 몸을 돌렸다.

"사제에게 내 진의를 증명하기 위해서라도 내놓아야 하겠지. 가져가. 하지만 태상장문인은 나도 막지 못해. 그건 유념해 둬."

노향진인은 그렇게 소리 없는 발걸음으로 천천히 걸어 종적을 감추었다.

우향낙선은 그 뒷모습을 끝까지 보다가 이내 그가 남기고 간 두 술병으로 시선을 옮겼다.

그렇게 술병을 물끄러미 바라보던 우향낙선은 이내 결심한 듯 하나를 들고 흔들기 시작했다. 그는 눈을 감고 짧은 도문을 읊조리며 내력을 불어 넣었다.

곧 눈을 뜬 그가 술병을 들고 입에 털어 넣었다.

술은 진하디진했다.

"제자라… 나 같은 놈에게도 결국 생기긴 하는구나."

*　　　　*　　　　*

무당파에선 처음 들어오는 제자들을 모두 속가제자라 일 컫는다. 그들은 직계사부 없이 기본무공(基本武功)과 기본학 식(基本學識)을 익히게 되는데, 번갈아 가르치는 이대제자 아 래 한 공간에서 공통적으로 지도를 받는다.

그러다가 이대제자 중 한 명의 눈에 들게 되면 입문할 자격 을 심사, 통과할 경우 그 이대제자의 직계제자가 되어 도명을 받게 된다. 이때부터가 무당파의 정식으로 입문했다 할 수 있 으며, 가장 아래 항렬인 삼대제자(三代弟子)가 된다.

삼대제자들은 무당파의 정식무공을 익힐 수 있으며, 예외적 으로는 그의 직계사부의 무공을 직접적인 지도 아래에서 익힐 수 있다. 그것이 정식무공을 넘어서는 상승무공이든 혹은 전 승무공이든 무당파의 가르침에서 어긋나지 않는 한, 그 사부의 가르침을 제한하는 제도는 없다.

따라서 일대제자가 되도록 제자 하나 키우지 않던 우향낙선 이 갑자기 속가제자들이 모여 수련하는 원화관(元和觀)에 나타났을 때, 속가제자들을 지도하던 이대제자 변정(變靜) 훈명노는 다소 꺼림칙할 수밖에 없었다.

"우향 사백님을 뵙습니다."

우향낙선은 변정을 보지도 않고 속가제자들을 하나하나 훑어보았다. 속가제자들은 무당파의 일대제자가 나타났다는 사실에 수련을 멈추고 모두 수군거렸다. 속가제자들은 일대제자를 거의 볼 수조차 없는 터라 다들 그가 누군지 몰랐는데, 눈치가 빠른 아이들이 변정이 사백님이라고 한 말에서 유추하여 주변 아이들에게 알려준 것이다.

그리고 그 둘 중 더욱 눈치가 빠른 아이들은 갑자기 자세를 잡고 주먹을 뻗기 시작했다. 만약 일대제자의 눈에 띠어서 그를 직계사부로 모신다면 삼대를 건너뛰고 이대가 될 수 있기 때문이다.

그러자 다른 아이들도 하나둘씩 그들을 따라 주먹질을 하기 시작했다. 그 묘한 흐름이 물결처럼 퍼져 이내 모든 아이들이 한 땀, 한 땀 열심히 주먹질을 하기 시작했다. 이내 원화관은 전례 없는 기합 소리로 가득차기 시작했다.

변정은 그가 아무리 소리를 지르고 겁박을 해도 아이들이 그토록 열심히 한 모습을 본적이 없었다. 그런데 우향낙선이 등장하는 것만으로도 이토록 열심이라니? 변정은 속이 뒤집어지는 것 같았다. 무공 수위로만 놓고 보면 낙선한 우향보다 자신이 더 앞설 것이 자명했는데, 그놈의 항렬이란 것이 뭔지 아이들조차 이리 대우가 다른 것일까?

우향낙선이 변정에게 물었다.

"권법이라… 무엇을 가르치고 있었느냐?"

"태극권(太極拳)입니다."

"아, 그래. 그런 것이 있었지. 태극검법(太極劍法)을 익히기 전에 배우는 거였지 아마?"

"……"

항렬만 같았으면 기본도 모르냐고 소리쳤을 것이다. 그러나 그렇게 버릇없이 굴었다간 면벽이니 금식이니 귀찮은 꼴을 당할 것이 뻔했기에 변정은 침묵을 지켰다.

그러나 우향낙선은 그 속내를 간파하고 나지막하게 물었다.

"나무는 무엇으로 자라는 줄 아느냐?"

"예?"

"나무 말이야. 무엇으로 자라는 줄 아느냐?"

"그야… 물과 땅에서 자라는 것 아닙니까?"

우향낙선은 시선은 한 아이에게 고정한 채로 고개를 흔들었다.

"다들 그렇게 알고 있지만, 오래전 한 도사가 실험을 했었다. 정녕 목기(木氣)가 어디서 비롯되었는지 말이야. 결과는 참으로 우스웠다. 바로 공기(空氣)였지."

"공기요?"

"물은 그저 땅과 공기를 합치는 그 과정에서 필요했을 뿐이야. 그렇게 쓰고 나면 물은 버리지. 왜, 그 화분에 물을 주면 물은 그대로 아래로 나오지 않느냐? 그런 이치이지."

"아, 예."

변정은 우향낙선이 왜 그런 소리를 하는지조차 관심이 없어 대강 그렇게 대답하고 말았다. 일대제자들 가운데, 특히 무공 수위가 낮은 도사일수록 쓰잘머리 없는 선문답에 관심이 많다고 생각했기 때문이다.

때문에 우향낙선은 한 번 더 풀어서 말했다.

"결국은 쓰고 버리는 물에 너무 집착하지 말게."

"……"

"그나저나 저 아이, 이름이 뭔가?"

변정은 우향낙선이 뻗은 손가락을 따라 시선을 던졌다. 그곳에선 우향낙선이 자기를 가리켰다고 착각한 아이들이 갑자기 더 큰 기합 소리를 내며 거칠게 주먹을 내질렀다.

더 뛰어나 보이려고 노력하는 것이나, 사실 무당의 무공은 유(流)를 기본으로 한다. 몸에 힘이 들어가면 들어갈수록 억지로 근육을 쓰면 쓸수록, 삼대제자가 되는 길은 더욱 멀어진다.

그건 속가제자들이 배우는 기본학식에 다 나와 있는 내용이다. 아이들은 그것을 깨닫지 못했거나, 아니면 일대제자의 눈에 들고 싶다는 욕심에 지혜가 가려진 것이다.

그런데 그들 중 한 명, 우향낙선의 손가락이 가리키는 가장 중간에 한 아이가 있었다. 변정이 가만 생각해 보니, 처음 우향 낙선이 들어섰을 때 가장 먼저 큰 소리로 고함을 지르며 주먹을 뻗었던 아이가 분명했다. 한데 지금 보니, 누구보다도 부드럽게 태극권을 펼치고 있었다. 다시 말하면, 자기의 욕심을 돌아보고 즉시 바로잡은 것이다.

변정은 불안한 눈빛으로 우향낙선을 돌아봤다. 어린 나이에 그 정도의 지혜가 있다면 분명 복잡하기 그지없는 무당파의 상승무공을 충분히 익힐 수 있을 것이다. 그뿐이랴? 도중에 어긋나는 일이 있더라도 스스로 설 수 있을 것이다.

그 아이가 갑자기 탐이 난 변정이 물었다.

"누, 누구를 말씀하시는 겁니까?"

우향낙선은 손을 내렸다.

"사질이 생각하는 아이가 아니니 걱정하지 말게."

"예?"

"그 아이는 자기가 돋보이기 위해서 다른 아이들을 선동했으니까. 지혜는 분명 뛰어날지 모르나, 심성이 악해. 좋은 도사가 되긴 글렀지. 뭣하면 사질이 선택해서 가르쳐 봐. 사질과 매우 비슷하니까 잘 맞을지도 모르겠군."

"……"

"내가 오늘 원화관에 오길 잘했어. 무당파 내에서 제자를 선택하는 눈이 가장 높은 두 사람 다 제자를 얻게 생겼으니."

"무슨 말씀을 하시는지 모르겠습니다. 아이 중 누구를 말씀하시는 겁니까?"

우향낙선은 다시금 손가락으로 가리켰다.

"저 아이 말일세, 저 아이. 빼빼 마르고 눈이 퀭한 놈."

"예?"

"보이지 않는가? 저 주먹 하나 휘두르는 것도 힘들어 보이는 놈 말이야. 유일하게 저놈이 선동에 아무런 영향이 없었지."

"……."

변정이 눈초리를 모아 보니, 분명 그런 아이가 눈에 보였다. 전에는 그곳이 있는 줄도 몰랐을 정도로 왜소한 아이였다.

그때 누군가 원화관으로 들어섰다.

자신감 넘치는 걸음으로 들어선 그 젊은 도사는 허공에 손짓을 하는 것으로 문을 닫아 버리곤 말했다.

"사질이 나간다는 소식을 들었어. 인사도 제대로 못 한 거 같아 급히 찾아왔다네."

우향낙선은 고개를 숙이더니 말했다.

"마엽 사숙을 뵙습니다."

변정은 눈살을 찌푸리며 고개를 숙이는 우향낙선을 돌아봤다.

"사숙? 사숙이라면… 설마?"

일대제자보다 항렬이 높으면서 젊은 외관을 갖추었다면 한 명밖에 없다.

변정은 그대로 무릎을 꿇으며 큰 소리로 외쳤다.

"거, 검선 어, 어르신을 뵙습니다!"

순간 정적에 휩싸인 원화관.

대부분의 아이들은 숨도 못 쉬었고, 몇몇은 딸꾹질을 했다.

검선 이소운이 변정을 바라보며 말했다.

"훈명노인가? 훈명계를 사부로 두고 있지 아마? 실제 가족 관계로 알고 있는데, 본가의 항렬이 같은 걸 보면 사촌지간인가 봐?"

"아! 예. 먼 친척입니다. 집에선 항렬이 같아, 이름이 그렇습니다만 무당에선 엄연히 위 항렬이십니다."

"아, 그럼 이대제자니 도명은 정(靜) 자 항렬이군. 도명이 뭔가?"

변정이 대답했다.

"변정입니다."

"아, 그래 변정. 좋군. 하지만 역시 훈명노가 더 나은 것 같아."

우향낙선은 이소운의 기세에 지지 않고 그들의 대화에 끼어들었다.

"도명을 받는 순간, 세속의 이름은 사라지고 도사가 되는 것 아닙니까? 무당파의 태상장문인께서 속가제자들 앞에서 본명을 도명보다 중하게 생각하심을 보여 주는 것은 덕이 안 됩니다."

이소운은 우향낙선에게 다가와 그의 어깨에 손을 올렸다.

"일대제자가 말도 없이 무당을 떠나는 것도 덕이 안 되지."

"잠시 나갔다 오는 것뿐입니다."

"그런데 왜 제자를 받으려 하는가?"

"막으시겠습니까?"

이소운은 양손을 펼쳐 보이며 말했다.

"설마. 아무리 내가 입신의 고수이며 무당파의 태상장문인이나 일대제자가 자기 제자를 거두려고 하는 걸 막을 순 없지.

난 그저 무당파의 미래가 궁금하여 온 것이네. 아시다시피 이번에 태극진인들을 내가 지도하게 되지 않았나? 그래서 그 싹을 보러 온 것이야. 물론 그 와중에 사질도 보면 좋고."

그 말에 훈명노는 놀란 눈빛으로 고개를 쳐들었다. 그러곤 곧 속내를 숨기기 위해서 고개를 숙였다.

검선이 직접 태극진인을 가르치려 한다는 정보는 아마 다른 이대제자들도 모르는 것이다. 훈명노는 이번에야말로 무슨 수단과 방법을 동원해서라도 태극진인이 되어야겠다는 마음을 먹었다.

우향낙선이 말했다.

"안 그래도 떠나기 전 찾아뵈려 했는데 이렇게 친히 먼저 찾아와 주시니 감사합니다. 그럼 전 제자를 뽑아 떠나겠습니다."

"그렇게 해."

이소운은 팔짱을 끼었다.

우향낙선은 천천히 그리고 느린 발걸음으로 한 아이에게 다가갔다. 그가 멈춘 아이는 바로 전 아이들을 선동하여 급하게 태극권을 펼치게 해놓고 자기만 부드러움을 다시 되찾아 펼친 그 아이였다.

"이 아이로 하겠습니다."

검선은 고개를 갸웃하더니 말했다.

"아, 아쉽군."

"무엇이 말입니까?"

"그 아이는 내가 이미 정한 아이야. 다른 아이를 고르게."

"……."

"고르게."

우향낙선은 그 아이 옆에 근골이 좋은 아이를 골랐다.

"이 아이로 하겠습니다."

"역시 아쉬워. 그 아이도 내가 정한 아이니까. 다른 아이를 골라."

우향낙선은 고개를 흔들었다.

"제가 누구를 고르든 그리 말씀하실 겁니까?"

"아니지. 내가 정하지 않은 아이를 고르면 되는 것 아닌가?"

"……."

우향낙선은 떨리는 두 손을 진정시켰다.

그는 곧 몸을 돌려 거친 걸음으로 원화관 문 쪽으로 걸어갔다.

이소운이 그의 뒷모습을 보며 물었다.

"제자는 받지 않을 생각인가?"

우향낙선은 잠시 몸을 멈추고는 돌아보지 않고 대답했다.

"낙선한 제가 어찌 누구를 가르칠 수 있겠습니까, 마엽진인."

"그래. 낙선한 그 마음은 내가 잘 알지. 나도 업보가 쌓여, 길이 없었을 땐 제자를 받고 싶은 생각이 들지 않았어."

"하! 그러셨습니까?"

"태극마심신공으로 반로환동을 이루어 다시 도사의 길에 올라서니 이젠 제자를 받고 싶은 생각이 드는군. 사실 그래서 원화관에 온 것이기도 하고. 원래 역사적으로 직계제자를 찾는 곳은 원화관 아니겠는가?"

"……."

"어떤가? 내게 겸손을 보이면 닫힌 천문을 열어 주고 반로환
동의 길을 터 주지."

순간 변정의 눈이 찢어질 듯 부릅뜨였다.

우향낙선은 고개를 푹 숙였다.

한참을 그러고 있던 그는 이내 결심한 듯 걸음을 다시 걷기
시작하며 말했다.

"하늘에서 살아 계신 사부님을 욕보일 순 없습니다."

쿵!

원화관의 문이 닫히자, 이소운이 나지막하게 탄식했다.

"딱딱한 나무줄기는 언젠가 꺾이는 법이거늘… 부드러움을
숭상하는 무당파의 도사가 왜 갈대가 되지 못하는가!"

그 말을 끝낸 이소운이 한참 뒤에 움직일 때까지 원화관은
그 누구도 말을 하지 못했고 움직이지도 못했다.

*   *   *

처음에는 대단히 빠른 걸음으로 원화관을 나온 우향낙선의
발걸음을 서서히 느려지기 시작했다. 결국 무당파의 대문이라
할 수 있는 현악문(玄岳門)에 도착했을 때는 기어가는 것보다
못하게 되었다. 주변 경치를 감상한다는 핑계를 스스로에게 읊
조렸지만, 눈시울이 자꾸만 붉어지는 것은 어쩔 수 없었다.

결국 우향낙선은 눈물을 훔치곤 현악문에 있는 바위 위에 앉았다.

"잠깐이다, 잠깐."

잠깐 앉겠다고 마음을 타일렀지만, 그 시간이 어느새 한 시진이 넘고 있었다. 주변을 보고 또 봐도 왜 이리 새로운 것이 보이는지, 그 바위에서 일어날 수가 없었다.

"도사님."

우향낙선은 귓가에 들린 앳된 소리에, 얼굴을 마구 훔치고는 돌아봤다. 그곳에는 방금 전 원화관에서 보았던 빼빼 마르고 눈이 퀭한 그 아이가 서 있었다.

"너, 너는?"

그 아이는 천천히 우향낙선에게 걸어와 그를 올려다보며 말했다.

"도사님, 아까 원화각에서 우향 도사님이라 들었는데, 맞는지요?"

"……."

"도사님?"

잘생겼다.

너무 잘생겼다.

아이는 심각하게 잘생겨, 우향낙선조차 순간 할 말을 잃어버렸다.

아까 원화관에서 볼 때는 전혀 알지 몰랐는데, 그 큰 두 눈을 마주 보고 있노라면 정신이 혼미할 지경이었다. 그 눈 속에 한번 빠지니 빼빼 마른 몸과 퀭한 눈은 어디로 갔는지 도통 찾을 수가 없었다. 아니, 오히려 묘한 퇴폐미가 되어 같은 남자이자 무당파의 도사인 우향낙선의 마음조차 동하게 만들었다.

티끌 하나 없는 우주와도 같은 그 두 눈동자에 빠져 허우적거리던 우향낙선은 몇 번이고 눈을 깜박이는 것으로 겨우 정신을 되찾았다.

"내, 내 이름은 우향이다. 하, 한데 너는 아까 원화관에서 보던 그 아이가 아니냐? 이 험한 산세를 뚫고 원화관에서 이곳까지 홀로 왔단 말이냐?"

아이는 우향낙선을 따라 눈을 몇 번 깜박이더니 말했다.

"지나가던 사슴의 도움을 받았습니다."

"사, 사슴?"

"네. 제가 이곳까지 태워 달라고 하니, 태워 주었습니다."

"……."

"도사님?"

귀신이 아닐까?

비현실적인 외모도 그렇고 사슴을 타고 왔다는 말도 그렇고, 도저히 인간의 아이로 보이진 않았다.

우향낙선이 짐짓 얼굴을 굳히고는 말했다.

"너, 너는 누구냐?"

아이는 잠시 고개를 숙이더니 대답했다.

"제겐 이름이 없습니다."

"이름이 없다? 허어! 정녕 귀신이란 말이냐?"

정기가 가득하여 넘쳐흐르는 무당산에는 어떠한 귀신도 가까이 올 수 없다. 만약 그 안에서 이리도 편히 존재할 수 있는 귀신이라면, 우향낙선조차 어찌할 수 없는 수준의 귀신이 분명했다.

아이는 서서히 심각해지는 우향낙선의 표정을 보곤 말했다.

"귀신이라니요. 도사님께서 제 어미에게 제 이름을 짓지 말라고 하시지 않으셨습니까?"

"내가? 네 어미에게?"

"예. 십 년 전에 말입니다. 그래서 전 태어날 때부터 이름이 없었습니다. 어머니께선 절 그저 아들이라 불렀고, 동생들은 저를 형이나 오라비로 불렀을 뿐입니다."

그 순간 우향낙선의 머릿속에 스치는 기억이 있었다.

우향낙선이 입을 살포시 벌리자, 아이가 맑은 웃음을 지었다.

우향낙선은 그 아이의 팔을 잡고 진맥해 보았다. 그제야 빼빼 마른 몸과 퀭한 눈이 이해가 되었다.

"육식을 한 적은?"

"모태에서부터 없습니다."

"수경신을 쉰 적은?"

"모태에서부터 없습니다."

"그 아이가 맞구나… 그 아이가 맞아. 혹 네 외관은……."

"예?"

"아니다. 애초에 네 어미가 그리 험한 꼴을 당한 것도 아름다운 외모 때문이었으니, 그건 그냥 물려받은 것이로구나."

"……."

말없는 아이를 내려다보던 우향낙선이 물었다.

"그런데 내게 무슨 볼일이기에 이 험한 산세를 뚫고 내게 왔느냐? 속가제자가 된 이후로 한 번이라도 원화각을 떠나면 다시는 무당파의 제자가 될 수 없음을 모르느냐?"

아이는 고개를 갸웃했다.

"그야 우향 도사님이 제 사부이기 때문입니다."

"아직 너를 받겠다고 한 적이 없다."

"원화각에서 이미 그렇게 정하시지 않으셨습니까? 저를 향했던 손가락을 기억합니다만."

"……."

"또한 제 어머니와 그렇게 약조하시지 않으셨습니까?"

"……."

"때문에 말은 하지 않았지만, 절 제자로 받으리라는 확신이 있었습니다. 제가 잘못 생각한 것입니까?"

순수한 궁금증을 담은 그 표정에는 어떠한 악심도 존재하지 않았다.

아비가 아들을 가늠하듯 아들도 아비를 가늠한다.

왕이 신하를 가늠하듯 신하도 왕을 가늠한다.

그리고 사부가 제자를 가늠하듯 제자도 사부를 가늠한다.

관계에는 상하가 있을지언정, 서로가 서로를 판단하는 것은 동일하다.

우향낙선은 무릎을 꿇고 아이와 눈높이를 맞추었다.

"나는 무당파에서 떠난다. 내 제자가 된다면 내가 아는 것을 모두 전수해 주겠지만, 무당파의 절학은 감히 내 수준으로는 그 일 할도 가르칠 수 없다. 네가 가진 자질이라면 무당파에 남는 것이 훨씬 득이 될 것이다."

아이는 잠시 눈을 하늘로 향하더니 대답했다.

"하늘에서 살아 계신 사부님을 욕보일 수 없다는 그 말씀. 그 뜻은 사부님이 하늘에 계시지만, 그럼에도 불구하고 새로운 사부님을 모실 수 없다는 말 아닙니까? 다시 말하면, 무당파의 제자는 결국 평생 한 명의 사부님만을 모실 수 있는 것입니다."

"꼭, 그런 것은 아니다. 사부 스스로가 자기 제자를 다른 이에게 부탁할 수도 있고, 또 사부가 우화등선을 했을 때 다른 사부를 모시는 도사도 적지 않다."

"진정으로 사부가 우화등선을 하여 하늘에 살아 있다 생각하는 도사는 그렇게 하지 못할 것입니다. 오로지 사부가 죽었다고 생각하는 사람만이 다른 사부를 모시는 것 아니겠습니까?"

우향낙선은 자칫 잘못하면 그의 사형 사제들을 비난하는 꼴이 되어 함부로 대답하기 어려웠다. 하지만 아이의 맑은 눈은 한 치의 거짓도 용납하지 않을 맑음이 그 속에 있었다.

이 현명한 아이에게라면 진실을 있는 그대로 말해도 부작용이 없을 터. 우향낙선은 고개를 끄덕였다.

"그렇다. 자기 사부가 우화등선했다는 것을 그저 하나의 예식으로만 생각하는 사람은 그리하지."

"우향도사님은 어떻습니까? 우향도사님께서는 사부께서 정녕 하늘에 계시다고 믿습니까?"

"아니. 사부의 시신을 직접 무덤에다 직접 묻은 내가 그렇게 믿을 순 없었다."

"그러면?"

"내 무지(無知)를 믿는다."

"무지를… 믿는다?"

"낙선한 도사인 내가 감히 누가 우화등선을 하였는지 아니면 그저 죽은 것인지 판단할 수 있겠느냐? 내 짧은 식견에는 죽었다고 믿기지만, 혹시라도 내가 무지하여 우화등선한 사부님을 보지 못한 것이라면 어쩌겠느냐? 그러니 사부가 우화등선했다 믿는 것은 내 무지를 고려한 것이다."

"겸손하시군요."

"그래, 그게 겸손의 본질이지."

아이는 고개를 두어 번 끄덕였다.

"따라가겠습니다."

우향낙선은 한 번 더 확인했다.

"내가 보기에 너는 내 제자로 충분을 넘어서 과분하다. 네가 보기엔 내가 네 사부로 부족하진 않더냐?"

아이는 다시 고개를 끄덕였다.

"저는 자질이 뛰어나 아무리 미련한 사부 아래 있다 해도 모든 것을 끝까지 배울 수 있을 겁니다. 다만 중요한 것은 제게 없는 것을 가르칠 수 있는 사부님을 모시는 것. 우향 도사님께서는 제게 제가 없는 것을 가르치실 수 있을 것이라 생각합니다."

우향낙선은 허리를 젖히고 크게 웃었다.

"하하하, 그래, 내 다른 건 모르겠으나 겸손은 가르칠 수 있을 듯하다."

도사는 몸을 일으켰다.

그는 손을 뻗었고, 아이는 조심스레 그 손을 잡았다.

두 사제(師弟)는 그렇게 무당파를 떠났다.

第二章

도사와 아이는 무당산을 오랫동안 배회했다. 얼마나 지났는지, 그 시간조차 알지 못했다.

무당산은 감히 사람이 가늠할 수 없을 만큼 거대하여 총 72봉(峰)과 36암(巖) 그리고 24간(澗)으로 이뤄져 있다. 이중 기가 충만하며 동시에 사람이 살 만한 곳에는 무당파의 전각들이 집중적으로 지어져 있었고, 그 외에는 거의 사람이 살지 않는 곳이다.

하지만 그동안 많은 무당파의 어른들은 일선에서 물러나, 무당산 어딘가에 자기만의 거처를 마련하고 도를 닦거나 수련하는 경우가 왕왕 있었다. 때문에 무당산은 사람이 절대로 살지 않을 것 같은 깊은 숲속이나 높은 골짜기에도 얼마나 오래전일지 모를 사람의 흔적이 남아 있기도 했다.

우향낙선은 아이와 같이 지낼 곳을 찾아보며, 사문의 이름 모를 어르신들의 거처를 참 많이도 발견했다. 내공을 잘 쌓을 수 있을 정도로 기가 충만하며 동시에 물이 가까운 곳을 알아보니, 다들 생각이 비슷했는지 그런 곳엔 꼭 누군가의 발자취가 남아 있었다. 어떤 곳은 아예 수십 명이 연달아 기거했는지, 살아온 사람들의 이름이 족보처럼 남겨져 있었다.

그런 곳을 찾을 때마다, 우향낙선은 하루 정도 머물며 사문의 선사께 예를 갖추고는 미련 없이 떠났다. 사람의 흔적이 조금이라도 묻어난다 싶으면 아무리 좋은 곳이라도 과감히 포기했다. 그러다 보니 점차 야생의 냄새가 짙은 곳을 다니게 되었는데, 결국 이름 모를 봉우리 위에서 그 여행을 마칠 수 있었다.

"이곳이 좋겠다."

"……."

우향낙선의 말에 아이는 아무런 말도 하지 않았다. 우향낙선은 아이의 눈치를 살피더니 이내 직설적으로 물었다.

"싫으냐?"

"천지의 기운이 모두 충만하고 선기도 가득하긴 합니다만, 결정적으로 물이 너무 멀지 않습니까?"

"물이야 아래에서 퍼 오면 되는 일 아니냐?"

누가 물을 퍼 오게 될지는 자명하다.

아이는 한숨을 푹 쉬고는 다시금 주변을 둘러보며 말했다.

"너무 높은 곳이라 그런지 나무들도 많이 없습니다. 있어 봤자 줄기가 꼬불꼬불한 것이 쓸모없는 것뿐이고요."

"나무야 아래에서 베어 오면 되는 것 아니냐?"

누가 나무를 베어 오게 될지는 자명하다.

아이는 다시금 한숨을 푹 쉬더니 한 바위 위에 걸터앉았다.

"집을 지으려면 좋은 흙도 필요할 텐데 주변은 온통 바위뿐입니다."

"흙 또한 아래에서 퍼 오면 되는 것 아니냐?"

누가 흙을 퍼 오게 될지는 자명하다.

아이는 벌러덩 누웠다.

푸른 하늘에는 구름 한 점 없었다.

그들이 있는 곳이 구름보다 더 높은 곳이기 때문이다.

아이가 물었다.

"이토록 높은 곳인데 공기도 풍부하고 춥지도 않는 것이 신기합니다."

우향낙선은 아이 옆에 자리해 눕더니만 말했다.

"묘하지. 본래 높으면 높을수록 하늘과 가깝기에 선기가 충만하나, 대기가 옅어 그만큼 기의 농도가 낮아진다. 한마디로 도루묵이지. 하지만 무당산에는 운무가 자욱하여 하늘과 땅의 기운을 동시에 품은 이런 곳이 곳곳에 있다. 그래서 현악이라는 것이고."

꿈을 꾸는 기분이 든 아이가 물었다.

"이곳이 정녕 실존하는 곳입니까?"

"나도 모르겠다. 그저 현묘한 기운에 이끌려 오다 보니, 이곳에 도착했을 뿐이다."

"그러면 둘 다 어디 절벽에서 떨어져 죽었으나 이를 알지 못하고 떠도는 두 혼백일지도 모르겠습니다."

"하하하, 그래."

우향낙선은 한동안 웃음을 흘렸다.

그 아이는 참으로 아이답지 않은 생각을 가진 녀석이었다.

아이는 눈을 감고 주변의 기운을 만끽했다.

그러자 우향낙선이 나지막하게 물었다.

"좋은 이름이 생각났다."

아이는 눈을 번뜩 떴다.

"무엇입니까?"

"낙선향(落仙鄕) 어떠냐?"

"예?"

"이곳 말이다. 낙선향이라 부르자."

"……."

"왜?"

"전 또 제게 이름을 주시려는 줄 알았습니다."

"아, 그래. 네게도 이름을 주어야 하지."

"혹시 까먹고 있으셨습니까?"

아이의 작은 투정에 우향낙선은 미소를 지었다.

"지금까지 둘만 있었으니, 이름을 부를 필요가 없지 않느냐? 너는 나를 도사님이라 하고 나는 너를 아이라고 하면 될 일이니. 이름이 필요한 건 두 명 이상일 때나 필요한 것이다."

"주관이 객관으로 넘어가는 경계로군요. 그래서 어머니에게 제 이름을 짓지 말라 하셨습니까?"

우향낙선은 머리 뒤로 팔을 교차하며 말했다.

"모태에서부터 육식을 멀리하고 수경신을 한 네 몸은 선인의 정신과 몸 그 자체이니라. 그러니 세속에 오염되지 않기 위해선 이름이 없어야 했지."

"그럼 앞으로도 제게 이름을 주지 않으실 겁니까?"

"아니, 이젠 주려고 한다. 그래서 세속과 동떨어진 이런 곳을 찾아다닌 것이니까. 이곳에선 네가 이름을 가지고 있어도 아무런 문제가 없을 것이다. 무엇으로 하면 좋을지는 네가 정해 보거라."

"……."

"뭣하면 내가 정해 줄까?"

아이는 고개를 흔들었다.

"제 이름은……."

아이는 말을 흘리며 봉우리 아래로 자욱하게 낀 안개를 바라보았다. 그리고 구름과도 같은 말을 맺었다.

"운무(雲霧)로 하겠습니다."

우향낙선은 단호하게 말했다.

"네 항렬은 정(靜)이다."

"그럼 운정(雲靜)으로 하죠, 뭐."

"……."

"왜요?"

"아니, 그리 쉽게 바꿀 줄은 몰랐다."

"어쨌든 이제 제게 도명을 주셨으니, 제 사부가 되신 것 맞습니까?"

우향낙선은 대수롭지 않다는 듯 대답했다.

"뭐, 그렇지."

운정은 눈초리를 작게 뜨더니 말했다.

"그 표정은 뭡니까?"

"제자를 가진 것이 내키지는 않아서 말이다. 꼭 너라서 그런 건 아니니 마음 쓰지 마라."

"……."

"어떠냐, 이름을 가지니. 마음이 뒤숭숭하더냐?"

운정은 초조한 표정으로 자기 자신을 내려다보더니 대답했다.

"그냥 기분이 그렇습니다."

"너는 큰 복을 받은 것이다. 누구보다도 신선의 반열에 들기 좋아."

우향낙선의 말에 운정은 그를 조심스레 올려다보며 말했다.

"사람이 어떻게 신선이 됩니까?"

우향낙선은 운정을 물끄러미 보다가 눈을 감고는 천천히 설명했다.

"보통 사람은 육식과 수경신을 멀리하여야만 몸에 쌓인 탁기를 없애고 선인이 될 수 있다. 선기(仙氣)를 몸의 내력으로 온전히 사용할 수 있지. 애초에 도사란 세속의 찌든 몸의 탁기를 몰아내고 선기를 몸에 받아들여 점차 선인이 되기 위해 노력하는 사람을 뜻한다."

"그럼 전 이미 탁기가 몸에 없으니, 신선 아닙니까?"

"선인이 된 것이지 신선이 된 건 아니다."

"예?"

"쉽게 말하면, 선공(仙功)을 익힐 최적의 육신과 정신을 가졌다는 말이지, 이미 선공을 완성했다는 말은 아니다. 마인이 마기를 온전히 수용할 수 있는 역혈지체를 이뤘다고 해서 갑자기 마공의 고수가 되는 건 아니지 않느냐?"

"마인이고 역혈지체고 그게 무엇인지 모르니, 제겐 좋은 예가 될 수 없습니다."

우향낙선은 다시금 천천히 설명했다.

"선공은 도사들이 신선이 되기 위해서 산의 정기를 몸에 그대로 받아들이는 토납법이다. 이것은 후에 세속에 전수되어 내공심법의 모태가 되었지. 하지만 인간은 육식과 잠으로 인해 임독양맥(任督兩脈)이 막히고 생사현관(生死玄關)이 닫혀 버려, 선기를 온전히 쓸 수 없다."

"임독양맥과 생사현관이 무엇이기에 막히면 선기를 쓸 수 없는 겁니까?"

"임독양맥은 본래 하나의 경맥이지만, 중간에 탁기가 쌓여 막힘으로 임맥(任脈)과 독맥(督脈)으로 나누어진다. 그리고 막힌 부위를 생사현관이라 하지. 이 두 경락은 생명과 밀접한 연관을 가지고 있어 다른 경락과 구분되는데, 이 두 경락을 드나드는 기운을 선천지기, 그리고 나머지 경락에 드나드는 기운을 후천지기라 한다. 선기란 그런 구분조차 없는 가장 순수한 형태의 기운으로, 몸의 기운을 선천지기와 후천지기로 나누는 무림인들은 당연히 선기를 사용할 수 없느니라."

"그럼 세속을 떠나 도사가 된 이들은 어떻게 선공을 익힙니까?"

"우선 임독양맥을 제외한 다른 경락으로 후천지기를 쌓아, 덩어리를 키운 뒤에 임독양맥으로 그 기운을 돌려 천천히 탁기를 뚫어 낸다. 이를 위해선 최소 일 갑자 이상의 내력이 필요하지. 그리고 임독양맥을 뚫다 보면 생사현관에 마주치게 되는데, 그것마저 뚫어 내면 선인의 몸을 가지게 되며, 후천지기와 선천지기의 차이가 사라지고 외우주와 내우주가 합일, 입신의 경지에 이르게 된다. 이런 방식으로 입신을 노리는 내공심법을 신공(神功)이라 칭하느니라."

"흠… 그렇다면 거기에 전 해당되지 않는다는 말이군요."

"넌 임독양맥과 생사현관이 오염되지 않아 선천지기와 후천지기의 구분이 없다. 따라서 날것의 선공을 익혀도 문제가 없어."

"그런데 제가 신선이 아니라 선인이라는 말은 무슨 뜻입니까?"

"깨달음이 없지 않느냐? 신체적인 문제가 전혀 없기 때문에 정신적인 깨달음의 효과가 육체에 즉각 나타나니 누구보다도 빠르게 선공을 익힐 수 있을 것이지만, 아직 선공을 대성한 것은 아니지."

"아, 선공을 익혀 신선이 될 수 있는 최적의 조건을 갖추었을 뿐이라는 것이군요."

"그뿐만 아니다. 날 때부터 수경신을 하며 이름을 가지지 않았기 때문에, 네 공격(功格)와 과율이 적힐 수 없었다. 그래서 이름을 받은 오늘부터 공과(功過)를 철저하게 계산한다면, 정확한 공과를 알 수 있을 것이다."

"공과는 왜 중요합니까? 선공 때문입니까?"

"무당파의 선공이기에 그렇다. 무당파의 가르침으로 신선이 되려 한다면 매일 공격이 과율보다 높아야 하며, 일정 수준의 공격에 이르러야 선공도 계속 진척이 있다."

"그렇다면, 그냥 이름을 받지 말걸 그랬습니다."

"이름이 없다면 악행도 인정받지 않지만 선행도 마찬가지. 따라서 이름이 있어야만 신선이 될 수 있다."

"……."

"네가 구배지례를 하면, 무당파의 선공을 가르치겠다. 네겐 내공심법이 필요 없다. 바로 선공을 익히면 될 것이고 또 이곳에선 선기를 쌓는 속도 또한 매우 빠를 것이다. 네 몸은 환골탈태니 뭐니 할 것도 없어. 선기가 쌓이면 자연스레 몸에 녹아들 것이니."

"그럼 검공은요?"

"신선은 원래 검과 상관없다."

"무당파의 신선은 검의 신선인, 검선(劍仙) 아닙니까?"

"나는 네 어미에게 신선의 반열에 이르게 하겠다 했지, 검을 휘두르게 하겠다 하지 않았다. 네가 검으로 신선이 되려거든 네 마음대로 해라. 나는 널 우선 신선의 반열에 들게 만들 뿐이다."

"……"

"왜? 싫으냐?"

운정은 고개를 몇 번이고 흔들었다.

"아닙니다. 어머니께서 제게 당부하신 것은 신선이 되라는 것이지, 꼭 검선이 되라는 건 아니었습니다."

"그래도 싫구나?"

"……"

세간에 알려진 무당파의 도사는 검으로 바위를 쪼개는 검술의 고수들이다. 그렇기 때문에 운정도 당연히 그렇게 될 거라 생각했던 것이다.

우향낙선은 부드러운 미소를 지으며 운정의 머리를 쓰다듬었다.

"걱정하지 말거라. 내외가 모두 중요하듯 좌우 또한 중요하다. 네게 도술과 검술을 모두 가르칠 것이니 네가 걱정하는 일은 없다."

"그러면 왜 신선이 먼저 되어야 한다고 말씀하신 겁니까?"

"네가 검에만 너무 집착하지 않기를 바라기 때문이다. 선이 먼저이지 검이 먼저가 되면 안 된다. 그렇다면 그저 강한 무림인에 지나지 않아. 너는 엄연히 신선이 되려는 선인이다. 검으로 선을 추구해야지 선으로 검을 추구해선 안 되느니라."

"……."

"앞으로 차차 이해할 터이니 너무 큰 걱정 말아라."

운정은 고개를 끄덕이더니, 곧 천천히 그리고 정성을 다해 구배지례(九拜之禮)를 드렸다.

"사부님으로 모시겠습니다."

우향낙선의 표정이 더 이상 밝아질 수 없을 만큼 밝아졌다.

그는 손으로 바위를 툭툭 건드렸다. 그러자 바위의 작은 틈새가 생기더니 곧 그 틈새에서 물이 솟아올랐다. 운정이 두 눈을 부릅뜨고 그 광경을 보는데, 우향낙선은 작게 미소 지으며 말했다.

"이런 도술은 신선의 선술을 흉내 낸 것에 불과하다. 모름지기 신선이라면 이 세상 어느 곳에서도 선술을 펼칠 수 있지. 나는 이곳처럼 무당산의 정기가 가득한 곳에서도 이 정도의 도술밖에 하지 못한다."

"그래도 놀랍습니다."

우향낙선은 양손을 모아 그릇을 만들었다. 거기에 물을 담더니 운정에게 말했다.

"원시천존, 도덕천존, 영보천존 앞에서 너를 제자로 공표하겠다. 너도 나처럼 손으로 그릇을 만들어 물을 담아라."

"네, 사부님."

운정이 우향낙선의 말대로 하자, 우향낙선은 손을 높이 들고 말하기 시작했다.

"천지만물(天地萬物)의 시원(始原)이며 모든 인과(因果)의 극점(極點)이신 삼청(三淸)께 무당파 사십일대 제자 우향이 한 제자를 거두어 이에 고합니다. 운정아, 네가 직접 네 이름을 말씀드려라."

운정은 허공에 말하는 사부를 의심스러운 눈초리로 보다가 이내 그의 말대로 했다.

"우향의 제자인 운정입니다."

우향낙선은 손을 입으로 가져가 물을 마셨고, 운정도 똑같이 했다. 한 모금, 한 모금 정성 들여 마시는 우향낙선과 달리 한 번에 꿀꺽해 버린 운정은 결국 입맛을 다시며 사부가 물을 모두 마실 때까지 뻘쭘하게 기다릴 수밖에 없었다.

우향낙선은 곧 눈을 뜨고 말했다.

"우선 배사지례는 간략하게 마쳤다. 시공의 제약이 없으신 삼청 어르신을 제외한 분들께는 언제고 무당파 사당궁(祠堂宮)에 따로 찾아가 나중에 따로 인사를 드려라. 삼천 분이 넘어가니, 적어도 삼 일은 각오해야 할 것이다."

"……."

우향낙선은 슬쩍 옷을 들어 자기 무릎을 보여 주었다. 거기엔 시꺼멓게 변색된 피부가 질긴 가죽처럼 갈라져 있었다.

"그날 생긴 것이지. 그때 이후로 잘 안 사라지더구나, 하하하"

사부는 웃었지만 제자는 웃을 수 없었다.

                    *   *   *

　운정은 날짜도 세지 않고, 하루하루를 반복적으로 살다 보
니 세월의 흐름을 완전히 잊었다. 처음엔 고향 마을에 살고 있
는 가족이 너무나 보고 싶었지만, 그 마음도 사람의 기억을 자
연스레 앗아 가는 시간을 이길 순 없었다. 또한 선공의 깨달음
을 얻으면 얻을수록 그리움이란 감정에 얽매이지 않게 된 것도
있었다.

　그렇게 낙선향의 생활에 완전히 물들었을 무렵, 운정은 지금
까지 느껴 보지 못했던 기류의 변화에 깊은 잠에서 깨어나 눈
을 팍 하고 떴다.

　그가 즉시 사부의 이부자리를 보았는데, 사부는 그 자리에
없었다.

　덜컹.

　문을 열고 나가니, 사부가 짐짓 심각한 표정으로 절벽을 바
라보고 있었다.

　"사부님?"

　우향낙선은 고개를 돌리자 운정은 심장이 덜컥 내려앉는 것
같았다. 우향낙선의 안색이 너무나도 좋지 않았기 때문이다. 피
부는 메말라 있었고, 눈은 퀭했으며, 입술은 갈라져 있었다. 무
엇보다 입가에 핏물을 머금고 있었다.

　지금까지 단 한 번도 본 적 없는 모습에 운정의 표정이 놀람

으로 가득하자, 우향낙선은 그림자가 드리워진 얼굴을 슬며시 숨기며 말했다.

"무당산의 정기가… 하루아침에 사라졌다."

그는 나약하기 그지없는 목소리까진 숨길 수 없었다.

운정은 우향낙선에게 빠르게 다가가 그를 부축했다. 멀리서 볼 때는 괜찮은 줄 알았는데, 그의 몸은 사시나무처럼 미세하게 떨리고 있었다. 서 있는 것조차도 버거운 것이다.

대체 무슨 일이 있었기에.

운정은 전혀 이해할 수 없었다.

운정이 물었다.

"사부님, 몸은 괜찮으십니까? 무슨 일이 있었던 것입니까?"

우향낙선은 비쩍 마른 손가락으로 주변을 휘저었다.

"내 몸이 문제가 아니다. 네가 한번 주변의 기운을 느껴 보거라."

운정은 사부가 걱정되었지만 일단 사부의 말대로 주변 기운을 느껴 보았다. 곧 운정의 미간에 내 천 자가 그려졌다. 아무리 멀리까지 기감을 늘려도 언제나 낙선향을 가득 채우던 무당산의 정기가 조금도 느껴지지 않았기 때문이다.

"정기가 모조리 사라진 듯합니다."

"한순간에 일어난 일이야. 인위적인 것이 분명하다."

"그보다 사부님의 몸이 더 문제입니다. 사부님, 일단 안으로 드시지요."

운정이 우향낙선의 몸을 잡고 움직이려는데 우향낙선은 고개를 흔들었다.

"내가 낙선한 것을 모르느냐?"

"……."

"내 몸과 정신은 이미 주화입마에 도달했어. 무당산의 맑은 정기를 호흡하지 않으면 일순간도 마음속의 마기를 진정시킬 수 없다. 네가 무슨 수고를 하든, 이 무당산의 정기를 되돌릴 수 없다면 아무런 의미가 없을 것이다."

"사부님."

"어차피 오래전부터 네게 가르칠 것이 남지 않았다. 진작부터 넌 스스로 수련해 앞으로 나아갈 수 있었지. 벌써 하산을 명하여 무당파에 보냈어야 하는데, 내 욕심 때문에 너를 낙선향에 붙잡아 두었구나. 때문에 하늘이 나를 벌하시는 게지."

"아닙니다, 사부님."

"가 봐. 하산해서 원인을 파악해 봐라. 어떤 술법인지 모르겠으나, 해결할 때까지 나는 여기서 최대한 주화입마를 억누르겠다."

"……."

"그리 보지 말고 가라. 네가 가진 선기를 나누어 준다 한들 얼마나 더 살겠느냐? 무당산의 정기가 없으면 너도 선기를 보충할 수 없으니, 길어야 한 달 짧으면 며칠 남짓이야."

"정기가 사라진 것이 일시적인 것일 수도 있습니다. 여기 남아서 사부님에게 선기를 나누겠습니다."

"나보다 사문이 먼저다."

"제겐 아닙니다."

"그럼 원인을 파악하고 되도록 빨리 돌아오면 되는 것 아니냐?"

운정은 우향낙선이 그를 자꾸만 내보내려는 것 같아 마음이 좋질 못했다. 그러나 우향낙선의 말에는 한 치도 틀림이 없었다.

못내 사부의 말을 따르기로 결정한 운정은 포권을 취하며 사부께 인사를 올린 뒤 말했다.

"그럼 빠르게 다녀오겠습니다."

"그래."

우향낙선은 운정을 보지도 않고 손짓했다. 운정은 그 즉시 무당파 최고 절기 중 하나인 제운종(梯雲縱)을 펼쳐 낙선향에서 내려왔다.

탁.

거대한 나무 꼭대기 위에 선 그는 고개를 들곤 주변을 보았다. 아무리 눈을 비벼도 사시사철 무당산을 꾸며 주는 운무가 전혀 보이질 않았다. 무당산의 각 봉우리는 벌거벗은 듯 자기 자신을 드러내고 있었고, 평소에는 시야가 닿지 않는 지평선까지 훤히 보였다.

"낙선향뿐만 아니라 무당산 전체의 현기(玄氣)가 사라지고 없다. 이래선 그저 우거진 산세일 뿐이지 않는가?"

그때 한쪽에서 운정의 기감을 건드리는 기이한 사기(邪氣)가 있었다. 운정이 눈초리를 모으고 그곳을 바라보니, 멀찌감치

웬 이상한 남자가 서 있었다.

머리는 백발이며, 눈동자는 연보랏빛을 가진 그 사내는 중년과 노년의 경계에 있는 듯 보였다. 큰 눈과 오뚝한 코는 중원인이 아닌 듯 보였고 입고 있는 옷도 중원의 존재하는 형식의 복장이 아니었다.

그는 다섯 손가락을 펼치고 앞으로 뻗더니 뭐라 입으로 중얼거렸다.

콰콰쾅!

운정은 눈앞에서 벌어진 일을 도저히 믿을 수 없어 눈동자가 굳어 버렸다.

그 괴한의 손바닥에서 일 장(一丈) 정도 떨어진 부분부터 십장(十丈) 정도까지, 원뿔 모양으로 아래 반절과 위 반절이 한순간에 뒤바뀐 것이다. 즉, 땅 위에 있던 것이 반 바퀴를 돌아 땅아래로 가고, 땅 아래 있던 흙이 역시 반 바퀴를 돌아 땅 위로 올라왔다.

쿠쿠쿵!

그렇게 공중에 붕 뜨게 된 흙들이 땅으로 떨어졌다. 운정은 원뿔 형태가 순식간에 반 바퀴를 도는 것을 끝가지 지켜보았는데, 본 것이 확실하다면 매장당한 것은 단순히 나무와 바위뿐만 아니라 검을 든 무림인들 십여 명도 포함되어 있었다.

운정은 재빠르게 제운종을 펼쳐 괴한에게 다가갔다. 그렇게 대략 반쯤 왔을까? 괴한은 다가오는 운정의 기운을 느끼고 고개를 돌리더니 곧 양쪽 눈을 찌푸렸다. 운정은 그 괴한이 어떤 해괴한 술법을 펼칠까 기대했지만, 그저 끝까지 그를 바라보기만 하는 괴한을 보곤 그도 투기(鬪氣)를 거두었다.

탁.

운정은 괴한과 이 장 정도 거리에 섰다.

가까이서 보니 더욱더 가관이었다.

그 괴한은 나뭇가지처럼 길고 얇은 열 손가락에 각양각색의 보석들이 박힌 반지를 끼고 있었다. 그리고 연보랏빛으로 빛나는 두 눈에는 각각 두 개의 눈동자가 쌍으로 있어, 총 네 개의 눈동자를 가지고 있었다.

운정이 뭐라 말을 하려는데 괴한이 먼저 물었다.

"Evah uoy nekawa tey?"

운정은 고개를 갸웃하며 말했다.

"한어(韓語)를 모르시오?"

괴한의 얼굴이 굳었다.

운정은 고개를 돌려 괴한이 만들어 놓은 참사를 둘러보았다. 날카로운 칼로 베어 버린 것 같은 경계선을 기준으로, 위아래가 바뀐 원뿔 모양의 지형은 도저히 자연에서 찾아볼 수 없을 만큼 지극히 인위적이었다.

분명 엄청난 술법이지만, 생매장당한 열 명의 무림인들이 아직 살아 있을 수도 있다.

운정이 말했다.

"무당파는 무당산의 정기가 흐려지는 것을 막기 위해서 무당산 내에서 모든 살생을 금하오. 내가 저들을 살려야 하겠는데,

방해하시겠소?"

"Uoy t'nevah, evah uoy?"

운정은 한숨을 쉬곤 자기를 손으로 한 번, 그리고 무너져 내린 지형을 한 번 가리켰다. 그럼에도 괴한이 그저 바라만 보고 있자, 다시금 한숨을 쉬고는 말했다.

"그 술법으로 얼마나 많은 살생을 했기에 무당산의 정기가 사라진 것이오? 아니면, 무당산의 정기가 사라진 것과 관련이 없으시오?"

괴한은 빙그레 미소를 지었다. 그러자 그의 양 눈에 각각 있던 두 눈동자가 하나로 합쳐졌다.

"Epoh uoy nekawa ni txen efil."

괴한이 왼손을 들었고 거기서 네 번째 반지가 강렬한 검은 빛을 품기 시작했다.

그리고 그 즉시 괴한의 네 번째 손가락이 잘려 나가 공중에 피를 뿌렸다.

괴한은 고통도 느끼지도 못하고 멍한 표정으로 잘려 나간 자신의 네 번째 손가락을 내려다보았다. 찰나 후, 피가 피슉피슉 뿜어지며 참지 못할 고통이 전해져 왼손을 부들부들 떨었다.

운정은 양손을 모았다. 그의 양팔에는 바람으로 이루어진 고리 같은 것이 감겨 있었다. 그는 고민하듯 하늘을 보며 말했다.

"아까 보니, 열 명 정도 되던데… 열 명을 살리면 100점이니,

넉넉하게 잡아서 80점. 딱 봐도 이 괴상한 놈은 사람을 아무렇게나 죽이는 악질적인 놈이고. 어차피 말도 통하지 않으니 산 것과 죽은 것의 차이가 없다. 그러면 거리는 최소 이십 장. 그래. 그것도 넉넉잡아서 이십오 장이 좋겠어. 잠시 여기서 기다리시오."

운정은 짧게 포권을 취한 뒤 제운종을 펼쳐 그 자리에서 사라졌다. 괴한은 순식간에 사라지는 그를 시야에서 놓쳐 어리둥절하다가 곧 얼굴을 굳히고 중얼거렸다.

"Ereh……."

괴한의 말 한마디가 끝나기 무섭게 그의 머리가 잘렸다. 압력에 의해 뇌수와 핏물이 잘린 면에서 뿜어지면서 머리의 상단면을 밀어냈고, 곧 머리는 미끄러지듯 땅에 떨어졌다. 그리고 곧 괴한의 몸도 같이 쓰러졌다.

제운종을 펼쳐 나타난 운정은 그 모습을 보곤 얼굴을 크게 찌푸렸다.

"방어했을 뿐이니 날 너무 원망하지 마시오. 그나저나 서둘러 살려야겠어. 살리지 못하면 공과를 채우지 못하니……. 아, 먼저 살릴걸……."

운정은 천천히 원뿔의 중심으로 걸어갔다. 그러곤 양손을 땅에 대고는 눈을 감았다. 천천히 그리고 세밀하게 땅의 기운을 찾은 그는 깊은 숨을 들이마셨다가 내쉬면서 몸속의 선기를 땅에 불어 넣었다.

쿠쿠쿵.

놀랍게도 원뿔 지면에만 지진이라도 난 듯 흔들거렸다. 아이들이 장난을 쳐 놓은 것같이 아무렇게나 뒤섞여 있던 흙과 바위가 점차 고르게 펴지는데, 알맹이가 작은 것은 아래로 그리고 뭉텅이가 큰 것일수록 위로 올라오기 시작했다.

결국 가장 뭉텅이가 큰 나무 몇 그루와 십여 명의 무림인들이 마치 수면 위로 떠오르는 것처럼 땅속에서 솟아올라 왔다. 다들 아무렇게나 엎어져 있는 와중에 한 여인만 정신을 차리고 서서히 몸을 일으키고 있었다. 그러나 마음대로 움직여지지는 않는지, 몇 번을 비틀거리며 다시 넘어졌다.

그 여인은 곧 머리를 부여잡고는 겨우 두 발을 땅에 짚을 수 있었다. 그녀가 운정과 괴한의 시체를 몇 번이고 둘러보더니, 상황을 이해하곤 포권을 취했다.

"저, 저희의 목숨을 살려 주셨군요. 감사드립니다, 소저. 혹 어느 고명하신 분인지 물어도 되겠습니까?"

운정은 아직 쓰러져 있는 다른 무림인들을 흘겨보며 말했다.

"일단 나는 여인이 아니오. 그리고 동행분들을 먼저 살펴야 하지 않겠소?"

"예? 아, 예."

운정이 손바닥으로 쓰러진 무림인들을 가리키자 그제야 여인은 하나둘씩 자신의 일행을 살피기 시작했다. 진맥하고 진기도 나누어 주면서 그들이 정신을 차릴 수 있도록 도왔는데, 그러는 와중에도 그녀는 가만히 서서 그녀를 지켜보는 운정을 몇 번이고 흘겨보며 의심의 눈초리를 지우지 않았다.

여인이 모두의 상태를 점검하자, 운정이 물었다.

"다들 어떻소?"

"갑자기 땅속에 묻혀 억지로 나오려고 하다가 진기를 모두 소진한 듯합니다. 그래서 탈진했을 뿐, 생명에는 지장이 없습니다."

정신을 차린 그들은 하나같이 가부좌를 펼치고 앉아 운기조식을 시작했다. 이를 만족한 표정으로 보던 운정이 처음부터 깨어 있었던 그 여인에게 말했다.

"그래도 소저는 현명하여 진기를 아끼고 있었군."

"아닙니다. 진짜 현명하였다면, 무리해서 괴한을 공격하려 하지 않았을 겁니다. 한데, 혹 존함을 여쭤도 되겠습니까?"

"존함이라 할 것까진 없고, 내 이름은 운정이오. 무당파의 제자이고. 이제 의심은 걷혔소?"

여인은 민망한지 눈길을 피하며 말했다.

"아… 그 의심은 아니고 의구심이 들었을 뿐입니다."

"무슨 의구심 말이오?"

여인은 운정의 눈길을 마주치지 못하곤 입을 몇 번이나 열었다가 닫았다.

"무, 무당파는 멸문했었습니다. 그래서 어떻게 무당파의 제자가 아직 남아 있나 한 것입니다."

"멸문?"

"예, 모르셨습니까?"

"……"

말없는 운정을 보며, 여인은 그가 무당파의 은거기인(隱居奇人)임을 확신했다.

"모르셨군요. 유감입니다."

운정은 하늘을 이리저리 둘러보며 말했다.

"뭐, 나와는 상관없는 일이오. 사당궁만 건재하면 될 일이니."

"예?"

"다른 것은 관심 없고, 혹 무당산의 정기가 사라진 이유를 아시오?"

"아, 사실 그 때문에 무림맹에서 파견 나온 참이었습니다."

"무림맹?"

여인은 포권을 다시금 취하더니 말했다.

"아직까지 제 소개를 하지 않았군요. 화산의 정채린입니다."

"아, 화산파의 제자셨군. 어쩐지 의복에 매화가 있더라니."

정채린은 고개를 끄덕이며 말했다.

"무림맹에서 명령이 있었습니다. 무당산의 정기를 훔치는 이계마법사(異界魔法師)가 오늘 나타날 것이라고. 확실한 정보가 아니라 마음을 놓고 있었는데 그러다가 그리된 것입니다."

"이계? 마법사? 무림맹도 그렇고 흐음… 미안하지만, 나는 세속을 떠나 살아, 세상이 어찌 돌아가는지 잘 모르오. 하여간 무당산의 정기는 저자가 훔쳐간 것이란 말이오?"

운정은 머리가 잘린 괴한을 보았고, 정채린도 그를 따라 시선을 옮겼다.

"저 마법사는 고인(高人)께서 죽이신 겁니까?"

"날카로운 바람을 맞아 죽은 듯하오."

정채린은 운정이 무당파의 제자임을 다시금 확신했다. 도교 문파의 제자는 자신들의 한 살생에 관해선 은유적으로 돌려 말하는 경향이 짙었기 때문이다.

화산에서 무당파에 대해서 조금이나마 공부했었던 정채린은 운정의 입장을 이해하곤 공손하게 말했다.

"저희 때문에 괜한 과율을 쌓으셨습니다."

"덕분에 공과도 얻었으니 마음 쓰지 마시오. 그나저나 사라진 무당산의 정기는 어떻게 채울 수 있소?"

"그, 그것까진 저도 잘 모릅니다. 애초에 이계마법사가 어떻게 무당산 전체의 정기를 훔쳐 갔는지부터가 의문입니다. 이계 마법사들의 마법은 저희로서 상상조차 하기 어렵기 때문에, 이를 되찾는 방법을 알기 위해선 아마 이계인의 마법을 공부하는 학자에게 따로 물어보셔야 할 것입니다. 혹 괜찮으시다면 무림맹에 오시는 게 어떠십니까? 그곳만큼 이계인의 마법에 정통한 학자가 있는 곳이 없을 겁니다."

"……."

말없는 운정의 표정이 급격하게 어두워지자, 정채린이 물었다.

"왜 그러십니까?"

"잠깐 다녀올 곳이 있소. 잠시만 여기서 기다려 주실 수 있소? 다시 올 테니, 그 학자에게 나를 데려다주시오."

"예?"

운정은 그렇게 말하곤 제운종을 펼쳤다. 마치 바람과 하나처럼 되어 사라지는 그의 뒷모습을 보며 정채린이 넋이 나간 듯 말했다.

"남자가 저런 얼굴을 하고 있다니……."

그녀는 몰랐지만 그녀의 양 볼은 붉게 상기되어 있었다.

*　　　*　　　*

제운종을 펼쳐 낙선향에 도착한 운정은 급히 우향낙선을 찾았다. 우향낙선은 막 초가집에서 문을 열고 나오고 있었다. 그는 양손에 각각 한 자루의 철검을 들고 있었다.

우향낙선이 운정을 보더니 말했다.

"운정아."

그의 목소리는 힘이 넘쳐났다. 그 말을 들은 운정의 안색이 환해지며, 그가 밝은 목소리로 말했다.

"사부님, 몸은 괜찮으십니까?"

"이걸 받아라."

우향낙선은 운정의 질문을 무시하곤 왼손에 들고 있던 검을 그에게 던졌다. 운정은 얼떨결에 그것을 받아 들었는데, 그 검의 중앙에는 태극 문양이 조각되어 있었다. 태극의 양은 양각으로 그리고 음은 음각으로 되어 있어, 매우 입체적이었다.

"그것은 무당의 신분을 대변하는 태극검(太極劍)이다. 네가 하산할 때 주려고, 전에 사문에 잠깐 들렀을 때 받아 집 안에 숨겨 놓았는데 잊어 먹을 뻔했어."

운정은 검을 물끄러미 바라보다가 말했다.

"제게 검은 필요 없습니다. 아시지 않습니까?"

"알지. 네가 형식에 구애되지 않는다는 것쯤은."

"한데……"

"무당산의 정기가 사라졌다는 것이 무엇을 의미하는지 아느냐?"

"글쎄요. 무당파가 더 이상 존재할 수 없다는 뜻 아니겠습니까?"

"그보다, 네 개인적으로 말이다."

"제 개인적이라 하시면?"

우향낙선은 자신의 태극검을 들고 대각선으로 두 번 휘두른 뒤에 마당의 중앙으로 걸어 나오며 말했다.

"네가 익힌 것은 가장 순수한 형태의 선공이다. 즉, 무당산의 정기가 없는 세속에서는 거의 내력이 모이지 않을 것이다. 때문에 너는 무당산의 정기가 사라진 지금, 내력을 회복할 길이 없느니라."

운정은 대수롭지 않게 말했다.

"지금이라도 내공심법을 익히면 되지 않습니까?"

우향낙선은 고개를 흔들었다.

"넌 짧은 동안 남들은 백 년이 걸려도 오르지 못하는 경지에 이르렀다. 이것은 전적으로, 중원에서 가장 순수한 선공을,

중원에서 가장 깨끗한 신체로, 중원에서 가장 정기가 가득한 무당산에서 익혔기 때문이다. 이 세 가지 조건 중 하나라도 부족했다면 어림없는 소리지. 네가 다시 다른 내공심법을 익힌다면, 기혈을 새로 만들어야 하고 그렇다면 다시 처음부터 내력을 쌓아 올려야 할 것이다. 몇 갑자인지 계산조차 안 되는 지금의 수준에 이르려면 평생을 바쳐도 불가능해."

"……"

"형(形)과 태(態)를 빌려 내력을 아껴야 할 것이다."

"지금 그것을 제게 가르치려고 하시는 겁니까?"

"내력을 쓰지 말고 나를 이겨라."

"사부님, 혹시……."

우향낙선은 자세를 잡고 운정을 보았다.

"사부에게 선공하라는 것이냐? 네가 예를 안다면 먼저 와라."

운정은 표정이 일그러졌다.

"몸은 어떠십니까?"

"입 다물고 오너라. 설검이라도 펼칠 생각이더냐?"

"사부님."

"더 이상, 나를 욕보이지 마라."

우향낙선은 갑자기 몸을 부르르 떨더니 곧 눈을 깊이 감았다, 떴다. 그의 두 눈에는 잠시 잠깐이지만 분명 마기가 흘러나왔다.

운정은 말없이 땅바닥을 내려다보았다. 곧 검을 든 그의 손에 힘이 들어갔다.

그는 한 발자국 앞으로 나아가며 태극검법(太極劍法)의 자(刺)를 펼쳐 우향낙선을 공격했다. 그것은 자(刺) 중 가장 단순한 형태로 상대의 명치를 노리는 수법이었다.

우향낙선은 살짝 비웃더니, 양의검공(兩儀劍功)을 펼쳤다. 그러자 그의 태극검이 순간 양검과 음검으로 나뉘어, 양옆에서 운정의 태극검 중앙으로 치고 들어왔다. 우향낙선이 손목을 비틀자, 두 검이 서서히 돌며 운정의 검을 감싸 안기 시작했다.

운정은 마치 누군가 그의 검을 잡고 잡아당기는 것 같은 기분을 느꼈다. 그는 보법을 펼쳐 그 힘에 저항하려 했지만, 내력을 사용하지 않으니 그 힘을 이길 수 없었다.

운정의 곧게 선 두 발이 끌리면서 자욱한 흙먼지를 만들었다. 그렇게 끝까지 딸려 들어간 운정은 다행히 자세를 잃지 않았기에, 그의 턱으로 치고 올라오는 검 자루 끝을 보곤 머리를 옆으로 돌릴 수 있었다.

"크흡."

호흡이 끊길 정도로 급격히 움직인 그의 머리 옆으로 우향낙선의 검 자루가 아슬아슬하게 지나갔다. 우향낙선은 검결지(劍訣指)로 운정의 손목의 혈도를 짚으려 했다.

그 순간 운정의 얼굴이 크게 굳었다.

챙!

위로 휘두른 운정의 검과 역수로 잡은 우향낙선의 검이 교차하며 소리를 냈다. 운정은 그 힘을 이용하여 우향낙선의 배에 발을 올려놓고 힘껏 밀었다. 그러자 서로의 거리가 일 장 가까이 멀어졌다.

우향낙선은 자신의 배에 흙먼지로 난 발자국을 털었다. 그는 작은 웃음을 얼굴에 머금더니 운정에게 포권을 취하곤 말했다.

"오호! 이번엔 내가 한 수 배웠소."

"……."

"다음 수는 받을 수 있겠소?"

운정은 우향낙선의 검결지를 보았다.

무당파의 검결지는 검을 쓰지 않는 손 모양을 뜻하는 말로, 검지와 장지는 곧게 펴고 나머지 세 손가락을 구부리는 형태를 말한다. 이는 둘로 나누어지는데, 엄지와 무명지가 닿아 있다면 정(靜)을 뜻하는 극지(戟指)가, 떨어져 있다면 동(動)을 뜻하는 산극(散戟)이 된다.

우향낙선은 분명 몸을 멈춘 채 자세를 취하고 있는데, 검결지는 산극을 취하고 있었다.

"사부님."

"예?"

"사부님."

"아, 왜 그러느냐, 운정아?"

검결지는 다시 극지가 되었다.

운정이 말했다.

"검결지를 공수(攻守)에 사용해서는 안 됩니다."

우향낙선은 잠시 얼굴을 찌푸리더니, 그의 검결지를 내려다보며 물었다.

"왜, 왜 그렇지?"

"무당파의 검은 한 손으로 펼치나 검결지를 취함으로써 양손으로 펼치는 중(重)을 검에 담을 수 있습니다. 이로써 한 손 검의 경(輕)와 양손 검의 중을 둘 다 가져갈 수 있는 묘리입니다. 그것이 흐트러지면, 모든 검세가 흐트러집니다."

우향낙선은 자기 이마를 두어 번 치더니 말했다.

"아, 아, 그렇지. 그래서 네 검에 내 검이 튕겨 나간 것이로구나."

"......"

우향낙선은 어색한 미소를 짓더니 검세를 취했다.

"혹시 네가 잊을까 하여 시험해 봤는데, 역시 잘 아는구나!"

"제자, 잊지 않았습니다."

"그럼 이번에도 한번 맞혀 보거라. 내가 무슨 잘못을 하는지."

우향낙선은 현천보(玄天步)를 펼쳤다. 마치 안개처럼 흐릿해진 그의 신형은 어느새 운정의 앞에 도달했고, 그의 검은 오행검(五行劍)의 묘리를 담아 운정의 머리를 향해 떨어졌다.

운정은 검을 역수로 잡더니, 빠르게 떨어지는 우향낙선의 검을 너무나 손쉽게 옆으로 쳐 내 버렸다.

쿵.

검이 땅에 박혀 들어간 탓에, 우향낙선은 잠시 중심을 잃어버렸는데, 운정은 더 공격하지 않고 슬며시 뒤로 물러나며 말했다.

"오행검의 화검(火劍)을 펼치실 때는 같은 태양(太陽)에 속하는 양수검(陽手劍)으로 자루를 잡고 펼치셔야 합니다. 하지만 방금은 음수검(陰手劍)으로 자루를 잡고 펼치셨습니다."

우향낙선은 그의 말을 듣고 멍하니 그의 검을 내려다보더니 이내 나지막하게 말했다.

"그렇습니까? 역시 대사형이 없었더라면, 오행검 하나 제대로 익히지 못할 뻔했습니다."

"운정입니다, 사부님."

"우, 운정?"

"예."

"아, 그래. 이번에 새로 들어온 게로구나? 사부가 누구냐?"

"……"

우향낙선은 어색한 미소를 짓더니 머리를 긁적였다.

"아, 아아 그래. 참, 나이가 들더니 이런 걸 까먹다니. 그래, 운정. 운정이. 내 제자야. 내 제자지, 운정이. 내 유일한… 유일한 제자야. 그 운정이 말입니다. 혹시 어디 있는지 아십니까? 혹 대사형께선 아시는지요?"

하늘을 향해 있던 운정의 검 끝이 서서히 내려갔다.

우향낙선은 그렇게 한동안 운정을 바라보았다. 그동안 그의 표정이 서서히 굳더니 이내 그는 딱딱한 어조로 말했다.

"검선?"

"……"

"수, 순수한 선인의 몸을 입고 있는 것을 보아하니 거, 검선 어르신이 분명한 것 같습니다. 반로환동을 하여서 그런지 하하, 정말 못 알아보겠군요."

"……"

"그, 저기 말입니다. 염치없지만 한 가지 부탁을 드려도 되겠습니까? 그, 전에 말씀하신 태극마심신공에 대해서 묻고 싶은 것이 있습니다."

"……"

"혹, 그 주화입마에 들어선 지 오래된 저도 익힐 수는 있는 겁니까?"

"……"

"내가 웬만해선 이런 부탁은 하지 않는 거 잘 아시지 않습니까? 나도 솔직히 내 제자가 아니면 이런 부탁하지 않았을 겁니다. 하하, 내가 왜 이런 이야기까지 하는지……"

"……"

"정녕 그리 가만히 보고만 있으실 겁니까? 전에는 왜 가르쳐 주지 못해 안달 내셨으면서, 정작 제가 필요하다고 하니 뭐, 그때의 모욕을 되갚아 주고 싶은 것입니까?"

"……"

"검선 어르신, 말씀 좀 해 보십시오."

"……"

"말 좀 해 봐. 지금 당장 그 태극마심신공인지 그게 필요하다니까! 검선!"

"……"

"검선!"

마기가 가득한 사자후를 내뱉은 우향낙선은 광포한 기운을 다리에 품고 그대로 운정에게 달려들었다. 운정은 그 모습을 보면서 전혀 방어할 생각을 하지 않고 그대로 몸을 맡기며 눈을 감았다.

먼저 귀로 날카로운 소리를 들었다.

그러곤 코로 옅은 매화향을 맡았다.

그러곤 피부로 따뜻한 온도를 느꼈다.

그러곤 혀로 비릿한 맛을 느꼈다.

운정이 눈을 떴고, 막 심장이 뒤에서부터 뚫린 채로 핏물을 분수처럼 뿜어대는 우향낙선을 볼 수 있었다. 그 핏물에 온몸이 젖은 운정은 얼굴을 쓸어내려야만 했다. 부들부들 떨며 쓰러지는 우향낙선의 몸 뒤로, 아름답기 그지없는 여인이 검을 거두었다.

칼을 크게 휘둘러 검신에 묻은 선혈을 털어 낸 정채린이 운정의 눈치를 살피며 말했다.

"멀리서 계속 지켜보았습니다만 은인께서 차마 사부님에게 검을 들 수 없으신 것 같아 보였습니다. 주화입마에 들어 마기가 가득해서 이 방법밖엔 없다 판단했습니다. 만약 다른 큰 뜻이 있었다면, 죄송합니다."

운정은 공손히 사과하는 정채린 대신 땅에 쓰러진 사부를 내려다보며 말했다.

"알고 있었소. 그래서 가만히 있었고."

"그랬군요."

"사부는 아버지와 같소. 아무리 마인이 되었다곤 하나 내 손으로 죽였다면, 이는 천륜을 저버리는 것이니 도저히 감당할 수 없는 과율이 되었을 것이오."

"……."

뜻밖의 말에 정채린은 조금 놀란 눈으로 운정을 올려다보았다. 운정의 두 눈빛에는 작은 후회 말고는 아무런 감정도 섞여 있지 않았다.

운정이 시선을 정채린에게로 옮기며 말을 이었다.

"소저에겐 그저 한 명의 마인이고, 또 화산파의 과율은 무당파만큼 심하지 않으니 이 정도의 살생으론 진전에 큰 영향이 없으리라 생각했소. 혹 내가 잘못 알고 있는 것이오?"

정채린은 냉정하기 짝이 없는 그의 어투에 당황했다. 스승이 눈앞에서 죽었는데 태연하게 타인의 입장을 배려할 수 있는 사람이 몇이나 되겠는가? 운정을 바라보는 그녀의 눈빛이 조금은 변했다.

그녀는 속내를 숨기며 정중하게 대답했다.

"화산은 무당처럼 까다롭게 공과를 계산하지 않습니다. 누군가를 살인하려는 마인을 죽이는 정도의 행위는 제 무공 수련에 있어 전혀 방해되지 않을 것입니다. 또한 운정 진인께서 괜찮다 하시면 제가 죄책감을 가질 이유가 없으니, 더욱 그렇고요."

"물론이오. 소저는 나를 도우려 한 것일 뿐이니 행여나 어떤 죄책감도 갖지 마시길 바라오. 그리고 진인이 아니니 그냥 운정이라 불러 주시오."

"……."

"사부님의 장례를 치러야 하오. 그 정도는 더 기다려 줄 수 있소?"

정채린은 난처하다는 듯 말했다.

"그건 조금 어려울 듯합니다. 삼 일이나 이곳에서 보낼……."

운정은 그 말을 잘랐다.

"삼일장 없이 그냥 묻기만 할 것이오. 묘비도 검으로 대신할 것이고. 어차피 썩어 문드러질 육신이 하늘에 계신 사부님께 무슨 도움이 된다고 귀히 여기겠소? 사부님은 이미……."

"이미?"

운정은 한숨을 한 번 내쉬고는 하늘을 올려다보며 말했다.

"우화등선하셨으니, 이 육체에는 아무런 의미가 없소."

"……."

"한 시진, 아니, 반 시진이면 되오."

정채린은 매화검수들이 있는 곳을 슬쩍 바라보았다. 매화검수 중 아직 운기조식이 한참인 사람들이 대부분이었다. 그렇다면 어차피 기다려야 할 것이다.

"알겠습니다."

정채린이 그렇게 말하자, 운정이 포권을 취했다.

*　　　*　　　*

"정 사저(師姐), 그 은인에게 가 보시는 게 좋지 않겠습니까? 벌써 두 시진 가까이 지났습니다."

정채린은 낙선향이 있는 곳을 지그시 바라보며 고개를 흔들었다.

"마지막으로 스승님과 할 말이 있겠지. 함부로 방해할 순 없어. 그나저나, 모두들 어때?"

정채린의 말을 들은 화산파 고수는 뒤를 한 번 흘긋 보고 동문들의 상태를 다시 확인하더니 말했다.

"당장 전투를 벌여도 상관없을 정도입니다."

"그래? 흐음, 빨리 오셔야 할 텐데 말이야. 이번 일은 정말 한 시가 급한 일이야."

"전서구도 없으니, 변 사형을 십언(十堰)으로 먼저 보내는 것이 어떻습니까? 우리 중에 경공으론 최고 아닙니까?"

정채린은 고개를 흔들었다.

"한근농 사제. 저 이계인이 혼자 왔다는 가정을 함부로 해선 안 돼. 적진이라 할 수 있는 이곳에 오면서 정말 홀로 왔을까? 또 그들에겐 경공의 속도는 의미가 없잖아."

"……"

한근농이라 불린 화산파 고수는 정채린의 말에 침묵을 지켰다. 나름 생각해서 의견을 제시했지만, 다시 생각해 보니 그보다 더 멍청한 말이 없었기 때문이다.

정채린은 낙선향을 계속해서 주시하며 팔짱을 꼈다.

"무조건 함께 움직여야 해. 특히 그 무당파의 은거 기인과 함께."

한근농은 정채린의 눈빛에서 그녀가 얼마나 그 무당파의 은거 기인이라는 자를 믿는지 알 수 있었다.

그는 깨어나서 주변 상황을 살피기 전에 바로 운기조식을 했다. 그래서 무당파의 은거 기인이 도왔다는 것만 들어서 알 뿐, 그 외에 자세한 건 몰랐다. 과연 어떤 신위를 보였기에 정채린이 저리 믿는 것일까?

한근농이 물었다.

"사저께선 혹 그가 이계인을 상대하는 것을 보았습니까?"

"아니, 그 부분에선 나도 별로 아는 게 없어."

"그럼 그의 무공을 제대로 견식하진 않으신 것입니까?"

정채린은 처음으로 고개를 돌려 한근농을 돌아봤다.

"근농 사제는 무슨 말을 하고 싶은 거야?"

정작 그녀가 쳐다보자, 한근농은 눈을 마주치지 못하고 낙선향으로 시선을 돌렸다.

"전에 들었던 소문을 들었을 뿐입니다. 이계인에겐 자유자재로 모습을 바꾸는 술법도 있다고. 그가 무공을 펼치는 걸 실제로 보지 못했다면, 이계인이 변장한 것일 수도 있지 않습니까?"

한근농의 질문에 정채린의 목소리가 조금 높아졌다.

"그가 주화입마에 빠진 스승과 싸울 때, 내가 그의 사부를 대신 죽였다니까? 내 얘기는 뭐로 들은 거야?"

정채린의 어조가 조금 높아졌다. 한근농은 그녀의 심기를 더 건드리고 싶지 않았다. 하지만 마음에 든 합리적인 의심을 솔직히 털어놓았다.

"그럼 일단 반로환동한 은거 기인은 아닐 겁니다. 스승이 있다는 건 그의 나이가 그리 많지 않다는 반증 아닙니까? 그리고 땅을 흔들어서 그 안에 묻힌 사람들을 지면 위로 떠올리는 술법이 중원의 것이라곤 생각하기 어려워서 말입니다."

"아니, 그가 이계인이라면 왜 우리를 살렸겠어?"

"이래저래 의심이 가는 건 사실입니다."

한근농의 얼굴엔 의심의 빛이 그대로 있었다. 정채린은 답답한 심정이 들었지만, 그의 말을 완전히 무시한다면 애초에 그가 부단주 자리에 있을 이유가 없다.

그녀가 말했다.

"좋아. 그럼 변후 사제를 보내. 이것이 혹시 모를 함정이라면 한 명이라도 잘 소식을 전달해야겠지. 하지만, 변후에게 무슨 일이 생긴다면 그 피값은 네가 감당해야 할 거야."

한근농은 고개를 한 번 끄덕이더니 몸을 돌렸다.

아니, 돌리려 했다. 눈에 기이한 광경이 잡히기 전까지.

"그, 그런데 은거 기인이 여, 여인이었습니까?"

"응?"

"저기 오고 계신 거 아닙니까?"

정채린이 한근농의 말을 들곤 한근농의 시선을 따라 보았다.

그곳엔 너무나 큰 학이 구름 하나를 완전히 가릴 만한 두 날개를 공중에 휘적거리며 날아오고 있었다. 그리고 그 등에는 아름답기 그지없는 여인 한 명이 세상에 다시없을 미색을 뽐내며 타고 있었다.

바람에 휘날리는 머리카락과 도포 자락은 천상의 것이라 해도 손색이 없었고, 보는 이의 마음을 송두리째 앗아 갔다. 물에 막 젖었는지 옷과 머리카락에 물기가 가득했는데, 그 또한 묘한 색기를 뿜어내고 있었다.

정채린은 꽤, 한동안, 말없이 그 미관(美觀)을 보다가 곧 툭하니 말했다.

"남자야."

"예?"

"남자라고."

"……"

"왜?"

한근농이 정채린의 시선을 피하며 나지막하게 말했다.

"사저, 이런 말 하면 사저가 화낼 게 분명하지만 해야겠습니다."

"하지 마, 아니니까."

"화산의 가르침에선 아름다운 것을 사모하는 건 나쁜 게 아닙니다, 사저. 혹 저 얼굴에 반해 그를 믿는 거라면……."

"아니라니까."

"……"

"내가 언제 남자 얼굴을 밝힌 적 있어?"

"저건 얼굴을 밝히고 자시고 할 만한 수준의 외모가 아니지 않습니까? 저런 얼굴이라면 누구라도 마음이 달라질 겁니다."

"그렇겠지."

"……."

의외로 순순히 인정하는 정채린의 말에 한근농은 더 걱정이 되었다. 다행히 정채린은 그의 걱정을 눈치채곤 그를 안심시켰다.

"뭐, 저 외모를 생각하면 인위적인 것이 아닐까 하는 의심이 들긴 들어. 확실히 변장한 이계인일 수 있겠어."

한근농은 몸을 돌리며 말했다.

"변 사형에게 말을 전하겠습니다."

"응."

한근농은 태학(太鶴)에서 눈을 떼지 못하는 정채린을 한번 보고는 그도 다시 태학을 보았다. 그러자 헛바람이 폐로 절로 들어오는 듯 했다. 그는 심히 아름다운 그 은인이 남자라는 말을 스스로에게 몇 번이고 되새기고 나서야 겨우 눈을 뗄 수 있었다. 그러니 동성(同姓)이라는 핑계를 댈 수 없는 정채린이 눈을 떼지 못하는 것은 어찌 보면 당연하다.

한근농이 사라지자, 체면을 차릴 것이 없었던 정채린은 운정이 학에서 내릴 때까지 넋이 나간 표정을 거두지 못했다.

"때를 맞춘 것 같은데, 얼굴을 보아하니 늦은 모양이군. 미안하오."

"아, 스ㅡ읍. 네. 아닙니다."

퍼뜩 정신이 든 정채린은 고개를 돌렸다. 그러곤 입가로 소매를 가져가 몇 번이고 훔쳤다. 그녀는 그렇게 헛기침을 두세 번 하더니 말을 이었다.

"하신 일은 잘 마치셨습니까?"

운정은 태학의 머리를 쓰다듬었다. 그러자 그 학이 몇 번 낮게 울더니, 곧 날개를 활짝 펴고 날아올랐다. 운정이 태학에서 시선을 거두며 말했다.

"다 묻고, 집에 들어가니 유언장이 있었소."

단순히 유언이 길어서 읽는 데 시간이 걸리진 않았을 것이다.

정채린은 포권을 취하며 말했다.

"은인께 다시금 사죄드립니다."

"아니오. 소저의 입장을 충분히 이해하고, 또 그걸 내가 유도한 것도 있으니 사죄하실 필요는 없소. 그리고 은인이라 하시마시오. 난 운정이오."

정채린은 유도라는 말이 조금 걸렸지만, 곧 마음속에서 지워 버리곤 말했다.

"이쪽으로 오십시오. 운정 도사께서 목숨을 살려 주신 제 동문들을 소개하고 싶습니다."

"그들도 모두 화산파의 제자인가 보오?"

"예."

"전에 말한 무림맹에서 파견 나온 것이고?"

"화산의 매화검수(梅花劍手)로 무림맹에 속해 있습니다."

"매화검수라……. 아, 본 파의 태극진인과 비슷한 거라 들었는데, 맞소?"

"그렇습니다."

"흐음."

정채린은 운정을 대리고 대기하고 있던 매화검수에게 소개했다.

운정은 매화검수들 앞에 서서 간단한 인사말을 건네곤, 이계인과 벌어진 일에 대해서 설명했다. 그러나 매화검수 중 단 한 사람도 제대로 그의 말에 집중하는 사람이 없었다. 아니, 정확히 말하면 집중하지 못했다. 그의 얼굴을 보면 볼수록 여자들은 생각이 사라졌고, 남자들은 생각이 복잡해졌기 때문이다.

운정이 말을 끝내자, 묘령에 조금 못 미치는 어린 여고수가 손을 살며시 들며 말했다.

"그, 그럼 도사께서는 여, 연세가 어찌 되시나요?"

그녀의 이름은 소청아로 매화검수 중 막내였다. 생기 어린 몸짓과 밝은 표정을 보면 절로 흐뭇한 마음이 드는 인상의 소녀였다. 그녀가 얼굴에 홍조를 띠고 운정에게 관심을 보이자, 꽤 많은 남고수들의 표정이 어두워졌다.

운정은 잠시 턱을 괴더니 말했다.

"정확한 시일은 모르겠소. 시간을 따지는 건 수련에 방해가 된다 하여 잊고 살았소. 수경신을 몇 번 하다 보니 날짜 세는 것도 헷갈리게 되었고. 때때로 낙선향 밖으로 나가셨던 사부님께서도 정확히 알려 주시지 않으셨소. 대강 짐작하자면, 십 년은 족히 넘은 것 같으니 이십 대 초반이 아닐까 하오."

은거 기인이니 당연히 반로환동의 고수가 아닌가 했다. 하지만 그 말을 들으니, 모두들 놀람을 감추지 못했다.

"네에? 저, 정말요? 저랑 나이 차이도 많이 나시지 않으신데, 어찌 그리 강하신가요?"

질문으로 끝났지만 그것은 질문이 아니었는지, 소청아는 함박웃음을 얼굴에 머금고는 거리낌 없이 그녀의 감정을 표현했다. 그러자 정채린은 잠시 얼굴을 굳히고는 소청아에게 차갑게 말했다.

"청아 사매, 운정 도사께 무슨 추태를 보이는 것이냐?"

"아, 정 사저."

"아직 어린 것은 이해하지만, 그렇게 함부로 말을 해선 안 된다."

소청아는 정채린의 말에 지지 않고 받아쳤다.

"그냥 물어보는 거예요. 그런 거 가지고 뭘 그렇게 까다롭게 구세요?"

"너어!"

"참 나. 그럼 제가 나가서 따로 사죄드리면 되잖아요, 헤헤."

소청아가 몸을 배배 꼬며 천천히 앞으로 나오려고 하자, 정채린이 운정과 소청아 사이를 슥 가로막았다. 한 번 소청아를 째려본 그녀는 공손히 몸을 돌려 운정에게 고개를 숙이며 말했다.

"사매를 대신해서 사죄드립니다."

운정은 앞에서 고개를 숙인 정채린을 보곤, 고개를 살짝 옆으로 내밀어 뒤에 선 소청아를 보았다. 그와 눈이 마주치자 소청아는 얼른 굳은 표정을 풀고 다시금 환한 웃음꽃을 피웠다.

운정은 몇 번이고 두 여인을 번갈아 보더니 말했다.

"혹 두 분께서 나를 두고 신경전을 벌이시는 거요?"

"예?"

"예?"

"그런 거 아니오?"

"……."

"……."

"아님 내가 잘못 봤소?"

정채린은 아미를 찌푸리더니 고개를 돌렸다.

"도사께서 무슨 말씀을 하시는지 모르겠습니다."

소청아도 밝았던 표정이 어두워지며 시선을 그에게서 거두고는 제자리로 찾아갔다.

그렇게 어색한 기운이 흐르자 자연스럽게 침묵으로 이어졌고 모두들 가시방석에 앉은 듯 어찌할 바를 몰랐다. 다행히 그 침묵은 오래가지 않고 한 남자의 호탕한 웃음소리로 깨졌다.

"크핫, 크하핫! 아, 죄, 죄송합니다. 크핫, 아, 진짜 못 참겠네. 정말! 정말! 대단하십니다. 형입니다, 형. 진짜 형님으로 모시겠습니다."

한근농은 시선이 집중되자, 운정을 향해 포권을 취하더니 다시 말했다.

"제 이름은 한근농입니다. 부끄럽지만 매화검수의 부단주입니다. 옆에 계신 정채린 단주를 보필하고 있습니다."

"아, 그렇소?"

"일단 저희는 무림맹에 이 사건을 보고해야 하기에 바로 움직여야 할 것 같은데, 괜찮으시다면 저희와 함께 가시는 것이 어떻습니까?"

운정은 정채린을 한 번 흘겨보곤 말했다.

"무당산의 정기를 되찾기 위해선 그 술법의 대가라는 사람을 만나 봐야 하니, 그래야 할 것 같소. 안 그렇소, 정 소저?"

"……."

"정 소저?"

"아, 예."

정채린은 한마디로 딱딱하게 대답하고는 얼굴을 차갑게 굳혔다.

그 모습을 보곤 한근농이 한쪽 입꼬리를 올리더니, 곧 운정에게 다가와 그에게 말했다.

"그럼 형님은 저와 함께 가시죠. 제가 아는 대로 현 상황에 대해서 말씀드리겠습니다. 그리고 정 사저?"

정채린은 입술을 살짝 깨물다가 한근농의 질문에 짧게 대답했다.

"왜?"

"저희가 앞장서도 되겠습니까?"

"뭐, 마음대로 해."

"그럼 나머지 동문들을 부탁드립니다. 운정 진인께선 저와 함께 가시지요. 아, 운정 진인이라 불러도 되겠지요?"

한근농은 운정의 어깨에 손을 살짝 올리곤 그를 자연스럽게 앞으로 인도했다. 운정은 영문을 모르겠다는 표정으로 정채린과 소청아를 번갈아 보더니 곧 한근농을 따라 몸을 돌려 걷기 시작했다.

"진인이라 불릴 만한지 모르겠소. 그냥 운정이라 불러도 상관없소."

"그럼 이래저래 호칭으로 부르느니, 요즘 유행에 따라 운 형이라 하죠. 저도 한 동생이라 불러 주십시오."

"뭐, 좋소."

그 둘이 그렇게 앞장서자, 정채린은 곧 한 손을 들고 매화검수들에게 말했다.

"대열을 갖춰라. 언제고 적이 나타날지 모르니까."

그렇게 휙 하고 돌아선 정채린의 발걸음을 본 매화검수들은 모두 서로의 눈치를 보며 말을 아꼈다. 지금 조금이라도 잘못했다가는 평소보다 배로 벌을 받을 것이 확실했기 때문이다.

*　　　　*　　　　*

"한 사제, 정 사저가 말하길 내가 할 일이 있다던데?"

대열의 가장 앞에서 걷던 운정과 한근농 사이로 누군가 불쑥 끼어들었다. 막 대화하고 있던 와중이라, 그들은 잠깐 당황한 눈빛으로 그 남자를 보았다.

"아, 변후 사형."

"무슨 일이지?"

"그, 그것이……."

한근농이 운정의 눈치를 보자, 운정이 먼저 그의 마음을 읽고 말했다.

"내가 불편한 것 같으니, 잠시 뒤쪽에 있다가 오겠소."

"……."

운정은 걸음을 천천히 하여 뒤로 움직였다. 적당한 거리가 멀어지자, 한근농이 손으로 입을 가리곤 변후에게 전음을 보내기 시작했다. 운정은 거기서 관심을 거두고 서서히 가까워지는 정채린에게 다가가며 말했다.

"정 소저, 혹 무림맹에 도착하는 데 얼마나 걸리겠소?"

정채린은 그를 쳐다보지 않고 짤막하게 대답했다.

"우선은 화산파로 가야 합니다."

"아, 무림맹으로 바로 가는 것이 아니오?"

"도사께서 원하신다면 직접 가시면 됩니다. 무림맹은 낙양에 있으니."

"……."

"화산을 들렀다 간다면 꽤 돌아가는 길이 될 겁니다만."

"솔직히 말하면, 화산이 어딘지도, 낙양이 어딘지도 모르오."

"길잡이야, 얼마든지 구할 수 있는 것 아닙니까?"

"길잡이를 고용할 재물도 없소."

"……."

말없이 걸음을 이어 나가는 정채린의 차가운 표정은 도저히 풀릴 것 같지 않았다. 그녀가 왜 화가 났는지 갈피조차 잡지 못하던 운정은 한참을 생각하고서야 한 가지 이유를 떠올릴 수 있었다.

"혹 그 태학을 타고 싶었소?"

"예?"

너무나 황당해져 버린 정채린은 걸음을 멈춰 버렸다.

그러자 그녀의 뒤에서 따라오던 매화검수들도 덩달아서 멈췄고, 그녀의 눈치를 봐가면서 잡담을 떨던 사람들은 금세 입을 다물었다.

정채린과 운정에게 매화검수의 시선이 쏠렸다.

운정이 말했다.

"태학 말이오. 태학을 보시던 정 소저의 표정이 기억나서 말이오."

"무슨 표정을 말하시는 겁니까?"

"그 뭐랄까, 아련하다고 해야 하나? 내가 알기론 침을 흘렸던 걸로 아는……."

"무슨 말이세요!"

큰 외침으로 운정의 말을 틀어막은 정채린의 두 눈동자가 지진이라도 난 듯 흔들렸다. 그 소리는 앞에서 걷던 변후와 한근농의 대화까지 끊을 정도였기에, 그들도 걸음을 멈추고 뒤에서 일어난 작은 소동을 돌아보았다.

운정은 화를 넘어서 분노를 표출하는 듯한 정채린을 보며 눈초리를 모았다.

"아니, 원하시면 태워 드릴 순 있소. 근데 그게 그렇게까지 화낼 일이오?"

"아……."

"태학이 본인 것도 아니면서 그렇게 말씀하시면 안 되오."

"아으……."

"정중히 부탁했으면 이런 논쟁을 할 것도 없이, 이미 학 위에 타고 계셨을 것이오."

"……."

침묵을 지키던 정채린은 몸을 쌩 하고 돌렸다.

그런 그녀의 뒷모습을 보며, 운정은 고개를 도리도리 흔들며 혀를 몇 번 찼다. 그 광경을 처음부터 지켜보던 소청아가 슬며시 운정에게 다가와 말했다.

"헤헤, 도사님?"

"응? 아, 청아 소저."

"그런데 정 사매께서 정말 침을 흘리셨나요?"

"아, 분명 그랬었소."

정채린의 얼굴 표정에는 아무런 변화가 없었지만, 그녀의 어깨는 위아래로 들썩거리기 시작했다. 그 의미를 잘 아는 한근농은 변후에게 귓속말로 한마디를 남기고 서둘러 운정에게 걸어왔다. 변후는 그 자리에서 경공을 펼쳐 앞으로 쏜살같이 달리기 시작했다.

"아하하, 운 형. 잠깐만, 잠깐만. 이쪽으로, 하하하."

한근농이 운정의 한쪽 팔을 잡고 앞으로 데려가려 하자, 소청아는 금세 운정의 다른 쪽 팔을 잡곤 놔주지 않으며 한근농에게 새침하게 말했다.

"지금 우리 이야기하고 있었어요, 한 사형. 그렇죠, 운정 도사님?"

한근농은 이마에 내 천 자를 그리며 소청아에게 말했다.

"좋게 말할 때 놔라, 소 사매. 사매 아버님께 네가 지난날 각운각에서 한 일을⋯⋯."

소청아는 즉시 두 손으로 운정의 팔을 놓고는 억지 미소를 지으며 뒷걸음질 쳤다.

"아하하, 하, 한 사형. 무, 무슨 말씀인지, 아하하."

그녀를 한 번 쏘아본 한근농은 운정의 팔을 잡고 앞쪽으로 걷기 시작했다. 그러곤 뒤쪽에 가만히 서 있던 매화검수에게 조금 큰 소리로 말했다.

"자자, 다들 대열을 잊지 말고 따라와라. 그리고 운 형은 나 좀 보시죠."

그 둘은 거의 보법을 방불케 하는 빠른 걸음으로 앞으로 치고 나갔다. 그러자 결국 앞서 걷던 정채린을 제치게 되었는데, 우연치 않게 운정과 눈을 마주친 그녀는 얼른 고개를 돌려 버렸다.

그렇게 계속 빠른 걸음이 이어지자 운정은 묻지 않을 수 없었다.

"어, 어디까지 가는 거요?"

정채린과 대략 10장이나 떨어졌을 무렵에서나 한근농은 속도를 늦추었다.

"운 형, 운 형이 세속에서 무당파에 들어간 게 거의 십 년 전이라 하셨지요?"

"그런 것 같소."

"이후로는 스승님과 함께 지낸 겁니까?"

"사부님하고만 따로 낙선향에서 지냈소."

"동문은?"

"본 적 없소."

"……"

"왜 그러시오?"

한근농은 크게 끄덕이며 말했다.

"다행입니다. 그래도 정 사저의 마음을 위로할 핑계거리가 생겨서."

"무슨 뜻이오?"

"아닙니다. 그나저나 말씀 좀 편하게 하십시오. 요즘 누가 그런 말투로 말한답니까?"

"내 말이 뭐가 불편하다는 것이오?"

"젊은 사람이 백도고 흑도고 없는 요즘 같은 세상에 그렇게 말하면 고지식한 사람 취급받기 딱 좋습니다."

"……"

"편하게, 편하게 말씀하시지요."

운정은 한참이나 기억을 뒤져, 그가 과거 친동생들에게 했던 말투를 겨우 기억할 수 있었다.

"그, 그래. 그럴게, 한 동생."

한근농은 살짝 웃으며 고개를 끄덕였다.

"아주 좋습니다. 세속에 나오셨으니, 세속에도 적응하셔야지요."

"……."

"하여간 말입니다. 들어 보니, 무당파가 멸문하셨다는 것도 모르던데, 맞습니까?"

운정은 고개를 끄덕였다.

"맞아. 단 한 번도 낙선향에서 내려간 적이 없어서 세속은커녕 무당파의 사정이 어찌 되었는지도 몰랐지."

"사문도 멸문했고, 사부님도 돌아가셨으니, 상심이 크겠습니다."

"그다지. 사문이야 나와 상관없는 곳이었고, 사부님이야 우화등선하셨으니, 내가 상심할 것이 뭐가 있겠어?"

말투만 나아졌지, 말하는 건 도사 그대로였다. 한근농은 이마를 쓸며 말했다.

"그럼 세속에 나오신 목적이 무엇입니까? 정말, 무당산의 정기를 되찾기 위함입니까?"

"우선은, 유언이거든."

"유언?"

운정은 하늘을 올려다보며 말했다.

"그나마 정신이 온전하실 때 쓴 거 같긴 하더라고. 무당산의 정기를 되찾아 무당파의 명맥을 유지해 달라는 것이긴 한데, 그것을 보면 사부님은 무당파가 멸문했다는 사실을 이미 알았던 것 같다. 왜 내게 말씀하지 않으셨는지는 모르겠지만 말이야."

"……"

"그 뒤로는 점차 이상해져서, 도저히 이해할 수 없는 글귀로 이어졌지. 쓰시는 도중에 마기가 정신에 침투한 것이 아닌가 해."

"그렇게 된 것이로군요."

"아는 것이 있으면 설명해 줄 수 있을까? 명맥을 유지하려면 일단 멸문 이유부터 알아야겠는데."

"혹 복수를 생각하시는 겁니까?"

"그럴 수도."

"……"

"……"

한근농과 운정은 잠시 동안 시선을 주고받았다.

한근농이 먼저 시선을 거둠으로 어색함을 피했다.

"그러실 필요는 없습니다. 무당파는 자멸한 것이니까요."

"어떻게?"

한근농은 눈을 하늘로 돌리며 느릿하게 말했다.

"지금으로부터 일이 년 전인가, 천하제일검이었던 검선이 심검마선(心劍魔仙)께 패배하고 수많은 태극진인들이 죽고 다쳤습니다. 문제는 무당산으로 복귀한 태극진인들. 그들은 백도인들이 흔히 하는 것처럼, 치료를 위해 서로의 진기를 나누었는데, 그들이 익힌 태극마심신공은 서로 각각 다른 마기를 심장에 지니고 있어서 큰 문제가 되었습니다."

"흐음……."

"뒤섞인 마기는 기승을 부리기 시작했고, 결국 그들은 주화입마에 들게 되었죠. 태극마심신공의 마기는 무당파의 내공심법과 묘하게 얽혀 있어, 무당산의 정기로는 정화되기는커녕 악화만 된 듯합니다. 채 일 년이 지나지 않아서 한 명의 고수가 완전히 주화입마에 빠지자, 연쇄 작용이 일어나 대학살이 일어났습니다."

"연쇄 작용이라면?"

"무당파에선 주화입마에 들어 버린 태극진인들을 무당파의 무공으로 잘 막을 수 없었던 것으로 보입니다. 그래서 제압하지 못하고 살인을 저지르게 되는데 이게 또 다른 태극진인의 마기를 자극하고, 그것이 또 자극하고……."

"아, 그런 식으로 주화입마가 전염병처럼 번졌군."

"그뿐만 아니라, 무당파의 일대제자들 또한 자기 제자를 죽일 수 없었습니다. 만약 죽인다면 천륜을 어긴 과율로 인해서 본인들도 즉시 주화입마에 들어서니 말입니다. 때문에 제압해야 했는데, 막 주화입마에 접어든 절정 고수들은 아시다시피 초절정 고수도 제압하기 어렵습니다."

"완전 쑥대밭이 되었겠어."

"결국 태극진인들의 일차적인 참사는 끝내는 데 성공했지만, 이를 진압하는 과정에서 상당수의 일대제자들이 제자들을 어쩔 수 없이 죽이게 되었습니다. 그것이 또 화근이 되어, 주화입마에 들게 되고 그렇게 참사가 이어지다 보니 며칠 지나지 않아 결국 멸문을 면치 못한 것으로 압니다."

운정이 턱을 괴곤 물었다.

"한 사형은 그 일을 꽤나 자세히 알고 있는 것 같은데……."

한근농은 운정이 아주 바보는 아니라곤 생각하며 대답했다.

"무림맹에서 조사단을 파견했을 때, 그들을 이끌었었습니다. 제가 검보단 머리가 잘 돌아가서 말입니다."

"아, 그랬군."

"만약 복수를 바라신다면 원인을 제공한 심검마선이겠습니다만, 검선이 먼저 그를 죽이려 했다는 사실을 놓고 생각하면 그가 원인이라고 하기 어렵습니다."

운정은 우향낙선에게 직접 태극마심신공이 무당파의 파멸을 초래할 것이란 말을 들었다. 그것도 아주 많이. 잊을 만하면 이야기하는 통에 매우 짜증이 났었는데, 정말로 그런 일이 일어난 것을 보면 사부의 예상이 정확했던 것이다.

운정은 이미 일어난 일은 제쳐 두고, 다른 데 집중했다.

"심검마선은 누구지?"

"천마신교의 신물주입니다. 교주를 지척에서 보필하며, 당금 무림의 천하제일 고수로 알려져 있습니다."

"마교라면 마공의 고수인가? 흑도인이겠어?"

한근농은 답답하다는 듯 대답했다.

"이계의 침공이 시작된 이후로는 백도고 흑도고 나눌 형편이 못 됩니다. 이제 막 세속에 나오신 터라 적응하시기 어렵겠습니다만, 무림맹과 천마신교 본부는 실제로 잘 조화를 이루면서 낙양에 함께 있습니다."

"……"

"가 보시면 알 겁니다. 다만 저희는 사문에 먼저 가 봐야 하기 때문에 길이 길어질 수 있습니다."

"아, 아까 들었어. 그건 왜 그런 거야? 분명 무림맹에 보고해야 한다고 하지 않았나?"

"조금 더 안전하게 가려고 합니다. 분명 저쪽에선 저희가 북쪽으로 올라간다고 믿을 것이니, 사문에 들려 화산의 정기로 몸을 한번 씻는 것이 좋다 판단했습니다."

"저쪽이라면, 이계를 말하는 건가?"

"……"

한근농은 대답하지 않았다. 살짝 어두운 그의 표정을 보곤 운정도 그에게서 시선을 돌려 앞을 보았다.

"복잡한 사정이 있나 봐."

"세속이 뭐 그런 거 아니겠습니까?"

"그렇지. 아군 같은 적이 있고 적 같은 아군이 있고. 백도 흑도가 없다더니, 꼭 그런 건 아닌가 보지?"

"……"

"아, 오해하지 마. 세속에 관한 건 다 책에서 읽은 것뿐이니까."

운정은 팔을 머리 위로 하며 슬쩍 뒤를 돌아보았다. 그러자 또다시 정채린과 눈이 마주쳤는데, 그녀는 급히 눈길을 돌리곤 먼 산을 보기 시작했다.

운정은 그녀를 계속해서 바라보며, 옆에 있던 한근농에게 작은 목소리로 물었다.

"정 소저, 왜 화난 건지 알아?"

한근농은 피식 웃더니 말했다.

"아, 그러고 보니 그 말을 하려고 운 형을 앞으로 부른 겁니다."

"응?"

"뭐, 오랫동안 여자를 못 보고 스승님과만 살았다니 이해는 갑니다만, 너무한 것 같습니다."

"뭐가?"

"형님은 여인이 가장 좋아하는 남자가 어떤 남자인 줄 아십니까?"

"갑자기 무슨 뚱딴지같은 질문이야?"

"대답이나 해 보십시오. 서적으로라도 세속을 익히신 운 형의 지식을 알고 싶습니다."

"글쎄, 수련에 방해가 된다고 여인에 관련된 건 전혀 배우질 못했는데. 어렸을 적 얼핏 들은 것이 전부야."

한근농은 살짝 웃더니, 대단한 비밀을 알려 주는 것처럼 그의 귓가에 속삭였다.

"잘생긴 남자입니다."

"응?"

"남자나 여자나 사실 다 똑같습니다. 잘생기고 예쁜 사람이 좋지요. 그뿐입니다."

"……."

"하지만 사람에겐 아무리 잘생기고 예쁜 사람보다 더 사랑하는 사람이 있습니다. 누군 줄 아십니까?"

"누군데?"

"바로 자기 자신입니다."

"……."

"그래서 자기 자존심을 깎아내리는 사람은 아무리 잘생기고 예뻐도 정이 안 가지요. 우선 내가 있어야 내 사랑이 있는 거 아니겠습니까?"

"그렇지."

한근농은 다시금 씨익 웃으며 운정의 어깨를 툭 쳤다.

"의문과 고찰 그리고 깨달음과 평생 씨름하시는 도사이시니, 이 정도만 알려 주어도 스스로 알아내시리라 믿습니다."

"뭐, 뭐야? 거기서 정 소저가 왜 화가 났는지를 알아내라는 거야?"

"네, 그렇습니다. 어차피 눈에 띌까 봐 빨리 건지도 못합니다. 남아도는 게 시간이니, 한번 답을 맞혀 보십쇼."

"크흠, 글쎄. 내가 너무 경험이 없어서 될지 모르겠지만, 뭐 한 동생이 말하는 것처럼 시간이 많으니 한번 상고해 보도록 하지."

운정은 그 뒤에 정말로 눈을 반쯤 감고는 깊은 생각을 하기 시작했다. 그런 그의 모습을 물끄러미 보던 한근농은 입가에 깊은 미소를 유지하긴 했지만, 두 눈으로는 웃지 않았다.

사실 지금까지 그의 눈은 한 번도 웃은 적이 없었다.

第三章

정채린의 우려와 다르게 화산까지 가는 길은 매우 평탄했다. 그동안 운정은 한근농에게 세상과 무림의 정서를 대략적으로 배웠고, 상식이라고 할 만한 건 대부분 갖추었다. 책을 통해서 어느 정도 알고 있었던 것이 큰 도움이 되었다.

무당에서 화산까지는 대략 천 리로, 매화검수 수준의 무림인 걸음으론 칠 주야 안에도 주파할 수 있는 거리다. 다만 그들은 불시에 찾아올 수 있는 적의 공격에 대비하기 위해서 하루 100리만 걸으며 체력을 보존했는데, 열흘 동안 내력을 크게 쓸 일은 일어나지 않았다.

운정은 쉬는 틈틈이 선공을 운행하며 내력을 회복하려 했다. 그러나 세속에선 무당산에서 할 때와는 비교도 할 수 없을 만큼 적은 양만이 쌓일 뿐이었다. 호흡한 대자연의 만기(萬氣)를 거르고 또 걸러, 가장 순수한 형태인 선기를 뽑아내면 백분지 일보다 못 미치는 수준으로 줄어들었다.

때문에 그는 열흘이 넘는 시간 동안 시간 날 때마다 운공을 했음에도, 이계인에게 사용했던 그 내력만큼도 회복하지 못했다. 반절, 아니, 반절의 반절도 채우지 못했다.

겨우 정신을 차린 우향낙선이 마지막으로 가르친 것은 형태의 도움을 받으라는 것이었다. 운정이 이제 보니, 거기엔 그만한 이유가 있던 것이다. 생명이 다하는 순간까지 그를 생각한 사부에게 감사함을 느꼈지만, 그렇다고 현 상황이 나아지는 것은 없었다.

매화검수들은 화산에 막 들어가기 전, 가볍게 회포를 풀자고 정채린에게 부탁했다. 화산이 지척이니, 큰 위험이 될 것이 없다고 생각한 정채린은 오늘 밤 술판을 허락했고, 매화검수들은 객잔 하나를 통째로 빌려 모두 인사불성이 될 때까지 술을 마셨다.

운정은 화산파의 허락을 받아야 화산에 들어올 수 있었다. 그래서 그때까지 객잔에 남아 있을 생각이었고, 만약 허락받지 못했을 때는 매화검수들과 마지막으로 보는 것이라, 모두들 그에게 술판에 참석하라 아우성이었다.

하지만 술을 그리 좋아하지 않던 운정은 한사코 거절하고는 조용히 뒤뜰에 나와 운기조식을 취했다. 역시 별로 성과가 없자, 그는 운기조식을 멈췄다.

"이대론 어렵군."

운정은 작은 불평을 내뱉으며 눈을 떴다.

그렇게 주변 상황이 인지되기 시작하자, 뒤쪽에서 어떤 가벼운 기척을 느꼈다.

"소 소저?"

소청아는 배시시 웃음을 흘리며 양손으로 들고 있던 것을 앞으로 내보였다. 네 방향으로 쌓인 보자기인데, 입맛을 돋우는 좋은 냄새가 조금씩 흘러나오고 있었다.

그녀가 말했다.

"운기조식 하시느라 시장하시죠?"

"아닙니다. 그런데 그건?"

소청아는 눈웃음을 치며 말했다.

"에이, 몇 번이나 말씀 놓으시기로 했으면서, 또 올리신다."

운정은 괜스레 머리로 손을 움직이며 말했다.

"아, 미안. 익숙하지가 않아서."

소청아는 깊은 미소를 지었다.

"자! 이건 제가 정성을 담아 만든 만두예요, 헤헤."

소청아는 깃털 같은 걸음으로 그에게 쪼르르 달려와 그의 앞에 보자기를 펼쳐 보였다. 그리고 나무 뚜껑을 열자 안에서 모락모락 김이 풍겨져 올라왔다.

운정은 당황한 표정으로 그녀에게 말했다.

"난 육식을 하지 않아. 혹 이 안에……."

소청아는 고개를 흔들흔들하며 콧소리를 내었다.

"에이, 참. 제가 그것도 모르겠어요? 도사님이 육식을 하실리가 없잖아요? 우리 화산파에선 육식과 상관없는 내공심법도 많지만, 무당파의 내공심법은 그렇지 않다고 들었어요."

"맞아. 아무래도 무당파는 순수하게 도문이니까. 혹시 소 소저가 보기에 화산파는 얼마나 도문이라고 생각해?"

"얼마나라고 하시면?"

운정은 만두 하나를 들어서 이리저리 둘러보았다. 만두는 결 하나하나 가지런히 정돈되어 있었다.

"십 중 몇이라 생각하느냔 거지."

소청아는 난처한지 한쪽 눈썹을 찡그리며 말했다.

"십 중 몇이라……. 흐음, 글쎄요. 그렇게 딱 말하기 어렵네요."

"그래?"

운정은 만두를 큰 입에 한 번에 넣었다. 소청아는 그가 입을 델까 놀랐지만, 운정은 아무렇지도 않다는 듯 만두를 우걱우걱 씹어 먹었다. 그렇게 다섯 번도 채 씹지 않고 꿀떡 삼킨 운정은 고개를 몇 번이고 끄덕이며 말했다.

"화식은 그리 좋지 못하지만, 완전히 문제될 건 아니니까 괜찮을 것 같네."

"네?"

"이 만두 말이야. 안에 야채를 뜨거운 물에 데친 것 같은데 아니야?"

"아, 맞아요."

"세속 기준으론 화식이라 하기도 민망하겠지만, 내겐 이 정도도 화식이라 할 만해서. 몸이 워낙 순수해서 말이야."

"아, 네."

"왜 그래?"

소청아는 굳은 표정에 억지로 미소를 지으며 운정을 보았다.

"아, 혹시 입맛에는 잘 맞으세요?"

"맛 말이야?"

"네."

"맛이야 뭐 이러면 어떻고 저러면 어때? 입으로 느껴지는 쾌락에 집중하다 보면 내 몸이 진정으로 바라는 걸 알지 못하니, 미각이 그 기능을 온전히 수행하기 위해선 맛으로 인해 내 몸에 해가 되는지 아니면 득이 되는지만을 따지고, 그 외에 주는 모든 쾌락은 무시하는 것이 옳지."

"……."

"만두 안 먹어?"

"아니에요. 그, 도사님 다 드세요. 전 배불러요."

"흐음, 정 그렇다면."

운정은 입속에 만두를 쏙 넣었다. 그러곤 역시 다섯 번도 씹지 않고 그대로 삼켰다. 그 모습을 보며 소청아는 작은 한숨을 쉬더니 곧 밝은 얼굴로 다시 물었다.

"한 가지 물어볼 것이 있어요. 몸을 소중히 하시는데 왜 씹는 건 그렇게 적게 씹으시나요?"

운정은 손가락 하나까지 들어 보이며 신난 듯 대답했다.

"아, 그건 말이야. 이 음식이라는 것이 사실 우리의 몸에 있어 대단히 중요한 역할을 하는 거야. 그런데 이것이……."

그렇게 시작한 운정의 대답은 언제 끊어질지 모를 정도로 계속되었다. 처음에 소청아는 고개를 끄덕이며 운정의 말에 집중하는가 싶더니 이것이 일각을 넘어서 한 식경이 넘어가기 시작하자 결국 그녀도 두 손, 두 발 들 수밖에 없었다.

"아, 자, 잠깐만."

"응? 왜 그래?"

"내, 내일 저희가 화산에 올라가는 거 아시죠? 이미 늦었지만, 지금이라도 잠을 청해야 할 것 같아서요."

운정은 자리에서 일어나며 말했다.

"아, 진작 말하지. 내가 소 소저를 불편하게 한 것 같네. 어서 올라가 봐."

소청아는 고개를 숙이며 인사했다.

"그럼, 좋은 밤 되세요."

"소저도 잘 자고."

그렇게 소청아는 다가올 때와는 정말 다르게 빠른 걸음으로 사라져 버렸다.

그런 그녀의 뒷모습을 보던 운정은 곧 하나 남은 식어 버린 만두를 내려다보더니, 곧 입에 쏙 넣고는 손을 탁탁 털었다. 역시 우걱우걱 씹어 삼킨 그는 짧은 만남에 대한 감상평을 남겼다.

"예쁘긴 예쁘군. 보면 볼수록 마음이 동하려 하는 것이 바로 성욕이라는 건가? 그래도 수면욕이나 식욕보단 억제하기 어렵지 않아. 생명과 관련이 없는 것이니, 끌려 다닐 필요도 없고. 다만 사부님께서 그 맛을 알면 알수록 욕구가 강해지는 특성이 있다 했으니, 조심하는 것이 좋겠어."

운정은 걸음을 옮겨 객잔 안으로 향하기 시작했다.

객잔 안에는 이리저리 취한 채로 쓰러져 잠을 자고 있는 매화검수들로 인해 난장판이었다. 남은 음식들과 접시는 상 위와 바닥을 모르고 난잡하게 돌아다녔고, 술병은 금이 가 있는 것만 반이 넘었다.

보법을 방불케 하는 발걸음으로 이리저리 피해 계단으로 가려던 운정은 막 주방에서 고개를 내민 정채린과 눈이 마주쳤다.

지난 열흘 동안 그들은 인사말을 제외한 어떠한 대화도 하지 않았기에 운정은 간단히 묵례를 한 뒤, 다시 걸음을 옮겼다.

그런데 정채린이 먼저 그에게 말을 건넸다.

"그, 이야기를 들었습니다. 오, 오랫동안 동문도 없이 스승님과 홀로 지내셨다고……. 그, 그렇다면야 이, 이해는 합니다."

운정은 걸음을 멈추고 정채린을 우두커니 보았다.

"무슨 일이십니까?"

정채린은 잠시 뜸을 드리더니 곧 용기를 내어 말을 했다.

"시, 시장하시지는 않습니까? 저녁을 거르신 걸로 알고 있는데."

운정은 고개를 흔들었다.

"방금 만두를 먹어 속은 괜찮습니다만."

"아, 마, 만두요?"

"소 소저가 가져다주었습니다."

"아……."

난처해하는 정채린의 뒤로 주방의 불빛이 그녀의 그림자를 만들고 있었다. 운정은 그 흔들거리는 그림자를 보곤 말했다.

"혹시 음식을 만든 것입니까?"

정채린은 고개를 푹 숙이곤 갑자기 손을 모으더니 시선을 땅으로 가져갔다.

"나, 남는 게 있어 버리기가 아까웠습니다. 그래서 내일 먹으려고 볶아 두었는데, 혹시 시장하시면 지금 잡수셔도 괜찮습니다만."

"내일 아침 일찍 떠나시는 것 아니었습니까?"

"아, 그, 그게……."

"뭐, 한번 보겠습니다."

"……."

운정은 훌쩍 뛰어, 그녀 앞에 섰다. 정채린이 소리도 못 내고 깜짝 놀라자, 운정이 그녀를 위아래로 쳐다보며 말했다.

"고수가 이 정도에 놀라면 어찌합니까?"

"아, 그, 그것이."

그녀의 말이 끝나기도 전에, 운정은 그녀를 지나 주방으로 들어갔다. 주방에는 큰 솥이 있었는데, 그 속에는 한 사람이 먹기 좋은 양의 고기와 야채가 볶아져 있었다.

운정이 가까이 다가가며 말했다.

"미안하게 됐지만, 나는 육식을 하지 않습니다. 그리고 기름도 먹을 수 없습니다."

정채린의 두 눈이 크게 떠지더니 곧 갈대처럼 흔들거렸다. 그녀는 모은 두 손을 만지작거리며 나지막하게 말했다.

"아, 그, 그렇죠. 도, 도사이시니, 육식을 하지 않으시겠죠? 제, 제가 생각이 짧았습니다."

"화산의 내공심법엔 육식이 가능한 것도 많다 들었습니다. 그래서 착각하신 듯합니다만, 원래 도문의 도사는 육식을 하지 않는 법입니다."

"……."

"……."

짧은 침묵 후, 정채린이 말했다.

"그, 그럼 이건 동문들이 깨어나면 줘야겠습니다."

"그럼."

운정은 솥에서 시선을 거두곤 다시 정채린에게 묵례를 건넸다. 그리고 정채린을 다시 보았는데, 그녀의 두 눈에는 강렬한 투기가 가득했다.

"저, 정 소저?"

정채린은 즉시 검을 빼 들었고, 그녀의 몸에선 강력한 기운이 폭발되었다.

심상치 않다.

운정도 기감을 끌어 올리며 정채린이 바라보는 곳으로 고개를 돌렸다.

그곳엔 인간의 모습을 한 요괴 하나가 있었다.

칠흑과도 같은 피부.

눈 같이 흰 머리카락과 눈썹.

검은 홍채 속에 흰 동공.

손바닥보다 큰 당나귀 귀.

어둠 속에 몸을 완전히 가린 그 요괴는 천천히 앞으로 걸어 나왔다. 그러자 부엌의 불빛이 그 몸을 밝히기 시작했고, 검디검은 육신이 모습을 드러냈다. 그 요괴는 팔짱을 끼더니 조금 어눌한 발음으로 한어(韓語)를 말하기 시작했다.

"대화를 하자. 무기는 내려놓고."

정채린과 운정은 그 요괴를 눈으로 보면서도 믿지 못했다. 요괴가 가진 이상한 외형 때문이 아니다. 그저, 눈을 보고 있어도 느껴지지 않는 존재감 때문이었다. 입을 열어 말까지 했는데도 존재감이 느껴지지 않는 것은 단순히 기척을 숨겼다는 것을 넘어서는 수준이다.

정채린이 물었다.

"제 눈에만 보이는 겁니까?"

운정이 고개를 살짝 흔들었다.

"제 눈에도 보입니다. 둘 다 보이니, 환각은 아닌 것 같은데."

"환각이 아니라고 하기엔 존재감이 너무 없습니다. 어떤 술법이라 보십니까?"

"주변의 기운을 느껴 보면 술법은 아니라 봅니다."

그 요괴는 적당한 거리에 서더니, 솥 안을 슬쩍 보곤 말했다.

"한눈에 봐도 알겠다. 정말 형편없는 솜씨군. 내가 해도 이것보단 잘하겠다."

"뭐, 뭐라고요!"

정채린의 얼굴이 급격하게 붉어졌다. 요괴는 이상한 웃음을 흘리더니, 운정에게 말했다.

"내 용무는 네게 있다. 잠깐 시간 좀 내주겠나?"

운정은 그 요괴를 경계하는 눈초리로 바라보며 되물었다.

"요괴가 내게 무슨 용무지?"

"네게서 나는 저주의 냄새로 짐작할 때, 혹시 내가 아는 마법사를 죽였나 해서 말이다."

"……"

"표정을 보니, 맞는 것 같군. 어떤가? 잠깐이면 된다."

요괴는 뒤뜰을 향해 고개를 까딱였다. 그러자 그를 지켜보던 운정의 표정에서 경계심이 사라지며 호기심이 차오르기 시작했다.

정채린이 먼저 말했다.

"이계인이 분명합니다. 혹 따라가셨다가 봉변이라도 당하시면……"

운정이 그녀의 말을 잘랐다.

"내 운명이겠지. 갑시다, 이계인."

요괴는 씨익 웃으며 치아를 보였다. 그 치아까지 검은색이었다.

"인간은 아니니까, 이계인이라는 말도 맞진 않지."

그 말을 들은 운정의 표정에는 더욱더 큰 호기심이 자리 잡았다.

요괴는 의외로 평범한 걸음으로 부엌 밖으로 나갔고, 운정은 그를 따라 나갔다.

뒤뜰로 나가는 그들을 보며 한참을 고민하던 정채린은 잠시 그들의 뒤를 보다가 곧 계단을 통해 이 층으로 올라갔다.

*　　　　　*　　　　　*

뒤뜰을 통해서 우거진 숲까지 걸어간 그 요괴는 뒤돌아보며 운정에게 말했다.

"중원의 인간은 우리만큼 숲에서 빠른 걸로 아는데, 일단 따라와 보고 힘들면 알려 줘라."

운정이 물었다.

"발이 빨라지는 요술(妖術)도 있나? 요술에 축지법(縮地法)이 있는 줄은 몰랐는데."

"요술도 축지법도 무엇인진 모르겠지만, 내 말은 알아들었겠지. 그럼 따라와."

요괴는 그렇게 말하곤 살짝 자세를 잡더니, 앞으로 달리기 시작했다. 평지를 달리는 것과 다름없는 모양새를 취했는데, 어이없게도 경공을 펼치는 무림인만큼이나 빠르게 치고 나아갔다.

운정은 순간 고민했다. 그의 속도에 맞춰 따라간다면 다시 회복하기 어려운 내력을 더 사용해야 할 것이고, 또 가서 정채린의 말처럼 무슨 봉변을 당할지 모른다.

그의 입꼬리가 살짝 올라갔다. 그리고 어린아이의 순진무구한 그 호기심이 그의 얼굴에서 떠올랐다. 그는 곧 무당파 최고 경공, 제운종을 펼쳐 요괴를 따라갔다.

내력 대비 가장 효율이 좋은 속도로 움직였는데, 그 정도만 해도 금세 그 요괴의 발걸음을 따라갈 수 있었다. 요괴는 어느새 그의 뒤를 쫓아온 운정을 보자, 흰 동공이 커져 검은 홍채 전체를 삼켰다. 눈에서 검은색이 완전히 사라져 온통 흰색으로 칠해놓은 것처럼 된 것이다.

"여유로워 보이는데 더 빠르게 달릴 수도 있나?"

"할 수야 있지만, 그러고 싶지 않은걸."

요괴는 다행히 속도를 높이지 않았다. 그는 운정을 발을 흘끗하며 말했다.

"중원의 인간은 정말 놀랍군. 매번 느끼는 거지만. 무공이라는 인간 고유의 기술로 이토록 발전할 수 있다니 대단하다."

운정이 물었다.

"이계의 인간은 다른가?"

"다르다. 각 종족의 기술들을 배우고 응용하는 데는 고수지만 본인들의 원천 기술은 적다. 그래도 아무런 축복을 받지 못한 그들이 당당히 지성체(知性體)에 이름을 올린 것을 보면, 우리 쪽 인간이나 중원의 인간이나 스스로의 노력으로 한계를 넓히는 건 똑같군."

"노력으로 한계를 넓힌다?"

"그것이야말로 인간을 가장 잘 설명한 인간의 특성이지 않나? 잠깐 멈출까?"

요괴는 한적한 공터에서 멈췄다. 운정도 서서히 속도를 줄여 그의 옆에 섰다.

그 공터는 밤이라고 하기 이상할 정도로 밝았다. 밤하늘을 가득 매운 보름달이 훤히 밝혀 주고 있었기 때문이다. 그곳은 발을 겨우 덮는 잔디밭으로 한두 군데 큰 나무가 있는 것을 제외하면 꽤나 넓고 평평한 곳이었다.

요괴는 한쪽에 서더니, 양손을 앞으로 뻗었다. 그러자 아무것도 없던 공간에 반짝거리는 무언가가 서서히 생기기 시작했다. 마치 매우 작은 반딧불 수백 마리가 서서히 불빛을 내기 시작하는 것 같았다.

대체적으로 푸른빛을 띠는 그 작은 불빛은 그 양이 많아짐에 따라, 어느새 달빛조차도 이기는 수준에 이르렀다. 곧 보름달이 만든 그림자보다, 그 불빛 덩어리가 만드는 그림자가 더 진해졌고, 그렇게 만들어진 요괴의 두 번째 그림자에서 한 얼굴이 불쑥 튀어나왔다.

그림자에서 튀어나온 또 다른 요괴가 운정을 보더니 말했다.

"Si taht mih?"

불빛 덩어리를 만든 요괴가 고개를 끄덕이자, 그림자에서 얼굴을 내밀던 요괴가 서서히 모습을 드러냈다. 마찬가지로 검은 피부와 백발을 가지고 있었는데, 여성적인 굴곡이 몸 곳곳에서 드러났다.

인간이 아니기 때문일까? 운정은 인간의 범주를 한참 넘은 아름다움을 그녀에게서 보았다. 평정심이 없는 범인이라면 눈을 마주치는 순간 마음을 송두리째 빼앗길 것이 분명했다.

그 여요괴는 운정에게 가까이 다가오더니, 곧 남요괴에게 뭐라 말했다.

"Llet mih ot yats thgit."

"가만히 있어 보란다. 위해를 가하진 않으니까, 걱정하지 말고."

운정은 그 여요괴를 위아래로 훑어보며 말했다.

"살기가 느껴지면 즉시 공격한다고 전해 줘."

"위해를 가할 생각이었으면 기습했지. 가만히만 있으면 돼."

여요괴는 조용히 눈을 감고는 운정의 어깨에 손을 올렸다. 그렇게 얼마나 오랜 시간이 걸렸을 까? 그 여요괴는 손을 때곤 말했다.

"re'Uoy thgir. Ees uoy noos."

여요괴는 다시 남요괴에게 되돌아가더니, 마치 물속에 빠져드는 것처럼 그 그림자 속으로 모습을 감추었다. 남요괴는 곧 공중에 뻗었던 양손을 내렸고, 그러자 그의 앞에 생성되었던 불빛 덩어리가 빠르게 빛을 잃었다.

남요괴는 그 자리에 앉으며, 깊은 숨을 들이마셨다. 운정은 그의 앞으로 와서 같이 앉으며 말했다.

"이제 용무가 뭔지 말해 줄 때가 된 거 아니야?"

남요괴는 여전히 눈을 감은 채 심호흡을 했다. 그러면서 자기 입가에 손가락 하나를 가져가 말을 할 수 없다는 수신호를 보이곤, 그렇게 계속 호흡을 이어 나갔다.

그렇게 운정이 하품을 하려 할 때쯤 남요괴가 흰자위 속 검은 눈동자, 그리고 그 속에 다시 흰색 동공을 담고 있는 두 눈을 떴다.

"기다리게 했군."

"방금 그 여요괴는 뭐지?"

"간단하게 말하면 내가 말한 마법사를 죽인 자가 정말 너인가 정밀하게 확인한 것이다. 나는 네게 저주의 냄새를 맡아서 추측했을 뿐이지, 정확히 그 저주가 그 마법사의 저주인지는 알지 못하니까."

운정은 몸을 뒤쪽으로 기울이며 두 팔을 뻗어 땅을 짚었다. 그러곤 두 다리를 펴서 꼬며 물었다.

"그래서 그 마법사를 죽인 내게 무슨 저주가 있는데?"

"그 마법사는 마도구(魔道具)를 틀림없이 가지고 있었을 것이다. 반지의 형태로 말이지."

"아, 반지는 기억나. 각양각색의 큰 보석 반지를 열 개나 가지고 있었지. 그래서 그게 무슨 저주인데?"

"최상급 보복 저주. 자신을 살해한 대상을 같이 죽인다."

"뭐?"

"자신이 죽는 순간 그 죽음에 직접적인 영향을 끼친 사람을 죽인다. 정확한 조건과 범위 등의 설정은 아무리 설명해도 모자랄 거 같으니 그냥 그렇게 알면 된다."

"그게 어떻게 가능한데? 그냥 죽여 버린다고?"

"그래서 최상급 저주라는 것이다."

"……."

운정은 열흘간 한근농에게 이계의 술법에 대해서 간략한 이야기를 들었었다. 중원의 무공과 가장 큰 차이점이라면 바로 절대성. 어떤 조건이 갖춰지면 어떤 현상이 일어나는 식으로, 어떤 힘의 세기를 상대적으로 따져 성공과 실패가 좌지우지되지 않는다는 것이다.

이는 그 저주도 마찬가지. 설사 운정이 가진 무공이 산을 가르고 바다를 가른다 하여도, 저주와 아무런 상호관계가 없는 한 그를 저주로부터 보호하지 못한다.

요괴가 더 설명했다.

"그런데도 네가 살아 있는 이유는… 아마도 내 생각인데, 이계의 환경에 있기 때문에 우리 쪽 마법이 발동되는 환경이 아니라서 그런 거 같다. 즉, 우리 세계로 넘어오면 즉사한다."

"그렇다면 별로 상관할 것 없잖아? 내가 이계에 가지 않으면 상관없는 것 아닌가? 뭐 구경할 수 없다는 게 아쉽긴 하지만."

"문제는 우리 세계의 마법사라면 수준이 낮은 자라도 쉽게 마나를 재배열하여 주변 환경을 우리 쪽 환경으로 만들 수 있다는 것이다. 즉, 나를 포함해서 언제라도 너를 죽일 수 있다는 점이다. 네가 죽인 마법사에게도 세력은 있다. 그쪽에선 이 정보를 당연히 알 테니 그 저주는 네게 앞으로 굉장한 부담이 될 것이다."

"그래서? 너는 그 마법사의 세력과 적대하는 세력이 있나 봐? 그래서 내게 접근했어?"

"……"

남요괴는 말을 하지 않고 운정을 물끄러미 바라보았다. 운정은 눈썹을 들어 올리며 말했다.

"왜 그렇게 봐?"

남요괴는 고개를 갸웃하며 말했다.

"내 말을 의심하지 않는 것 같아서 그렇다."

"이유가 없잖아, 의심할."

"난 이계의 주민이고 넌 중원인이지 않나?"

"그래서?"

남요괴는 어깨를 들썩이더니 말했다.

"이계에 속한 나를 중원에 속한 사람처럼 대하는 것도 그렇고, 인간이 아닌 나를 인간처럼 대하는 것도 그렇고… 너는 마치 한쪽 편에 속한 자가 아닌 것 같다."

운정은 하늘을 올려다보며 말했다.

"어차피 내겐 낙선향을 제외한 모든 세상이 이계야. 어느 정도 깨달음을 얻고 난 후엔 고향의 가족들도 내겐 큰 의미가 없게 되었지. 내 세상은 이미 사라지고 없어."

"낙선향?"

"내가 내 사부님과 함께 살던 곳이야. 이 공터보단 조금 작겠어."

"사부님이라면 스승을 말하는 것인가?"

운정이 고개를 끄덕이며 말했다.

"그래서 말인데, 나도 뭐 하나 물어보면 안 될까?"

남요괴는 눈초리를 모았다.

"역시 그냥 막연한 호기심으로 따라온 건 아니군?"

"이계인에게 물어보고 싶은 게 있어서 말이야."

"이계는 맞지만 인간은 아니다. 질문은 뭐지?"

"혹시 무당산의 정기가 사라진 일을 알고 있어?"

"무당산? 정기?"

"내가 죽인 그 마법사가 무당산의 정기를 가져간 것 같아서 말이야."

"……."

"왜 또 그렇게 보는데?"

남요괴는 자신의 큰 귀를 몇 번 만지작거리더니 말했다.

"네가 내게 이런 중립적인 태도를 보이는 게 진짜 이상해서 그렇다. 적응이 안 되는군."

"뭐가?"

"너는 내가 그와 한편이라는 의심을 전혀 하지 않는다."

"글쎄. 이계란 곳이 그리 작은 곳인가? 그곳에도 수많은 사람들이 살고 있다고 생각하는데, 단순히 같은 곳에서 왔다고 해서 한편이라는 건 너무 큰 억측이지."

"그런 억측을 하는 사람이 적지 않다. 우리 일족의 가장 현명한 장로들도 그렇게 생각한다."

날카롭게 운정의 말을 받아 말한 남요괴의 눈빛에는 작은 감탄이 있었다. 운정은 대수롭지 않다는 듯 웃으며 말했다.

"그래서 물어보잖아. 그 마법사와의 연관성을 말이야. 애초에 내가 그를 죽였다는 사실과 저주가 걸렸다는 게, 왜 네 용무인지 정확히 설명해 봐. 내 질문에도 답해 줬으면 하고."

남요괴는 고개를 크게 끄덕이더니 말했다.

"내 말이 중구난방이었다. 사과하지. 신용을 먼저 얻으려고 그런 것이다."

"그럼 처음부터 부타……."

순간 운정이 표정을 굳었고, 그는 뒤를 돌아봤다. 영문을 모르던 남요괴도 그를 따라 뒤쪽으로 시선을 던졌는데, 그곳엔 우거진 숲 말고는 아무도 없었다.

"갑자기 왜 그러……."

그 순간 남요괴의 두 눈에 먼 곳에서 경공을 펼치며 다가오는 두 여인이 포착되었다. 남요괴는 즉시 자리에서 일어나며 품속에 허리춤으로 양손을 가져갔다. 그러곤 전투적인 자세를 취했는데, 쫙 벌린 그의 양손에는 어느새 새파랗게 달빛을 반사하는 묘한 형태의 무기가 잡혀 있었다. 그것은 완전한 원형으로 전 방향에 섬뜩한 예기를 흘리고 있었다.

그런 남요괴의 모습을 본 정채린과 소청아도 검을 뽑아 들었다. 그러곤 운정의 양옆에 서서 남요괴에게 투기를 발산했다.

운정이 말했다.

"잠깐. 나는 괜찮으니, 투기를 거두어 주시겠습니까?"

정채린은 남요괴에서 시선을 거두지 않으며 말했다.

"저 요괴의 말을 믿지 마십시오. 이계에서 온 자입니다."

"정말 서로 피를 볼 생각입니까? 위해를 가할 자라면 진작 그랬을 겁니다."

"동문들이 만취한 틈을 타 불러낸 것을 보면, 좋은 의도는 아닙니다."

남요괴는 긴장을 늦추지 않고, 정채린과 소청아를 번갈아 보더니 말했다.

"만일의 사태에 대비해 모험을 할 수 없었다. 그 정도의 인원이면 자결할 새도 없이 사로잡힐 만하니까. 아까도 말했지만, 나는 대화를 하고 싶을 뿐이다."

소청아는 검에 내력을 불어 넣으며 앙칼지게 소리쳤다.

"그 말을 어떻게 믿죠? 감언이설로 도사님을 속이려고 하지 마세요."

운정은 양쪽에 말했다.

"일단 무기부터 좀."

대치하는 정채린, 소청아와 남요괴는 운정의 말에도 무기를 내려놓을 생각을 전혀 하지 않는 듯했다. 운정은 하는 수 없이 자리에 일어나서 그 중간에 섰다. 그러곤 양손으로 무기를 내려놓으라고 계속 손짓하며 싸움이 일어나지 않기를 바라야 했다.

한동안 그렇게 소강상태가 이어지자 남요괴가 먼저 운정에게 말했다.

"우선 저주에서 벗어날 방법을 알려 주겠다. 그럼 나를 믿을 수 있을 것이다."

"뭐?"

"그 마법사가 착용하던 열 반지 중 하나에 그 저주의 권능이 있었을 것이다. 네가 그 반지를 착용하면, 반지의 주인이 되어 그 권능이 네게 도달하지 못한다. 그러니 정 모르겠다면, 열 개의 반지를 모두 착용해."

소청아가 그의 말을 막았다.

"무슨 수작인지 알 수 없어요. 그자의 말을 듣지 마세요, 운정 도사님."

남요괴는 소청아의 말을 무시하곤 계속 운정에게 말했다.

"그 뒤에 나와 만나면 내가 근본적인 해결법을 알려 주겠다. 일단 착용하면 그 마법사의 세력이 네게 복수하려고 해도 널 쉽게 죽이지 못할 거야. 그 열 반지에는 다른 방어 마법들도 있을 테니까. 그리고 내 신용은 네가 말한 무당산의 정기에 관한 정보를 알아봐 주는 것으로 증명하겠다."

"요괴든 이계인이든, 어쨌든 나는 지금 널 의심하지 않아. 걱정하지 말고 일단 무기부터 좀 내려놔 봐."

남요괴는 고개를 살짝 흔들었다.

"네가 아무리 중립적이라고 하나, 정작 싸움이 일어나면 나보단 저 여인들의 편을 들 것 아닌가?"

"그렇지 않아."

그의 대답에 소청아와 정채린 그리고 남요괴까지 모든 이의 눈이 크게 떠졌다. 남요괴는 한동안 운정을 바라보다가 곧 이내 털어놓듯 말했다.

"어쨌든 나는 무림의 세력에 사로잡힐 수 없다. 죽으면 죽었지 중원의 세력에 어떤 정보도 누설할 순 없어. 일말의 가능성이 있는 한 모험을 하지 않겠다."

"⋯⋯."

"기다리면 내가 알아서 연락을 취하겠다."

가만히 대화를 듣던 정채린이 말했다.

"왜 운정 도사께 이런 호의를 보이는 것입니까? 아무런 대가도 없다곤 볼 수 없습니다."

남요괴가 대답했다.

"물론 그만큼 나도 원하는 것이 있다. 하지만 무슨 제안을 하든 그 전에 신용이 필요하겠지. 다시 말하지만 정보를 얻으면 다시 연락을 취하겠다. 그 뒤에 내 요구를 이야기하겠다. 그때 듣고 판단해 줬으면 하는군."

남요괴는 그렇게 말한 후, 서서히 뒷걸음치기 시작했다. 그것은 도저히 빠르게 걸을 수 없는 자세임에도 엄청난 속도로 움직였다. 마치 무언가가 그의 몸이 뒤에서 빨아들이는 것과 같았다. 그가 처음 운정과 함께 숲을 가로질러 뛸 때 보여 줬던 그 놀라운 걸음과 동일한 종류의 것이 틀림없었다.

그가 사라지는 것을 본 정채린은 긴장을 풀며 검을 내렸다. 그런데 그 순간 소청아가 얼른 운정에게 다가와 그의 품에 몸을 던졌다. 운정이 얼떨결에 그녀를 안으며 물었다.

"소, 소 소저?"

소청아는 울먹이는 듯한 표정으로 운정을 올려다보며 말했다.

"괘, 괜찮으시죠? 전 혹시나 도사님께서 몸이 상하셨을까봐… 흑흑."

"괜찮아. 그러니 조금……."

운정은 그녀를 밀어냈고, 소청아는 억지로 더 품에 파고들었다. 그러자 운정이 몸을 틀며 그녀를 피하자, 그녀는 순간 중심을 잡지 못하고 공중에서 허우적거렸다.

"풋."

정채린은 작은 웃음소리를 내더니 즉시 차가운 표정을 지었다. 소청아는 눈을 게슴츠레 뜨고 정채린을 올려다보았고, 정채린은 그녀의 시선을 무시하며 운정에게 말했다.

"이계인을 함부로 신용하시면 안 됩니다."

운정은 정채린과 눈을 마주치며 말했다.

"원한다면 무슨 대화를 나눴는지 말해 드리겠습니다."

정채린은 고개를 흔들더니 말했다.

"은인께 감히 그런 것을 요구할 순 없습니다. 다만, 이계는 우리 중원의 적임을 잊지 마십시오."

"……"

"몸은 괜찮은 것 같으니, 돌아갑시다."

정채린은 몸을 돌려 경공을 펼치려 하자 운정이 다급히 물었다.

"혹시 그 마법사의 반지 말입니다. 어디 있는 줄 아십니까?"

정채린은 막 내력을 불어 넣으려다가 포기하곤 다시 몸을 돌려 운정을 보았다.

"운정 도사께서 사부님과 함께 있는 동안, 저희 동문들이 그를 묻었습니다. 제가 확실히 확인한 건 아니지만, 반지도 같이 묻었을 겁니다."

"그럼 그가 죽은 곳에 있습니까?"

"정확히는 묻은 곳에 있을 것입니다. 반지를 얻으시려거든 다시 무당산으로 가서야 할 것입니다. 다만, 제가 말씀드린 것처럼 이계인의 말을 그대로 믿어선 안 됩니다. 반지를 착용했다가 무슨 일이 벌어질지 모릅니다. 죽을 수도 있고, 혹은 강시와 같은 꼴이 될 수도 있습니다."

"걱정은 감사합니다만, 아마도 찾으러 가 봐야겠습니다. 그 이계인은 거짓을 말하는 것 같지 않았습니다."

정채린은 뭐라고 더 말을 하려다가 곧 체념하듯 나지막하게 말했다.

"운정 도사님에게도 생각이 있으시리라 믿습니다. 하지만 일단은 객잔에 복귀하는 게 좋겠습니다."

정채린은 그렇게 말한 후 경공을 펼쳐 먼저 움직였다. 운정은 옆에 있던 소청아에게 말했다.

"소 소저, 어차피 나는 내 신분이 보장될 때까지 화산에는 들어가지 못하지?"

"네. 그래서 객잔에서 기다리시면 저희가 사문의 허락을 받고 다시 데리러 올 거예요."

"그럼 객잔까진 그냥 걸어가도 되겠어. 나는 급한 게 없으니까. 생각 좀 정리할 게 있어서."

"아, 그러시겠어요? 그, 그럼 저도 같이 옆에서 걸어도 될까요?"

"걱정 마. 이대로 무당산에 가지 않을 테니."

"그걸 염려한 건 아니고, 저도 그냥 밤바람이 좋아서요."

"그런 거라면 뭐 얼마든지."

운정이 환하게 웃으며 그녀를 내려다보았고, 소청아의 얼굴은 또다시 멍한 표정으로 변했다.

운정이 앞서 걸어가자, 소청아가 금세 그를 따라와, 그의 옆에 붙었다.

"도사님은 정말로 무당파에 대한 애착이 없으세요?"

그들은 열흘 동안 이런저런 이야기를 나누었기에 서로에 대해서 조금은 알고 있었다. 구 할 이상은 소청아가 자신의 주변 이야기를 하는 것이었지만, 그래도 일 할 정도는 운정에게 질문해서 그에 대해 들었다. 아쉽게도 그 일 할조차 중간중간 이상한 이야기로 빠지는 경우가 대부분이었지만, 그녀는 피나는 노력 끝에 어느 정도 그에 관해 알게 되었다.

그중 그녀가 정말로 놀란 건 운정이 사문의 멸문에 정말로 별생각이 없다는 점이다. 도사가 어쩌고저쩌고 하며 이유를 설명했지만, 도저히 그의 심정을 이해하지 못한 그녀는 다시금 운정에게 질문한 것이다.

운정은 밤바람을 피부로 즐기며 대답했다.

"전에도 말했듯, 별로 신경 쓰이지 않아."

"그럼 가족은요? 가족에게도 애착은 없으신가요?"

"응."

단답형으로 끝난 운정의 대답에 소청아가 그를 올려다보았다. 그는 무언가 골똘히 생각하는 듯 두 눈의 초점이 묘하게 빗나가 있었다.

소청아는 그의 팔 한쪽을 확 붙잡았다. 운정이 놀란 눈으로 그녀를 내려다보자, 그녀는 배시시 웃으며 말했다.

"그럼 무당파의 규율에도 그리 관심이 없으시겠네요?"

"규율? 글쎄. 공과율(功過律)에 영향에 있기에 규율도 지키는 것이지, 규율을 지키는 것 자체엔 그리 큰 의미가 없다고 보는데."

"아, 그러시구나."

"왜 그러는데?"

"헤헤, 그럼 장가도 갈 수 있는 거 아니에요?"

"무당파의 도사가 장가를 못 가는 건 아니야."

"아? 그래요? 무당파에는 여제자는커녕 여자가 아예 없어서 그런지 왠지 그럴 것 같았는데."

"다들 여자한테 관심이 없어서겠지. 여자뿐만 아니라 모든 세상의 즐거움에서 마음을 비워야 하는 것이 도사의 도리니까. 규율 때문이 아니라 자연스럽게 그렇게 된 것 아닌가 해."

"그럼 혼인을 올린 도사도 있나요?"

운정은 잠시 기억을 더듬었다.

"있을걸. 사부님이 말씀하신 걸 들은 적이 있어."

"아, 그렇구나."

"왜 그러는데? 무당파의 규율과 화산파의 규율과 비교해 보고 싶어서 그래?"

"아… 네."

"화산파는 어떤데?"

"화산파는 혼인에 자유로워요. 혼인은 물론이고 연애도 자유롭죠. 저희는 미(美) 자체를 숭상하는 경향이 있어서, 남제자고 여제자고 다들 한 인물들 하는 사람들이고 그러다 보니 정분이 안 날 수 없잖아요? 연애가 자기 발전에 도움이 된다고 오히려 권장하시는 스승님들도 계시고."

"아, 그렇구나?"

"하지만 전 아직까지 한 번도 연애를 한 적이 없어요."

"응, 왜? 조금 깐깐한 스승님을 만난 거야?"

"그보다는 제게 어울리는 사람을 못 만나서요. 마음이 가는 사람들은 꽤 있었지만, 다들 절 내주고 싶을 만큼은 아니었어요. 분명 도사님을 위해서 그런 걸 거예요."

소청아는 이후 말을 하지 않았다. 그저 천천히 그의 앞으로 걸어와 그의 걸음을 멈췄다.

"소 소저?"

당황한 운정은 한 걸음 뒤로 물러났는데, 소청아는 딱 그만큼 그에게 다가왔다. 아니, 미세하지만 조금 더 다가왔다. 운정이 다시 뒤로 한 걸음 물러나자, 소청아는 또다시 한 걸음 다가왔다. 얼굴 간의 거리는 서서히 좁혀졌고, 소청아는 눈을 살포시 감았다.

그리고 그녀의 얼굴이 서서히 다가오는데, 그 뒤로 묘한 살기가 느껴졌다.

"아! 정 소저!"

그 외침에 소청아의 얼굴이 멈췄다.

그들에게서 삼 장 정도 떨어진 곳에서, 정채린은 굳은 표정으로 그들을 보다가, 곧 차가운 어투로 말했다.

"따라오지 않으시기에 무슨 일인가 했는데, 걱정한 제가 어리석었습니다."

운정은 양손으로 소청아의 어깨를 잡고 밀어냈다. 그도 왜 자기가 그렇게 했는지 몰랐지만, 그렇게 하지 않으면 안 될 것 같다는 걸 본능적으로 알았다. 소청아는 그 손길에 아쉽다는 듯 입을 다시고는 뒤를 돌아보며 말했다.

"운정 도사님은 제가 잘 지키고 있으니 정 사저는 염려 놓으세요."

방긋 웃는 소청아를 보며 정채린의 아미가 살짝 떨렸다.

"그래, 그래 보이는구나. 이번에는 그 도사님이니?"

"예? 무슨 말씀을?"

"그래도 상대 남자 얼굴이 나날이 발전하는 것을 보니, 네 매력에도 성취가 없는 것은 아닌 것 같아 다행이구나."

정채린은 몸을 획 돌렸고, 소청아는 분노한 표정으로 외쳤다.

"사, 사저! 지금 무슨 말씀을 하시는 거예요!"

정채린은 소청아의 말을 무시하곤 경공을 펼쳐 뒤쪽으로 사라졌다. 운정은 그녀를 보다가 곧 소청아에게 말했다.

"잠깐. 정 소저와 할 말이 있어."

"우, 운정 도사님?"

"잠깐이면 되니, 소 소저는 천천히 와."

소청아는 입술을 살짝 깨물더니 말했다.

"서, 설마 가실 생각은 아니시죠? 여기서 가시면 저와는 다시는 못 보실 줄 아세요!"

"미안. 그래도 가야 할 것 같아. 그게 예의야."

"……."

"그럼 나중에. 인사는 받아 달라고."

"도, 도사님."

운정은 제운종을 펼쳐 소청아를 두고 빠르게 정채린을 따라갔다. 화를 넘어서 살기까지 담은 소청아의 두 눈빛을 애써 무시하며, 정채린의 흔적을 빠르게 추격한 그는 숨을 몇 번 쉬기도 전에 정채린을 찾을 수 있었다.

정채린은 큰 나무 기둥 아래에서 손 하나를 짚고 격한 숨을 쉬고 있었다. 운정이 그 뒤쪽에 서자, 그녀는 그 소리를 듣곤 그가 얼굴을 볼까 고개를 돌리며 말했다.

"밤길은 위험합니다. 저보단 청아 사매가 더 도움이 필요하니 사매에게 가십시오."

운정이 그에게 말했다.

"최근에 알았습니다. 소 소저가 내게 관심이 있다는 걸. 진작 말씀드렸어야 했는데, 미안합니다."

정채린은 잠시 손을 들어 머리카락을 쓸어내린 후에 말했다.

"두 분이 사랑을 나누시는 데 제 허락을 필요로 하진 않습니다."

"사랑? 갑자기 뜬금없이 무슨 말입니까?"

정채린이 뒤를 돌아보니, 운정의 표정은 정말 아무것도 모르겠다는 듯 의문이 가득했다.

정채린은 감정을 추스르고 말했다.

"두, 두 분이 연인 사이가 되신 게 아닙니까?"

"그게 갑자기 무슨 뚱딴지같은 소리입니까?"

"예?"

당황한 정채린의 되물음에 운정이 얼굴을 찌푸리며 물었다.

"소 소저가 무당파 무공에 관심을 가지는 것 같아 화가 난 것 아닙니까? 절 스승으로 모시려는 것 같아서."

"……"

"아까 성취에 대해서도 말씀하시지 않았습니까? 나는 남의 사문의 제자를 빼앗는 취미 따윈 없습니다. 그걸 분명히 말씀드리고 싶어서 하는 말입니다."

"……"

"소 소저야 확실히 무당파의 제자가 되기로 마음을 굳힌 것 같습니다만, 잘 타이르신다면 분명 마음을 돌리실 수 있을 겁니다. 정 소저께 이 사실을 이르면 절 다시 보지 않겠다 했으니, 이젠 정 소저께서 눈을 감아 주시지 않으면 소 소저는 정말 갈 곳이 없게 됩니다. 제가 예의상 먼저 말씀드린 것이니, 정 소저도 소 소저에게 자비를 보여 주셨으면 합니다."

"……."

"그나저나 한 가지 궁금한 게 있는데, 화산파에선 구배지례를 입술로 하는 겁니까? 제가 보기에는 조금 남사스럽기는 해도 뭐, 괜찮아 보이긴 합니다만."

"……."

"정 소저?"

정채린은 양손을 들어 자기 볼을 쿡쿡 눌렀다. 그렇게 하지 않고는 자꾸만 올라오려는 입꼬리를 막을 수 없었기 때문이다.

"도사님께서는 걱정하지 마십시오. 오늘밤 일은 아무에게도 말하지 않겠습니다."

"아, 알겠습니다."

정채린은 양손을 내리곤 두 주먹을 꽉 쥐었다.

그녀는 잠시 헛기침을 몇 번이고 하더니 곧 결심한 표정을 지으며 운정에게 말했다.

"그, 그리고 그 입술로 하는 건… 그……."

"하는 건?"

"그, 그러니까, 화산파의 인사법입니다."

"화산파의 인사법?"

"네에."

"무슨 인사법이 그렇습니까?"

"그러니까, 다시 보기 어려울 수 있는 상대에게 하는 마지막 고별인사라고 할까, 뭐 그런 겁니다. 아마 소 사매도 그런 인사를 하려는 게 아니었나 합니다."

"고별인사? 그 상황에 소 소저가 왜 내게 고별인사를 하려 했겠습니까?"

"그, 그야, 제가 그 속을 어찌 알겠습니까?"

"흐음."

"그럼 혹시 모르니, 저, 저도 고, 고별인사를 해, 해야……."

"아, 그런 거라면 물론 해야지요. 조금 남사스럽긴 해서 꺼려지긴 하지만, 화산파의 문화가 그렇다면야 뭐."

운정은 성큼성큼 정채린에게 다가왔다.

정채린은 두 눈을 부릅뜨고 이를 악물고는 몸을 꼿꼿이 세우고 파르르 떨며 입술을 내밀었다.

운정은 대수롭지 않게 입술을 그녀의 입술에 포겠다.

정채린은 눈을 질끈 감았다. 입술로부터 전해지는 찌릿한 감정을 이겨 내기 위해 이를 악물고 버텼다. 그러나 격한 떨림은 약해지지 않았고 더 강해질 뿐이었다. 자기도 모르게 숨을 참고 있던 그녀는 가빠 온 숨을 내쉬기 위해 입술을 뗄 수밖에 없었다.

"하아, 하아, 하아."

격한 숨을 쉬던 그녀는 눈을 살포시 뜨고 운정을 보았다. 그리고 그 뒤에 막 도착한 소청아에게 시선을 옮겼다.

소청아는 혼이 달아난 듯한 표정으로 그녀를 보고 있었고, 정채린은 소매로 입술을 닦으며 말했다.

"언제까지 날 바보처럼 생각하지 말렴."

"……."

"못 한 게 아니라, 안 한 거야. 나를 줄 만한 사람이 안 나타나서."

"……."

"그럼 있다 보자. 두 분이선 천천히 이야기 나누고 오세요."

운정이 뒤를 돌아보니 소청아가 두 눈에 쌍심지를 켜고 있었다. 정채린은 그 모습을 보며 여유로운 미소를 흘리고는 곧 경공을 펼쳐 떠났다.

네가 수작을 부리고 싶은 대로 한번 부려 봐.

소청아는 그 미소에서 느껴진 정채린의 여유가 너무나 싫어 발을 쿵쿵 굴렀다.

그런 그녀를 보며 운정이 말했다.

"아, 소 소저도 나와 작별 인사를 하겠어?"

"……."

"이게, 이상하긴 하지만 기분이 묘하게 좋은 것 같아. 왜 하는 건지 알 것 같아."

소청아는 자기도 모르게 울어 버렸다.

*　　　*　　　*

운정은 매화검수들이 떠나고 홀로 남은 객잔에서 운기행공을 하며 지냈다. 정말 할 것이 없었던 그는 밥 먹는 시간까지 줄여가며 선기를 모았는데, 원래 부족했던 내력은커녕 경공을 펼치며 소모했던 내력조차 회복할 기미를 보이지 않았다. 우향낙선이 말했던 것처럼 그의 선기는 무당산의 정기에 의존하는 경향이 너무나도 짙었던 것이다.

그렇게 삼 일째 되는 날, 정채린이 객잔을 방문했다. 그녀 옆에는 그녀의 스승으로 보이는 중년 여성이 있었는데, 화산파의 여제자답게 고운 자태를 가지고 있었다. 성숙미가 물씬 풍기는 그녀와 차가운 인상의 도도함이 엿보이는 정채린이 함께 있자, 모든 사람들이 눈을 뗄 줄 몰랐다.

그러나 그도 운정이 객잔에서 나올 때까지였다.

이미 그 주변에 운정에 관한 소문이 파다하게 퍼져 있었다. 때문에 객잔 주변에는 혹시라도 그의 얼굴이라도 한 번 볼 수 있을까 서성이던 시골 처녀들이 많았다. 아름다운 화산파의 두 여제자를 이리저리 구경하며 수다를 떨던 그녀들은 막 밖으로 나온 운정을 보곤 넋을 잃어버린 듯 아무런 말도 하지 못했다.

정채린이 운정에게 먼저 인사를 건넸다.

"삼 일이나 기다리게 만들어서 죄송합니다."

운정은 정채린의 말을 듣곤 늦은 인사를 했다.

"아닙니다, 괜찮습니다. 한데 옆에 계신 분은?"

운정의 외모에 눈을 동그랗게 뜨고 있던 중년 여인이 곧 예를 갖추었다.

"화산의 수향차입니다. 채린이의 스승입니다."

수향차라 자신을 소개한 여인은 고개를 살짝 숙이며 포권을 취했다.

운정도 그녀의 인사법을 슬며시 따라 하며 말했다.

"무당의 운정이라 합니다."

그녀는 곧 운정의 얼굴을 똑바로 바라보며 말을 이었다.

"운정 진인께서 저희 아이들을 구해 주셨다 들었습니다. 화산파에 초대하기에 앞서, 스승으로 먼저 예를 갖추는 것이 맞는 듯하여 이리 같이 나왔습니다."

"그저 도사라 해 주십시오. 전 당연히 해야 할 일을 했을 뿐입니다. 그럼 입산(入山)은 허락된 겁니까?"

그녀는 또렷한 발음으로 대답했다.

"그렇습니다. 아시다시피 시대가 시대인지라, 화산 전체에 입산 금지령이 내려져 있어 화산의 제자가 아니면 누구라도 거쳐야 하는 것입니다. 실례가 되었다면 죄송하게 생각합니다."

"그런 일 없으니, 심려 놓으십시오."

"그럼. 지금 올라가실 수 있으십니까?"

"어차피 짐이 없습니다. 다만 가진 재물이 없어 숙박비는……."

정채린은 지혜롭게 말을 끊었다.

"화산의 비호를 받기에 화산의 제자에겐 숙박비를 받지 않을 텐데, 혹 안에서 요구했습니까?"

"엄밀히 말하면 제가 화산의 제자는 아니지 않습니까? 그렇기에 내야 한다고 하던데……."

"……."

정채린은 말없이 객잔 안으로 들어갔다. 수향차는 운정을 보며 깊은 미소를 짓고는 말했다.

"운정 도사께서는 따르시지요. 제 제자는 알아서 따라올 겁니다."

"아, 그렇다면야."

운정은 수향차를 따라 걷기 시작했다.

조금 빠른 걸음을 마을을 빠져나와 산길에 접어들 때쯤, 정채린이 그들을 따라잡았다. 그녀는 수향차에게 몇 마디 귓속말을 한 뒤, 그녀 옆에 서서 조용히 걷기 시작했다.

수향차가 운정에게 말했다.

"서서히 매화꽃이 피어나는 시기라 그런지 매화향이 짙어지는 듯합니다."

운정은 산길 옆으로 난 주변 나무들을 둘러보며 말했다.

"어렴풋이 기억하기로는 매화가 백색인 줄 알았는데, 홍색인가 봅니다."

수향차가 대답했다.

"붉은색은 홍매(紅梅)라 하여 이맘쯤 피고, 백색은 백매(白梅)라 하여 소서(小暑)와 대서(大暑) 사이에 핍니다. 열매를 맺고 다시 피는 꽃인데, 노랗게 물든 속을 가지고 있어 너무나 아름답지요. 하지만 그중에서도 최고는 설중매(雪中梅)입니다."

"설중매?"

"본래 이 지방엔 없는 북쪽의 것입니다만, 화산의 고산지는 그 날씨가 북쪽의 그것과 비슷하여 설중매가 뿌리를 내린 곳이 있습니다. 화산 안에서도 찾긴 매우 어려워, 험한 산세를 뚫고 봉우리 위에 올라가서나 만날 수 있는 아이입니다."

"오호, 그렇습니까? 지금은 봄이니 아쉽게도 보지 못하겠군요."

"높은 곳은 사시사철 동장군이 다스리지요. 때문에 언제든 볼 수 있지만, 눈 속에 숨은 그 아이들을 보기 위해선 낭떠러지를 숨긴 위험한 눈 위를 수도 없이 지나야 하기에, 답설무흔(踏雪無痕)의 경지에 이르러야만 가능하지요."

"그럼 볼 수는 있겠습니다."

그 말에 수향차는 의심스럽다는 표정으로 운정을 보더니 물었다.

"젊은 나이라 들었는데, 경공이 답설무흔의 경지에 이르셨나 봅니다?"

"지혜가 부족해서 아직 능공허도(凌空虛道)를 완벽히 깨치지 못해, 허공답보(許空踏步)까지만 가능할 겁니다."

"......"

"......"

정채린과 수향차의 발걸음이 동시에 멈춰졌다. 때문에 한 발자국 앞서 나간 운정은 그들을 돌아보아야 했다.

"왜들 그러십니까?"

수향차가 잠시 말을 잇지 못하자, 정채린이 대신 말했다.

"허공답보는 공중을 땅처럼 여길 수 있는 경지이고, 능동허도는 땅과 공중을 거니는 데 있어 어떠한 차이도 없는 수준 아닙니까? 그 중간에 계시다는 말씀은······."

입신을 목전에 두었다는 뜻이 된다.

경공이든 검공이든 어떠한 경지 이상은 외우주와 내우주가 하나가 되어 무한한 내력을 사용할 줄 알아야 가능한데, 경공으로 치면 능동허도가 이에 해당한다. 때문에 경공 하나만 놓고도 입신을 논할 수 있는 근거가 여기에 있다.

하지만 운정은 더 기가 막힌 말을 했다.

"무당산 안이라면 어찌 저찌 능동허도도 가능합니다. 제가 말씀드린 건, 지금 이곳에서 말씀드린 겁니다."

"······."

"······."

"그게 그리 놀랄 일입니까?"

수향차는 옷매무새를 가다듬으며 조심히 물었다.

"몰라 묻는데 혹 반로환동을 이룩하셨습니까?"

"늙은 적이 없으니 반로는 불가능합니다만, 뭐 너무 늙었다 싶으면 하면 될 겁니다."

"······."

"안 걸으십니까?"

운정의 질문에 수향차가 되물었다.

"실례가 안 된다면 경공으로 움직여도 되겠습니까?"

그 말에 운정은 잠시 고민하더니 난처하다는 듯 표정을 지었다.

"실례는 되지 않지만, 내력을 더 낭비하고 싶지 않습니다."

"네?"

"무당산의 정기가 사라지고 나서 내력을 모으기가 쉽지 않아서 말입니다. 경치도 좋은데 그냥 걷지 않겠습니까?"

"……."

"정 급하시면 경공을 펼치겠습니다만, 웬만하면 걸읍시다."

수향차는 살짝 웃더니 앞서 걸었다.

"뭐, 알겠습니다. 도사님 편한 대로 하십시오."

그렇게 말한 그녀는 정채린을 살짝 뒤돌아보며 눈을 마주쳤다.

정채린은 눈웃음치는 수향차의 눈길을 피하면서 부끄러움에 얼굴을 붉혔다.

그렇게 대략 한 식경을 걷자 화산파의 정문에 도착했고, 그 앞에 있는 사랑채로 운정을 안내했다.

화산은 중원 오악 중 서악이라 불리며 험하기 그지없는 산세를 뽐내는지라, 경공이 없이는 화산파의 건물들을 오가기 쉽지 않았다. 또한 화산의 건물들을 세울 때, 경공이 필요 없는 일반 길을 전혀 고려하지 않았기에 화산의 손님들이 기거하는 사랑채까지만 일반 산길이 나 있을 뿐이다. 그 외에 다른 모든 건물은 화산파의 제자가 아니면 길이라고 인지할 수조차 없는 난로(難路)로 이어져 있어 상당한 수준의 경공이 없으면 갈 수 없었다.

사랑채 안에서 그의 방을 배정받고 나온 운정에게 수향차가
말했다.

"장문인께서 직접 뵙고 싶어 하시는데, 그곳까지 가려면 경
공을 펼쳐야 합니다. 하지만, 운정 도사께서는 경공을 꺼려 하
시니 제 제자에게 업히시는 게 어떻습니까?"

수향차는 대놓고 그를 놀리기 위해서 그런 말을 한 것이지
만, 운정은 전혀 개의치 않는 듯이 정채린을 보며 말했다.

"아, 그렇게 해도 되겠습니까?"

"……."

"……."

"걱정 마십시오. 그리 무겁지는 않을 겁니다."

수향차는 도저히 웃음을 참지 못했다.

"푸흡, 하핫. 그래, 도사님을 업어 드리려무나. 네 바람대로
된다면야 앞으로 업어야 할 일이 많아지지 않겠니?"

"스, 스승님!"

정채린은 당황한 표정을 지으며 큰 소리를 내곤 그 소리에
자기가 놀라 다시 입을 막았다. 수향차가 그런 그녀를 보며 눈
웃음을 쳤다.

"남자를 어른께 소개시켜 주는 방법으론 꽤나 혁신적이라고
생각한단다, 푸흡."

"그, 그게 아, 아닙니…… 도, 도사님?"

운정은 어느새 그녀의 뒤에 다가와 두 팔을 하늘로 뻗었다.

그러곤 멀뚱멀뚱 정채린을 보았는데, 정채린은 얼굴이 완전히 새빨개져 그의 시선을 마주치지 못했다.

결국 그녀가 떨리는 두 다리를 고이 접자, 운정은 그녀의 등에 몸을 실었고, 그 순간 정채린은 큰 소리로 놀라며 번쩍 일어났다.

"딸꾹딸꾹."

딸꾹질을 하는 그녀를 본 수향차는 이젠 두 손으로 입을 가리더니, 겨우 웃음을 참고는 앞장서서 경공을 펼치기 시작했다. 곧 나무 위로 사라지는 그녀의 뒷모습을 본 정채린도 제정신을 차리곤 경공을 펼치기 시작했다.

훌쩍 뛴 그녀의 첫 걸음은 한쪽에 높게 솟아올라 있던 나무의 꼭대기. 그리고 계속 이어지는 걸음들도 상상을 초월했다. 바위를 밟기도 했고, 한쪽이 뚫린 나무 기둥을 밟기도 했는데, 공통점이 있다면 모두 검상(劍傷)이 남아 있었다는 점이다. 누군가 의도적으로 그런 길을 낸 것이 분명했다.

아름다운 여인의 등 뒤에서 시원한 바람을 마음껏 만끽하던 운정의 눈에 저 멀리 숲속에 거대한 저택 하나가 보이기 시작했다. 그들은 그 앞에 섰고, 운정은 정채린에게서 떨어진 뒤, 그녀에게 맑게 웃으며 말했다.

"소저 등이 너무나 안락하여 잠시 낙선향에 있는 줄 알았습니다. 감사합니다, 하하."

정채린은 다시 딸꾹질을 하기 시작했고, 수향차는 고개를 돌리며 한마디 했다.

"하핫, 알겠다, 알겠어. 왜 네가 반했……."

정채린은 갑자기 그녀의 말을 잘랐다.

"가죠, 스승님. 어서요."

"그래, 그래. 간다, 가."

수향차는 먼저 그 저택에 다가가 문을 열어 들어갔고, 정채린도 운정에게 손짓하더니 안으로 들어가 버렸다. 운정은 뒷짐을 지더니 한껏 깊은 숨을 들이마시며 중얼거렸다.

"정기는 가득하지만… 분명 비슷하면서도 달라. 한번 호흡을 해 봐야 알겠는걸."

그도 곧 그녀들을 따라 안으로 들어섰다.

건물 안은 통째로 큰 동공(洞空)과도 같았다. 굵직한 기둥들이 이곳저곳 지붕을 떠받치는 것을 제외하면, 그곳엔 아무것도 없었다. 다만 바닥은 딱딱한 돌판으로 바둑판처럼 되어 있었고, 높은 천장에는 도교와 불교의 다양한 신들이 그려져 있었다.

그 중앙에는 세 명의 남자가 있었다. 양옆에 선 둘은 고운 백발과 백미를 가졌고, 깔끔한 인상을 주었다. 서 있는 자세와 뿜어지는 기세를 보면 보통 실력을 지닌 검객들이 아닐 리 없었다.

그리고 중앙에는 키가 작은 젊은 청년이 있었는데, 사방으로 뻗친 머리카락이 마치 나무 같았다. 또한 얼굴에 주근깨가 가득한 것이 그만큼 장난기도 많아 보였다. 그는 뒤쪽으로 뻗은 붉은 장검 한 쌍을 양쪽 허리에 차고 있었는데 그 길이가 너무나 길어 마치 곤충의 다리가 길게 뻗어 나온 것처럼 보였다.

전혀 공통점이라곤 찾아볼 수 없는 그들에게 한 가지 공통점이 있다면 바로 맹수의 눈빛. 그들은 모든 것을 꿰뚫어 볼 듯한 눈빛으로 운정을 바라보고 있었는데, 작은 것 하나조차 낱낱이 파악하겠다는 강렬한 의지가 타오르고 있었다.

"십일만 이천여 개 정도 됩니다."

운정의 말에 모든 이의 얼굴이 묘하게 변했다.

운정은 입술을 한 번 삐죽이더니 다시 말했다.

"제 머리카락 개수 말입니다. 전에 사부님의 명령 때문에 세어 보았을 때, 십일만 이천여 개 정도 되었습니다."

세 명 중 가장 왼쪽에 있던 노인이 말했다.

"그게 무슨 뚱딴지같은 소리인가?"

운정은 살짝 웃으며 말했다.

"세 분이서 하도 저를 뚫어지게 쳐다보시기에 제 머리카락을 세시는 줄 알았습니다."

그의 마른 농담에 다들 침묵하는 와중에, 중앙에 있던 키 작은 남자가 씨익 웃더니 곧 장난기가 가득한 미소를 지으며 대답했다.

"재미대가리 하나도 없고 뼈만 있는 농담을 하는 걸 보니, 무당파의 도사가 확실하군. 내 이름은 나지오, 화산의 뒷방 젊은 이이자 흑백연합의 사령(司令) 자리에 있다."

그가 포권을 취하자 양옆의 노인들도 서둘러 그를 따라 포권을 취했다.

"장로 이석권이네."

"장로 이석추이네."

짧은 인사를 받은 운정도 똑같이 포권을 취하며 말했다.

"사령님과 장로님 두 분을 뵙습니다. 무당의 운정이라 합니다."

고개는 숙였으나, 눈은 끝까지 마주쳤다.

자신감 넘치는 그 모습에 수향차는 정채린의 팔을 툭툭 치더니 입을 살짝 가리고 그녀에게 귓속말을 했다.

"그래도 완전히 입만 산 건 아니네. 다행이다, 얘."

정채린은 아무런 반응도 하지 않았다.

운정은 나지오를 이리저리 관찰하며 말을 이었다.

"뒷방 늙은이는 들어 봤어도 뒷방 젊은이는 처음 듣습니다만?"

나지오는 어깨를 한 번 들썩였다.

"비슷한 건데, 젊은 나이에 화산파의 일에서 은퇴해서 말이지. 그나저나 내 질녀를 구해 줬다고?"

"질녀라 하시면?"

"여기 린아 말이야."

"사질이 아니고 질녀라면 가족인 듯한데, 두 분 다 화산파의 제자가 되셨음에도 혈족 관계를 그대로 유지하는 겁니까?"

나지오가 눈을 동그랗게 뜨자, 그의 옆에 있던 이석권이 말했다.

"정말로 무당파의 제자이긴 한가 보군. 이 상황에 그걸 지적

할 생각을 하다니."

"지적은 아니고 그저 같은 도문이라 비슷한 규율을 가지리라 생각했는데 아닌 듯해서 말입니다."

이석권은 고개를 한 번 크게 끄덕이더니 설명했다.

"화산에는 도명조차 철폐된 지 꽤 되었네. 들었다시피 그냥 본명을 쓰지. 그러니 제자가 되기 위해 세속의 모든 관계를 절연하는 관습은 언제 철폐되는지도 모르겠구먼."

"……"

"무당파도 멸문 바로 직전에는 이런저런 관습을 많이 없앤 걸로 아는데? 허례허식을 싫어하던 검선 때문에 말이지."

"검선은 어릴 적 딱 한 번 뵈었을 뿐 알지 못합니다. 제게 무당파의 가르침을 내려 주신 분은 우향낙선, 제 사부님뿐입니다."

"우향낙선?"

운정을 제외한 다섯 명은 서로를 돌아보았으나, 그들 중 그 이름을 아는 사람은 없었다.

대표로 나지오가 물었다.

"시대가 시대라서, 일단 신상 조사부터 하려 하는데 괜찮겠지?"

운정은 고개를 끄덕였다.

"뭐, 숨길 것이 없으니 마음대로 하십시오."

"일단 네 개인적인 과거사에 대해서 좀 말해 줘."

"그럽시다. 우선 처음 사부님을 뵌 건 아직 제가 모태에 있을……"

운정은 천천히 그의 과거를 천천히 설명했다. 그러나 이렇다 할 특별한 것이 없었던 터라 일각도 채 되지 않아 그의 말은 끝났다.

그 이야기를 모두 들은 나지오가 말했다.

"흐음, 그렇다면 그 마법사 그리고 남요괴를 제외하곤 이계와 어떠한 접촉도 없었던 건가?"

"그림자에서 튀어나왔던 여요괴를 빠뜨리셨습니다."

"아아, 그래. 그렇게 셋."

"맞습니다."

"좋아. 일단 우리끼리 논의 좀 해 볼 테니, 잠깐 건물 밖에 있어 주겠어?"

"그럼 그 김에 하나만 말씀드려도 되겠습니까?"

"뭐?"

"화산의 정기를 호흡하려 하는데 혹시 괜찮은가 해서 말입니다."

나지오는 웃어 버렸다.

"하핫, 정기를 마시겠다는데 뭐 나한테 허락을 맡을 것이 있나."

"그럼, 허락으로 알겠습니다."

"마음대로. 밖에 있으면 우리가 곧 논의를 끝내고 부를게."

"예."

운정은 고개를 살짝 숙여 인사하곤 곧 천천히 걸어 그 건물 밖으로 나왔다.

그는 곧 건물 앞 한적한 곳을 찾아서 운기조식을 시작했다.

*　　　　　*　　　　　*

무당산은 오악의 모든 정기가 한데 뭉쳐, 전 중원에서 가장 순수한 기운을 자랑했다. 비록 정기의 시발점은 아니나 모든 지역의 정기가 모이니 다섯 개의 시발점보다 더한 순수함을 자랑했는데, 이는 다섯 개의 정기가 모이며 그나마 가진 각각의 불순한 부분을 완전히 상쇄했기 때문이다.

그런 곳에서 오랜 시간을 보낸 운정은 맑기 그지없는 화산의 정기에서조차 답답함을 느꼈다. 무당산과 다르게 화산의 정기에서 묘한 특색이 느껴졌기 때문이다. 그 특색은 그것을 겨냥하여 만든 내공심법을 익힌 화산의 제자에겐 좋은 것이겠지만, 무당파의 선공을 익힌 그에겐 불순물과 다름없었다.

양을 비유하자면, 세속에선 마치 물방울이 하나씩 떨어지는 것 같았고 화산에선 미약한 물줄기가 흐르는 것 같았다. 크게 늘어났지만, 폭포수처럼 쏟아지던 낙선향과 비교한다면 한숨만 나오는 건 어쩔 수 없었다.

그런데 마침 누군가 그를 부르는 소리에 운공을 멈추고 눈을 떴다.

"부르셨습니까?"

앞에 선 나지오는 그를 흥미롭다는 눈길로 내려다보며 말했다.

"방해한 건 아니고?"

"괜찮습니다."

"운공하는 걸 본 건 미안한데, 집채 앞에서 이렇게 대놓고 한 네 탓도 있으니 뭐라 하진 말고. 어쨌든 네가 익힌 건 무당파의 선공이야?"

"무당파의 선공 말고 제가 무엇을 익혔겠습니까?"

"이름은?"

"무궁건곤선공(無窮乾坤仙功)입니다."

"무궁건곤선공이라, 들어본 적이 없는데?"

"무당파 모든 내공심법의 모태가 되는 선공입니다. 옛것이라 이름만 화려하지, 그냥 기본적인 토납법입니다."

"아, 그래서 운기행공 중 토납법 말고는 하는 게 없었구나?"

"화산파의 선공은 어떻습니까?"

나지오는 한 손으로 높은 곳에 핀 매화 하나를 가리키며 말했다.

"선공은 오래전에 없어졌고 지금은 신공이 있지. 자하신공(紫霞神功)이야."

"자하의 이름을 땄으면서 불공도 아닌 신공입니까? 게다가 선공도 아니라면, 도교와 불교의 이치를 모두 담고 있는 듯합니다."

이름 하나로 자하신공의 묘리를 유추한 운정을 보며, 나지오는 고개를 크게 끄덕였다.

"이래서 기본이 중요하지. 무학은 뒷전에 두고 무공만 죽어라 파는 놈들한테 꼭 소개시켜 주고 싶군."

운정은 가부좌를 풀고 일어나며 말했다.

"그래서 화산파의 결정은 무엇입니까?"

나지오는 양손을 앞으로 흔들며 말했다.

"뒷방 젊은이가 화산을 대표할 순 없지. 그건 장문인이 결정할 사항이고. 다만 넌 화산파와 인연을 만들려는 게 아니잖아? 무림맹과 만들려는 거지. 그렇기 때문에 내가 판단하는 거야. 아까도 소개했지만, 내가 흑백연합의 사령으로 있어서 말이야."

"인연을 만들려고 한다기보다는 무당산의 정기를 훔쳐간 이계인에 대해서, 그리고 다시 되찾을 방법을 알고 싶을 뿐입니다."

"그게 그거지. 일단 나를 따라 걸어오겠어?"

"걸을 수 있는 길이긴 합니까? 경공을 쓰긴 꺼려집니다만."

"내 등에 업히려고?"

운정은 잠시 턱을 괴더니 물었다.

"혹 화산에도 태학이 삽니까?"

"태학?"

"예."

"글쎄. 본 적이 없는걸."

"그럼 어쩔 수 없이 업혀야 될 것 같습니다. 혹 정말 불편하시면 경공을 펼치겠습니다."

운정의 말에 나지오는 얼굴을 잔뜩 찌푸리더니 말했다.

"어, 그래 주라. 남자를 등에 업어서 뭐에 쓰라고."

나지오는 그렇게 툭하니 말한 뒤, 경공을 펼쳤다. 운정은 행여나 그를 놓칠까, 제운종을 펼쳐 그의 뒤를 바짝 쫓아갔다.

나지오는 숲속으로 들어가더니, 이내 굵은 나뭇가지들을 밟으며 쏜살같이 나아갔다. 운정은 최대한 내력을 아끼려 했지만, 몸을 가볍게 하고 달리는 제운종만으로는 날카로운 가지들을 요리조리 피해 가는 그를 따라갈 수 없었다. 때문에 무당파의 보법(步法)인 현천보(玄天步)를 섞어, 움직임에 신묘함을 더했다.

나지오는 막 옆에 따라붙은 운정을 흘겨보더니 살짝 작은 미소를 지었다.

"지금 가는 곳은 한 무당파의 제자가 기거하는 곳이야. 일대 제자였지 아마?"

운정은 나지오의 말에 되물었다.

"무당파의 제자가 화산에 있습니까?"

힘든 기색도 없고, 숨도 차지 않은 그 말을 들으며 나지오의 놀람은 한층 가중되었다. 그러나 그는 내색하지 않으며 말했다.

"태극진인이었는데 주화입마가 시작되어 일 년 넘게 요양하고 있어. 그가 익힌 태극마심신공의 마기는 무당파 정기에 면역이다 못해 그걸 잡아먹고 강해지지. 그래서 화산의 정기로 해결하고 있는데, 잘 치료가 되지 않아 무공을 쓰진 못해. 그저 수명을 연장하고 있을 뿐. 그도 얼마나 오래갈지는 모르겠어."

"……"

"자기가 알고 있는 모든 무당파의 규율과 무공을 후대에 물려주려고 책을 쓰고 있는데, 잘 안 되나 봐. 너도 무당의 제자니 그의 앞에서 이야기를 하는 것이 좋을 것 같아서."

"저도 사문의 어르신을 꼭 뵙고 싶습니다. 사부님 외에는 제대로 뵌 분이 없어서 말입니다."

"듣자 하니 무당파를 재건하는 것이 스승의 유언이라며. 네가 너의 무당파를 새로이 창건할 것이 아니라면 그의 도움이 분명히 필요할 거야. 무당파에는 유실된 것이 많으니까."

"그렇군요."

그들은 한참을 움직였다. 그렇게 운정이 내력이 고갈될까 서서히 염려되던 차에 멈춰 섰는데, 그곳엔 막 김이 올라오는 초가집이 한 채 지어져 있었다.

나지오는 천천히 그곳에 들어가 기별을 고했다.

"태룡향검(太龍香劍)이야. 좋은 소식을 가져왔는데 안에 있나?"

곧 초가집 안에서 걸걸한 목소리가 들려왔다.

"여기서 만날 문방사우와 씨름만 하는데 무슨 일이 있겠소? 몸이 불편해 나가지 못하는 것을 용서하시고 어서 들어오시오."

"그럼. 운정, 너도 따라 들어와."

"네. 그런데 별호가 태룡향검입니까?"

"부끄러운 별호지."

안으로 들어가는 나지오를 보며 운정은 선뜻 들어가지 못했다. 운정은 향검이란 칭호가 무당파의 검선과 맞먹는다는 걸 우향낙선에게 들어 알고 있었기에, 나지오의 별호에서부터 그가 입신에 들어선 사람이란 것을 깨달을 수 있었기 때문이다.

"반로환동을 이룩한 조화경의 고수로군."

그는 중얼거리더니 곧 집 안으로 들어갔다.

집 안은 초라했다.

한쪽에 몰아넣은 문방사우를 제외하면 작은 가구 하나 없었다. 벽면에는 깨알 같은 글씨가 가득했고, 그 때문인지 집 안은 더 작아 보였다. 거기에 두 사람이 앉아 있으니, 벌써 꽉 찬 느낌이 들었다. 게다가 나지오의 기다란 두 장검 때문에 더욱 답답해 보였다.

운정은 비집고 들어가 한 곳에 겨우 자리할 수 있었다.

집주인으로 보이는 무당파의 일대제자는 매우 마른 몸과 실처럼 가는 백발을 가진 노인이었다. 얼굴에는 검버섯이 가득했는데, 얼굴색 자체가 너무 어두워 검버섯과 구분이 불가능할 지경이었다. 눈은 잔뜩 충혈되어 있었고, 그 눈빛에는 기이한 살기를 은은하게 품고 있었다.

운정은 그에게 예를 갖추려고 무릎을 꿇었으나 집 크기 때문에 고개조차 숙이기 어려워, 간단한 묵례로 인사를 대신했다.

"무당의 이대제자 운정이라 합니다."

그 일대제자는 운정의 태극검을 보곤 이미 그가 무당의 제자인 것을 알았다. 다만, 그가 누군지 알지 못해 기억하려고 애쓰

느라 반응하지 못한 것이다.

그는 운정이란 이름을 듣고 눈초리를 모으며 운정을 다시 봤다.

"정(靜) 자 항렬이면 이대제자가 맞는데, 이대제자라 하기엔 나이가 너무 젊어. 사부가 누구냐?"

"우향낙선이십니다."

"우향? 우향이라… 우향……."

그 일대제자가 턱을 쓰다듬으며 그 이름을 떠올리려고 애쓰면 애쓸수록 나지오의 표정은 점점 굳기 시작했다. 나지오에게서 심상치 않은 기운을 느낀 운정은 나지오가 그를 이곳까지 데려온 이유가 바로 그의 신변을 최종적으로 확인하기 위해서라는 것을 깨달았다.

그렇게 운정과 나지오 사이에 묘한 기류가 막 생기려 할 때쯤, 그 일대제자가 얼굴을 갑자기 펴며 박수를 쳤다.

"아! 기억나는구나! 우향! 그래. 산적 여럿을 근거리에서 죽여 낙선한 사제였지, 아마? 몇 년 전에 홀연히 사라진 것으로 아는데?"

나지오의 미묘한 기운이 순식간에 사라졌다.

운정는 안심하며 고개를 끄덕였다.

"네, 그렇습니다. 십여 년 동안 저를 가르치셨습니다."

"그 일이 십 년이나 되었는가? 세월 참 빠르군, 쯧쯧쯧. 여인 하나 구하겠다고 사람을 여럿 죽였으니 그런 어리석은 행동이 어디 있겠는가? 때문에 낙선하여 몸에 마기가 쌓인 걸로 아는

데, 검선에게 밉보여서 태극마심신공도 얻지 못했었지?"

"밉보여서 그런 것이 아니라, 스스로 거절하신 겁니다. 제 눈앞에서 있었던 일입니다."

"왜 거절했지?"

"무당파의 가르침과는 맞지 않는 신공이라 했습니다. 때문에 저를 사문에서 데리고 나가, 낙선향에서 따로 가르치셨습니다. 무당파의 도를 제대로 가르치기 위해서 말입니다."

"⋯⋯."

그 일대제자의 얼굴이 확연히 굳었다. 그뿐만 아니라 안광에 담긴 마기 또한 한층 강해졌다.

운정이 말없이 그를 노려보던 그 일대제자에게 물었다.

"사부님과는 잘 아는 사이셨습니까?"

"어릴 때는 꽤 친했지. 추구하는 것이 달라, 나이가 들면서 데면데면했지만. 이제 보아하니, 향검이 내게 이 아이를 데려온 이유가 정말 무당파의 제자인 줄 확인하려고 그런 것이오?"

그 일대제자의 질문에 나지오는 고개를 끄덕이며 말했다.

"그에게 정보를 알려 주기 전에 마지막으로 확인하고 싶어서."

"역시 그렇군. 그럼 잠깐 진맥해도 될까?"

운정이 팔을 내밀자, 그 일대제자가 운정의 손목에 두 손가락을 얹었다. 그는 눈을 감고 운정의 기운을 느끼더니, 곧 얼굴을 찌푸리며 거친 기침을 하며 손을 뗐다. 그칠 줄 모르고 계속 기침하는 터라, 나지오가 결국 그의 단전에 손을 대고 기혈을 진정시켜 줘야 했다.

그 일대제자는 입을 닦으며 나지오에게 괜찮다고 손짓했다. 나지오가 물러서자, 그가 말했다.

"하아, 진맥하자마자 태극마심신공의 마기가 갑자기 극성을 부리는 것을 보면 네가 무당파의 내공심법을 익힌 것이 확실하구나. 그 양이 그리 많지도 않은데 이토록 극성을 부리는 것을 보면 정말 순수한 무당산의 정기를 가지고 있는 듯해. 혹 건곤선공을 익혔느냐?"

"예. 정확하게는 무궁건곤선공입니다."

"그래, 정식 명칭은 분명 그런 이름이었지. 우향낙선이라면 분명 제자에게 그것을 가르쳤을 것이야……. 태룡향검, 내가 보증하건대, 이 아이는 무당파의 제자가 확실하오."

그 말을 들은 나지오는 자리에서 일어났다.

"그럼 내 용무는 끝이야. 아쉽게도 내가 너무 바빠서 잠깐 운정 도사를 빌려도 될까? 조금만 이야기하고 다시 들여보내 줄게."

나지오의 심각한 어투에 그 일대제자가 떨떠름하게 대답했다.

"그, 그리하시오."

나지오는 포권을 한 번 취하고는 밖으로 나가 버렸다. 운정도 따라 자리에서 일어나며 물었다.

"사백(師伯)님의 존함을 물어도 되겠습니까?"

그 일대제자가 나지막하게 대답했다.

"보향진인(報香眞人), 아니, 이젠 보향낙선(報香落仙)이지."

"그럼 곧 다시 인사드리겠습니다."

운정은 공손히 인사한 뒤 밖으로 나갔다.

그의 뒷모습을 보던 보향낙선의 눈빛에 담긴 살기가 곧 희미해지고 희망의 빛이 대신하기 시작했다.

第四章

운정이 밖으로 나오자 나지오가 물었다.

"질녀한테 이야기는 들었어. 이계마법사가 나타나서 무당산의 정기를 훔쳤다고?"

"그렇습니다."

나지오는 한숨을 푹 쉬며 말했다.

"정말 터무니없지, 그놈들이 쓰는 술법은. 자칫 잘못하다간 화산의 정기도 빼앗기게 생겼는걸. 이번 건은 정말 심각해."

"……"

나지오가 말없는 운정의 얼굴을 주시하며 다시 말했다.

"복잡한 절차는 미안하게 생각해. 이계인의 술법에 관한 자료는 모두 특급 기밀 사항. 연구하는 학자의 신상 정보조차도 마찬가지라, 네게 소개시켜 주려면 네 신분을 확실히 확인해야 했어."

"이해합니다."

"이해하긴. 이계인들의 술법을 안다면 그런 소리 안 나와. 단순히 용모를 바꾸는 것부터 시작해서, 상대방의 기억을 통째로 뺏어서 다른 사람에게 주입하는 것도 가능하니까."

운정은 고개를 갸웃하며 입을 열었다.

"신화에 나오는 신선도 그 정도의 술법을 일으키진 못합니다. 그토록 뛰어난 술법을 가졌으면 사실 진작 중원이 무너져야 하지 않습니까?"

나지오가 손가락 하나를 뻗어 보였다.

"말만 들으면 엄청나 보이지만, 사실 그렇게 말한 마법 하나하나가 엄청난 재능을 가진 한 마법사가 평생을 수련하여 얻은 결과물이니까. 그걸 종합적으로 들으면 신처럼 느껴지지만, 사실 개개인의 마법 특성에 따라서 다를 뿐이야."

"……."

"그건 저쪽도 마찬가지. 중원의 무림인들은 모두 하늘을 날고, 검으로 수 장 밖의 목표물을 베며, 맨손으로 불을 일으키고, 발차기로 바위를 쪼갠다고 생각하지. 게다가 지치지도 않고 하루 온종일 무공을 사용하며, 만약 내력이 바닥난다 해도 운기행공으로 뚝딱 회복해 버리는 괴물쯤으로 받아들여."

"무림인 대부분은 그렇지 못합니다."

"우리도 저쪽에 사람을 보낼 땐 최고만 보내니까, 그쪽도 마찬가지겠지. 내가 듣기로는 마법사와 싸웠다며? 정말 운이 좋았다 생각한다. 자칫 잘못했다간 허무하게 당한 건 너였을 거야."

운정은 그때의 일을 회상하며 말했다.

"글쎄요. 상당히 나약했습니다. 지풍 하나 눈치채지 못했고, 멀리서 쏜 유풍살에도 반응조차 못 했습니다만."

나지오는 고개를 흔들었다.

"그쪽 세계에선 칠(七)이라 불리는 자들이 있어. 최고의 마법사로 손꼽히지. 네가 말한 행색으로 추론하건대, 넌 그중 하나를 죽인거야."

"예?"

"그쪽 최고 전력 중 하나를 죽였다고."

"……"

"믿기지 않지? 사실 우리 쪽에서도 비슷한 일이 있었어. 중소문파의 장문인으로 삼십에 초절정에 이른 고수가 있었지. 한눈에 봐도 엄청난 자질에 어렸을 때 먹은 영약과 기연만 서너 개…… 게다가 십 년의 폐관수련이라는 노력으로 만들어진 기재 중 기재였지. 내가 직접 이계에 갈 때 그를 데리고 갔었어. 그런데 그런 그가 마법사에게 단번에 죽어 버렸지. 이제 갓 학교를 졸업한 견습마법사에게. 여기 기준으로 치면 일류 혹은 절정 사이 정도 되었을 거야."

운정은 그의 말을 도저히 믿을 수 없었다.

"일류고수가 어떻게 초절정을 죽입니까?"

"그니까."

"……"

"마법사와 무림인의 싸움은 고래와 호랑이의 싸움이라 흔히 들 말하지. 양쪽 세계가 충돌한 지 이제 갓 일 년. 그것도 서로 의 최고 전력을 보내면서 간 보기만 했을 뿐이야. 서로가 가진 기술이 제대로 연구되지 않아 기본적인 싸움의 틀도 갖춰지지 않았지. 그래서 변수가 너무 커."

"그래서 바람에 그 마법사도 허무하게 죽었다는 것입니까?"

나지오는 운정의 말을 듣고는 다시금 그가 무당의 도사라고 확신하며 대답했다.

"그렇지. 사실 이계마법사들은 검기 같은 건 요령만 알면 눈 빛으로 그냥 없애 버리니까. 아마 네가 죽인 그 마법사는 우리 동네를 잘 몰랐던 모양이야. 아님 깔보고 있었든가."

"……"

"웃기지? 웃길 수밖에. 무림맹과 천마신교가 협력하면서까지 마법에 대해서 필사적으로 연구하려는 게 그 이유야. 게네들한 텐 입신이고 뭐고 없거든. 우리 쪽도 마찬가지지만."

운정은 나지오가 말하려는 바를 확실히 이해했다.

"제가 마법을 연구하는 학자를 만나는 것이 어렵겠습니까?"

나지오는 방긋 웃었다.

"가능은 하지. 그래서 말해 주는 거고. 하지만 그만큼 네게 요구할 게 있어. 그 요구 사항을 들어주면 좋겠어."

"그것이 무엇입니까?"

나지오는 손가락을 접었다.

"곧 이계의 한 왕국과 접촉할 거야. 지금까지 없었던 규모지. 우리 쪽 대사(大使)를 보낼 건데, 그 호위를 맡아 줘."

"……."

"그쪽 입장에서 볼 때, 무당파의 유풍살만큼 대단한 기술도 없어. 한두 번은 심혈을 기울여 흉내 낼 수 있겠지. 하지만 내가 봤을 때, 네 수준이라면 하루 종일 쏘아도 문제가 없을 것 같은데 맞나? 그쪽에 가서 유풍살을 시연(試演)해 줬으면 좋겠어. 그건 일종의 무력시위이기도 하니까."

"……."

운정은 왜 나지오가 그에게 이런 부탁을 하는지 알 것 같았다.

이계인들에게 중원의 기술인 무공을 시연한다면, 가장 강력한 고수를 보내 그 강력함을 보이는 것이 맞다. 하지만 위험성이 크다. 그런 고수들이 이계의 마법에 허무하게 당하면 그만큼 중원은 전력을 잃는 것이다.

그렇다면 위험부담이 적으면서 강력한 위력은 그대로 보여 줄 수 있는 사람이 필요한데, 바로 멸문한 무당파의 제자인 운정이 제격인 것이다.

말 없는 운정을 보며 나지오가 미안한 듯 말했다.

"상당히 이기적으로 보일 수 있지만, 난 중원 전체를 생각해야 하는 입장이야. 최악의 경우 전쟁이 발발한다면, 우리 쪽 전력을 한 명이라도 잃을 순 없으니까."

운정이 결심한 듯 말했다.

"그것만 해 주면 마법을 연구하는 학자를 만나게 해 줄 겁니까?"

"이계에 데려간다니까? 거기의 마법사와도 이야기할 수 있게끔 자리를 마련하지."

"……"

"어때? 괜찮아?"

"좋습니다만, 한 가지 문제가 있습니다."

"무슨 문제?"

운정은 난처하다는 듯 대답했다.

"현재, 전 내력을 회복할 수 없습니다."

나지오가 잘못 들었다는 듯 귀에 손을 가져갔다.

"어?"

운정은 나지막한 목소리로 다시 말했다.

"무당산의 정기가 없이는 내력을 모을 수 없습니다."

그 말을 들은 나지오의 눈빛이 묘하게 변했다.

"무슨 뜻이야?"

"전 선공을 익혀서 기본적인 토납법밖엔 모릅니다. 때문에 무당산의 정기가 없다면 제대로 내력을 회복할 수 없습니다."

"……"

나지오는 한참을 꿀 먹은 벙어리처럼 말하지 못했다.

*　　　　*　　　　*

보향낙선이 한창 집중하고 글을 쓰고 있는데, 누군가 방문을 열고 들어와 그의 집중을 흐렸다. 그가 붓을 떼고 올려다보니, 운정이 그에게 인사했다.

"잠시 실례했습니다. 이야기가 길어져 사백님을 기다리게 만들었습니다."

보향낙선은 환한 미소를 얼굴에 띠우며 말했다.

"얼마든지. 사질은 무당의 마지막 희망인데 내가 무엇을 못 해 주겠나?"

"……."

보향낙선은 문방사우를 옆으로 치워 운정이 앉을 자리를 만들며 물었다.

"향검과의 일은 잘되었나?"

운정은 그 자리에 살포시 앉으며 말했다.

"잘되었다고 하기에도 아니라고 하기에도 뭐합니다."

"왜?"

"사백님께서도 아시다시피 제가 익힌 선공은 무당산의 정기에 의존도가 너무 높습니다. 다만 무당산의 정기가 사라진 지금 내력을 회복할 길이 없어, 태룡향검께 도움이 되지 못하는 듯합니다."

"흐음, 그런가?"

"혹시 내력을 회복할 수 있는 다른 수가 있겠습니까?"

보향낙선은 잠시 수염을 쓸어내리며 고민하더니 곧 고개를 돌렸다.

"글쎄, 그 외에 다른 내공심법을 익혀 보는 것이 어떤가?"

"사부님께서 돌아가시기 전에, 말……."

그가 말을 채 끝내기도 전에 보향낙선이 그의 팔을 덥석 잡으면서 말했다.

"도, 돌아가셨다? 우향낙선이 죽었다는 말이냐?"

운정은 잠시 입술을 달싹였다. 그런 그를 보던 보향낙선의 눈초리가 파르르 떨리기 시작했다.

결국 운정은 읊조리듯 대답했다.

"우화등선하셨습니다."

"……."

"정기가 사라지자, 쌓여 있던 마기가 도진 듯 보였습니다."

"정기가 사라졌다? 그건 또 무슨 이야기냐?"

그러고 보니 운정은 보향낙선에게 자신의 이야기를 한 적이 없었다. 그는 이계인을 만난 일부터 시작해서 대략적으로 설명했고 이야기를 다 들은 보향낙선은 바닥을 손가락으로 탁탁 치며 말했다.

"아, 그랬지. 우향낙선은 태극마심신공으로 마기가 생긴 것이 아니라, 살생으로 인해 생겼었지. 그럼 정기가 사라지면서 주화입마를 다스리기 어려웠을 것이다. 이거 몸이 상하다 보니, 기억까지 희미해졌어."

"쾌차하시기를 빕니다."

"……."

보향낙선은 침통한 표정으로 바닥을 내려다보았다. 무당파가 멸문한 것으로도 모자라서 정기까지 사라지니 마음속에 묻어 두었던 슬픔이 다시금 치솟아 오른 것이다.

운정은 나지막하게 말을 이었다.

"사부님께서 우화등선하시기 전 제게 말씀하시기를 무당파의 내공심법을 다시 익힌다고 해도 어차피 의미가 없을 거라 했습니다. 애초에 기혈을 만들지 않았으니 새로이 개척해야 하는데, 그렇게 하면 지금까지 쌓은 길을 또다시 걷는 것이라고 말입니다."

그 말을 들은 보향낙선의 표정이 급변했다.

"그럼 또 걸으면 되지 않느냐?"

"예?"

"한번 걸었던 길이니 쉬울 것이다. 무당산의 정기가 사라졌다면, 앞으로 무당파는 무당산의 정기에 의존하지 않아야 한다. 만약 그 이계인에게서 정기를 되찾을 수 없다면 어쩌겠느냐?"

"……."

"애초에 그가 훔쳐갔다는 것도 추측이지 않느냐? 훔친 것이 아니라면? 모두 사용했거나 없애 버린 것이라면 어쩌겠느냐?"

"그렇겐 생각하지 못했습니다."

"그럼 애초에 왜 훔쳤다고 생각했느냐?"

운정의 얼굴이 짐짓 심각해졌다. 그는 기억을 서서히 더듬기 시작했고, 곧 그 답을 알 수 있었다.

"정기를 훔친다는 정보가 있었다고 합니다."

보향낙선의 눈빛이 날카로워졌다.

"누가?"

"무림맹에서 말입니다. 누군가 무림맹에 그런 정보를 전한 것 같습니다. 불확실하기에 확인만 하려 했는데, 정말로 그런 일이 일어났다고 했었습니다."

"그 전한 사람은 누굴까?"

"아마 이계와 이계의 술법에 정통한 사람이 아닌가 합니다."

"그렇다면 이계인일 가능성이 크다."

운정이 눈초리를 모으며 물었다.

"이계인이 왜 그런 정보를 무림맹에 전달했겠습니까?"

"왜 그렇겠느냐?"

운정의 머리에 순간 스쳐 지나가는 말이 있었다.

"내 신용은 네가 말한 무당산의 정기에 관한 정보를 알아봐 주는 것으로 증명하지."

그가 말했다.

"신용을 얻기 위해서일 겁니다. 그 때문에 서로 간의 교류가 시작된 것이라 봅니다."

"그렇지."

운정은 팔짱을 끼고 골똘히 생각했다.

"태룡향검을 도와 이계의 왕궁에 도착한다면, 그곳에서 분명 무당산의 정기를 누군가 훔쳐 간다고 정보를 제공한 사람을 만날 수 있을 겁니다. 그렇다면 정기를 되찾을 확실한 정보도 얻을 수 있고요."

"만약 네가 그렇게 생각한다면, 우선적으로 정기를 되찾는 방향으로 움직이는 것이 좋을 것 같구나."

"사백님께서도 그리 보십니까?"

질문을 받은 보향낙선의 얼굴이 살짝 어두워졌다.

"나야 솔직히 말하면 네게 태극마심신공을 네게 가르쳐 주고 싶다. 그 묘리와 건공선공을 합친다면 분명 마선공(魔仙功)으로 발전시키는 것도 가능할 것이야."

"마선공이라 하시면?"

"천하제일고수 심검마선이 마선이라 불리는 이유는 바로 그의 무공이 마선공이기 때문이다. 마공과 선공을 합친, 중원 최고의 내공심법이지. 중원에서 천 년 가까이 가장 깊이 연구된 두 종류의 내공심법을 합쳤으니, 그것보다 좋은 것이 어디 있겠느냐?"

"……."

"네가 익힌 무공이 선공이란 말을 들었을 때부터 떠올린 것이다. 내가 가르치고 지도한다면 분명 태극마심신공을 마선공으로 발전시킬 수 있으리라고 믿는다. 무당산의 정기가 아니라 마기를 이용하여 같은 무위를 뿜낸다고 생각해 보거라. 그렇다면 본 파 무학의 최대 약점이라 할 수 있는 공과(功過)에서 자유로워져 심검마선의 무위에도 도전해 볼 수 있지 않겠느냐?"

"……."

"마교에서 신선이 나왔다면, 본 파에서 마인이 나올 수 있지. 지금은 그런 시대니라."

운정은 눈을 질끈 감았다.

"우화등선하신 사부님을 욕보일 순 없습니다."

보향낙선은 긴 숨을 내쉬고는 말했다.

"정녕 우향사제가 우화등선했다고 생각하느냐?"

운정은 그 자리에서 박차고 일어났다. 보향낙선이 그를 묘한 눈빛으로 그를 올려다보자, 운정은 그의 시선을 피하면서 대답했다.

"일이 있어 나가 보겠습니다."

"……."

"종종 사백님을 찾아뵙겠습니다."

그렇게 말한 운정은 그 즉시 밖으로 나섰다.

그런 그의 뒤를 보던 보향낙선이 혀를 찼다.

"쯧쯧쯧, 그 사부에 그 제자로군."

*   *   *

거친 걸음으로 방문을 나선 운정을 물끄러미 보며 나지오가 말했다.

"해법은 찾았나?"

운정은 문을 닫고는 고개를 흔들었다.

"처음부터 다시 배우는 수밖에 없을 듯합니다만, 그렇게 되면 말씀하신 시일 내로 내력을 회복할 수 있을지는 모르겠습니다."

"……."

"도움이 되지 못해 죄송합니다."

나지오는 어깨를 들썩였다.

"괜찮아. 우선 우리들도 이계에 닿은 선이 없는 건 아니니까, 그쪽을 통해서 알아보도록 할게. 어차피 화산의 정기를 포함해서 다른 오악의 정기를 지키기 위해선 알아봐야 하는 거니까."

"감사합니다."

"감사하긴, 뭘. 이곳에서 지내고 싶은 만큼 지내도록 해. 그러다 보면 내력을 회복할 방도도 찾을 수 있겠지. 그리고 보니, 아까 경공을 억지로 펼치게 만들었네. 말을 하지."

"무당파의 경공으로 따라가지 않으면 믿지 않으리라 생각했습니다."

"아, 확실히. 내가 생각해도 의심부터 했겠어. 그래도 그건 미안하게 생각한다."

입신의 고수면서 그토록 허울 없는 모습 때문일까? 운정이 생각하기에 나지오는 분명 본인의 입장을 분명히 말하며 절대 손해 보지 않는 성격 같았지만, 의외로 그 속은 선한 것 같았다. 미안하다는 간단한 말에도 진심이 느껴지는 것을 보면 말이다.

운정이 결심하고 말했다.

"제가 그때까지 내력을 아낀다면 유풍살을 쓸 수는 있을 겁니다."

나지오의 얼굴이 환해졌지만, 그는 기쁜 표정을 숨기며 말했다.

"정확한 시일도 정해지지 않았어. 그때까지 무공을 쓰지 말라고 하는 건 너무 무리한 부탁이지."

"괜찮습니다. 다만 한 가지 부탁하고 싶은 것이 있습니다."

나지오는 살짝 웃더니 말했다.

"뭘?"

"이계마법사가 착용하고 있던 열 반지 말입니다. 그것에 대해서 조사하고 싶습니다. 그래서 남는 시간 동안은 무당산으로 가고자 하는데, 혹 그것을 허락해 주셨으면 합니다만."

나지오는 운정이 말했던 그 요괴와의 대화를 떠올렸다.

"아, 그 요괴가 말한 거가 신경 쓰이는군? 흐음, 뭐 나에게 허락을 받을 이유는 없지. 가고 싶으면 가. 하지만 내 생각에는 일단 화산파의 영역에 있으면 그 마법사의 세력이 복수하러 오진 못할 거야. 화산같이 한 도문의 역사가 오래된 곳은 술법적으로 봤을 때 천연 요새 같은 곳이라 하더군."

"무당산의 경우를 보면 그도 완벽하진 않은 것 아닙니까?"

"하긴."

"일단은 가 보고 싶습니다. 그리고 너무 경황없이 나와서 낙선향도 다시 둘러보고 싶고. 또, 가족들도 한번 봤으면 합니다."

나지오는 눈을 게슴츠레 뜨며 말했다.

"어차피 목적을 위해서 더 할 수 있는 게 없으니 그런 생각을 한 건가?"

운정은 고개를 끄덕였다.

"사부님께서 지켜보시는데 사부님의 유언을 무시하고 제 개인적인 바람을 먼저 생각할 수는 없지 않습니까? 그것이 방해받지 않는다는 조건 내에선 제 소망을 따르려 합니다."

나지오는 피식 웃었다.

"이야, 진짜 오랜만이야."

"무엇이 말입니까?"

"도사랑 대화하는 거."

"……."

"그래도 젊은 놈이라 그마나 덜하지. 이리 꼬고 저리 꼬고 그러면서 논리적으로는 하나도 틀린 것이 없는 그 말투를 생각하면 벌써부터 머리가 아파 오네. 좋아, 마음에 들었어."

나지오는 허리춤에서 검 두 개를 집어 그에게 던졌다.

운정은 그것을 얼떨결에 받아 들곤 물었다.

"갑자기 무슨……."

나지오는 팔짱을 꼈다.

"원래 검선의 것이야. 정확하게는 무당파의 것이지."

"……."

"태극지혈(太極之血)이라는 쌍검인데, 정향(貞向)으로 잡으면 양검이 되고 역수(逆手)로 잡으면 음검이 되지."

가까이서 보니, 확실히 묘한 기운을 흘리는 것이 보통 물건이 아닌 듯싶었다. 운정은 그것을 찬찬히 훑어보며 물었다.

"왜 이걸 제게 주신 겁니까?"

"그것을 양손에 잡고 운기해 보라고. 혹시 모르지, 내력이 모일지도 모르니까."

운정은 이내 오른손으론 정향으로 그리고 왼손으론 역수로 그것을 잡고 눈을 감았다. 그리고 무궁건곤선공으로 호흡하기 시작했다.

툭.

그대로 땅에 떨어진 태극지혈은 아무렇게나 땅에 박혔다. 너무나 날카로운 그 검날은 손잡이가 걸릴 때까지 땅을 무 자르듯 베고 들어갔다.

갑자기 눈을 뜬 운정을 향해 나지오가 말했다.

"왜 그래?"

운정은 고개를 흔들었다.

"이것은 감리(坎離)입니다. 건곤(乾坤)과는 맞지 않습니다."

나지오는 고개를 갸웃했다.

"그래? 그럼 기혈에서 돌려서 기운을 바꾸면 되잖아? 음양에 뿌리를 두고 있는 이상 큰 문제가 되진 않아."

"하늘과 땅 그리고 해와 달은 같은 음양의 나눔이나 또 다릅니다."

운정의 단호한 말에 나지오는 입을 살짝 벌리며 말했다.

"와, 감리와 건곤의 차이조차 무시하지 못한다고? 대체 얼마나 순수한 거야? 너무 융통성이 없는 거 아니야? 그럼 자연의 기운이 네 몸의 내력과 정확하게 딱 맞아떨어져야 하는데?"

"그래서 무당산의 정기가 아니면 어렵다는 겁니다."

"……"

"이 검은 돌려드리겠습니다."

운정이 태극지혈 두 자루를 그에게 주자 나지오는 그것을 받으며 말했다.

"다시 말하지만 이건 무당의 것이야. 이게 내 상징 같은 거라 차고 다니는 거지, 사실 검공을 펼칠 땐 화산의 것이 가장 좋거든. 그렇다고 장문인이 쓰는 매향검(梅香劍)을 가져갈 순 없으니까 쓰는 거지. 내가 뭐 속물도 아니고, 안 그래? 입신의 고수라고. 이런 검 하나에 얽매이지는 않으니까. 얼마든지 철검을 써도 되고. 그런데 이게 또 단순히 나의 상징이라기보단 흑백연합의 상징 같은 거라서 말이야. 하여간 이런저런 사연이 있어서 내가 가지고 있는 거야."

길고 긴 설명에 운정은 딱 잘라 말했다.

"탐내지 않으니, 걱정 마십시오."

"크흠, 그래. 아니, 그냥 해 본 말이야. 혹시라도 무당에서 필요하다면 즉시 내줄게."

"그럴 일이 있을지는 모르겠지만, 그때 가선 감사히 받겠습니다."

"……"

"……"

묘한 침묵 가운데, 운정은 산 아래쪽을 바라보며 말했다.

"죄송하지만, 그 문까지 데려다주실 수 있겠습니까? 무당산에 다녀오려는데, 내력을 아끼려면 지금부터 아끼는 게 좋을 것 같아서 말입니다."

나지오는 막 태극지혈을 허리춤에 차고는 말했다.

"내 등은 질녀의 그것만큼 안락하진 않을 테니 각오하라고."

"……"

"그럼 타."

나지오는 등을 내주었고, 운정은 꺼림칙한 마음으로 그 위에 올랐다.

나지오는 가벼운 발걸음으로 산보라도 거닐 듯 험난한 산세를 뚫었고, 그 위에 올라탄 운정은 그의 움직임을 몸으로 직접 느낄 수 있었다. 마치 공기와 땅이 그와 함께 움직이는 것처럼 너무나 편안했는데, 운정 본인이 무당산에서 직접 경공을 펼친다고 해도 따라올 수 없는 수준임이 분명했다. 확실히 옆에서 보는 것과 그 위에 타고 있는 것은 또 달랐다.

그것은 무한한 내력을 바탕으로 펼치는 능동허도처럼 놀라운 수준의 경공과는 거리가 멀었다. 나지오가 펼치는 것은 어찌 보면 매우 단순한 그리고 매우 기본적인 경공이라 할 수 있었다. 하지만 그것을 펼치는 그 수준에 있어서 감히 같은 경공이라 말하기 어려울 정도였다. 기의 흡수와 사용이 너무나 자연스러워 기를 흡수하는 것이 아니라 그저 흘려보내는 것과 같은 착각이 일었다.

처음 바람을 일으키는 것까진 같다. 하지만 그 바람을 타고 움직이는 것이 아니라, 그 바람 자체가 되어 바람이 불듯 부는 것이다. 그렇다. 나지오의 몸은 움직이는 것이 아니라 불었다.

운정이 신선한 그 충격 속에서 겨우 깨어 나오는 사이, 그들은 어느새 화산파 정문에 위치한 사랑채에 도착했다. 그를 본 채주가 신발도 신지 않고 그를 마중 나와 고개를 숙이며 예를 갖추었다.

"태, 태룡향검을 뵙습니다. 여기까진 어쩐 일로……."

"여기 무당파 도사께 방 하나 내줘."

다시금 고개를 숙인 채주는 사랑방에서 가장 큰 방에 그들을 안내했다. 대문파의 장문인 정도나 되어야 내주는 방이지만, 태룡향검이 직접 안내할 정도의 사람이라면 그 방을 쓰기에 충분했다. 그것도 등에 업어서 말이다.

하녀들을 시켜 간단히 방을 치우자, 그 둘은 안으로 들어갔다.

나지오는 문 앞에 서서 방 안을 둘러보고 있던 운정에게 말했다.

"운정 도사, 가더라도 오늘은 편히 쉬고 가도록 해."

운정은 그를 돌아보며 말했다.

"말씀과는 다르게 매우 안락했습니다."

"응?"

"등 말입니다."

"아, 내 농을 곧이곧대로 들었군. 그래, 언제고 생각나거든

한 번 더 태워 주마."

운정은 포권을 취했다.

"조화경의 고수께 그런 실례를 다시 범할 수는 없습니다."

나지오는 눈썹을 모으더니 곧 손사래를 쳤다.

"갑자기 왜 이래?"

"……."

"하여간. 알았으니까. 낯 뜨겁게. 그럼 나는 이만 간다. 오늘
은 푹 쉬고 내일 아침은 꼭 먹고 가. 화산 사랑채의 아침은 꽤
맛있는 걸로 유명해서 일부러 찾아오는 사람들까지 있으니까.
그 마법사의 시체가 하루 차이로 어디 가진 않겠지."

"알겠습니다."

"그럼, 또 보자고."

나지오가 막 걸음을 떼려는데, 운정이 갑작스레 물었다.

"검선 어르신께선……."

"응?"

"본 파의 검선 어르신께선 정말로 조화경을 이룩하였습니
까?"

"……."

나지오의 표정이 살짝 굳었다. 대답하기 어렵다는 뜻이었으
나, 운정은 포기하지 않고 한 번 더 말했다.

"옆에서 보았으리라 믿습니다만."

나지오는 이내 고개를 끄덕였다.

"본 적이야 있지. 검을 섞어 보기도 했는걸."

"그럼?"

나지오는 큰 숨을 들이마시곤 내뱉으며 대답했다.

"나랑 같다고 할 수 있어."

"그럼 입신?"

나지오는 고개를 저었다.

"아니. 그저 반선지경(半仙之境)이었어."

"조화경을 이룩하지 못하신 겁니까?"

나지오는 고개를 흔들었다.

"조화경을 이룩했지. 나 또한 마찬가지고. 하지만 그것이 입신이라 할 순 없어."

운정의 눈썹이 순간 꿈틀거렸다.

"그것이 무슨 뜻입니까?"

나지오는 턱을 쓸더니 말했다.

"갑자기 무학을 논하게 될 줄은 몰랐는데?"

"단순히 무학이 아닙니다. 입선(入仙)을 말하는 것입니다."

"입선이라… 입신(入神)과 다른가?"

"다릅니다."

운정의 단호한 말에 나지오는 씨익 미소를 지었다.

"도사의 꿈은 신선이 되는 것이지, 아마? 검선이 진정으로 입신에 들었냐고 의심하는 이유는 뭐야?"

운정이 말했다.

"보향진인께서 제게 태극마심신공을 익혀 보라 제안하셨습니다."

나지오의 입이 살짝 벌어졌다.

"설마. 그것 때문에 무당파가 무너졌지 않아? 그런데 보향진인이 네게 그걸 익혀 보라 한 거야?"

"제 선공과 태극마심신공을 합치면 마선(魔仙)에 이를 수도 있다고 했습니다."

"……."

"사문이 무너지게 되었음에도 여전히 그것에 매달리는 것을 보면 그만큼 대단한 내공심법이기 때문이라 생각합니다."

나지오는 고개를 흔들었다.

"아니, 네가 혹시 완성할지도 모르는 마공을 자기도 어떻게든 익혀 몸을 치료하고 싶어 그런 허망한 소리를 한 것이지."

"사람의 진의는 아무도 모릅니다."

"그럼, 너는 보향진인의 말을 정말로 믿는 거냐?"

"그것을 확인하고자 묻는 겁니다. 검선께서 입신이 아닌 반선지경에 이르렀다는 것이 무슨 뜻입니까?"

나지오는 대답하지 않고 운정을 노려보았다.

운정은 그의 눈길을 절대로 피하지 않으며 마주 보았다.

결국 눈을 먼저 피한 나지오가 말했다.

"미안하지만 타 문파의 제자에게 알려 줄 만한 가르침이 아니야. 검선에 대해서 묻는 것이라면 알려 주겠지만, 무학 그 자체에 대해선 네 스스로 찾아 나가야 할 것이야. 그것이 우화등선한 스승님께 부끄럽지 않으려는 도사의 자세가 아닌가?"

"……."

"네가 태극마심신공을 익히고자 하는 저의는 뭐야?"

"겸손하기 때문입니다."

나지오는 뜻밖의 단어에 되물었다.

"겸손?"

운정은 가슴을 펴고 말했다.

"제 생각은 확고하나 완전히 믿지는 않습니다."

"……."

"이는 제 사부님의 생각이라 할지라도 마찬가지입니다. 사부님께서는 항상 아는 것을 의심하고 모르는 것을 배우라고 말씀하셨습니다. 그것이 겸손의 기본이라고."

"자기를 믿는 것도 중요할 텐데?"

"그러니 그것을 판가름할 지혜가 필요합니다. 일러 주십시오."

운정은 포권을 취했다.

나지오는 그런 그를 물끄러미 보다가 곧 고개를 돌렸다.

"본 파의 제자 중 너만 한 아이가 있었다면 좋았으련만."

"……."

"다시 말하지만 답은 스스로 찾아. 무당파를 재건하겠다는 놈이 화산파의 가르침을 받으면 되겠어? 그랬다간 네가 가진 장점인 순수함을 잃어버리게 될 거야."

"……."

말 없는 운정을 물끄러미 보던 나지오에게 장난기가 돌았다.

"왜? 내 진의가 의심스러운가? 널 생각해서 하는 말이 아닌 것 같아? 네가 보기에 내가 네게 가르침을 내리지 않는 진의가 무엇이라 봐?"

운정은 고개를 흔들었다.

"아닙니다. 태룡향검의 말을 믿습니다."

나지오는 피식 웃었다.

"그럼, 난 간다."

나지오는 곧 문을 열고 그 방에서 사라졌다.

운정은 그가 사라진 그 자리에 시선을 고정하곤 한동안 움직이지 않았다.

　　　　*　　　　　　*　　　　　　*

화산파 정문의 위치는 고도상으로 마을과 별반 차이가 없었다. 때문에 운공을 한다 하더라도 얻을 수 있는 내력이 극도로 미미했다.

방 안에서 운공하던 운정은 곧 포기하곤, 사랑채 지붕에 몰래 올라가 그 중심에서 눈을 감고 대자로 누웠다. 그러곤 선공을 일으켜 호흡하면서 조금씩 기운을 쌓기 시작했다. 어차피 무당산의 정기가 없는 곳에선 집중을 하나 집중을 하지 않나 쌓이는 내력의 차이는 없었다. 그나마 높은 곳으로 가 탁기가 조금이라도 적은 곳에서 호흡하는 것이 더 나았다.

그는 명상보다는 사색을 하며 하루 온종일을 보냈다. 간간이 식사 때만 내려가 소식을 한 뒤 다시 지붕 위로 올라오기 일쑤. 밤이 되었을 땐, 달을 바라보며 오히려 생각을 비웠다.

그렇게 아침이 찾아오기 직전의 새벽. 누군가 지붕의 한 모퉁이에 올라섰다. 운정이 그 발소리를 듣고 바라보니, 그곳엔 정채린이 있었다.

"여기 계신다는 말을 들었습니다."

운정은 허리를 일으키곤 물었다.

"지붕에 있는지는 어떻게 아셨습니까?"

"그러니까, 지붕에 계신다는 말을 들었습니다만."

"아, 설마 채주님이 알려 주신 겁니까?"

"네."

"……."

"왜 그러십니까?"

"아니, 뭐 제가 지붕에 올라와 있는지 모르시는 줄 알아서 그렇습니다. 이제 보니 알았지만 제게 말하지 않은 것이군요. 어쨌든 뭐, 우선 방으로 가시겠습니까?"

"저는 이곳도 상관없습니다."

"그렇다면야."

운정은 다시 벌러덩 누운 채로, 양팔을 머리 뒤로 했다.

정채린은 그에게 가까이 다가온 뒤 그의 옆쪽에 섰다. 그녀는 몇 번이고 머뭇거리다가 이내 용기를 내서 말했다.

"그, 한 가지 고백해야 할 것이 있습니다."

"무당산에 못 보내 준다고 합니까?"

"예? 아, 아닙니다."

"그럼, 이계마법에 능통한 학자를 만나게 해 줄 수 없답니까?"

"그, 그런 것이 아닙니다. 개인적인 겁니다."

"개인적인 것?"

"네에."

운정이 올려다보니, 정채린의 얼굴은 붉게 상기되어 있었다. 운정은 자리에서 벌떡 일어나더니, 곧 그의 손을 정채린의 이마에 가져갔다.

"……."

"흐음… 열이 조금 있는데."

"……."

"눈빛은 청량하고 기침기도 없는 것 같고."

"……."

"뭐, 최근에 잘못 먹은 거라도 있습니까? 얼굴에 홍조기가 있는데."

정채린은 한 걸음 뒤로 슬쩍 움직여 운정의 손에서 이마를 떼더니, 곧 앞머리를 마구잡이로 내려 얼굴을 가렸다.

"아, 아닙니다. 그, 그저 그, 그러니까. 운공을 하다 조금 혈색이 붉어진 듯하니, 신경 쓰지 마십시오."

운정은 그런 그녀를 물끄러미 보다가 곧 툭하니 말했다.

"뭐, 그렇게 말씀하신다면야. 그런데 고백해야 한다는 건 무엇입니까?"

정채린은 양손을 앞으로 모아 손가락을 만지작하며 머뭇거렸다. 그러다가 곧 옆을 보곤 크게 헛기침을 한 뒤, 운정을 돌아보곤 힘차게 말했다.

"전에 작별 인사에 대해서 말씀드린 것 있지 않습니…까. 그, 그 부분에 대해서 제가 좀 더… 저, 정확하게……."

결국 그녀는 고개를 돌리고야 말았다.

운정은 갸웃하더니 말했다.

"그 입술을 접촉하는 것 말입니까?"

"……."

"아, 그러고 보니 태룡향검께 하지 않았습니다. 혹시 그게 불편하셔서 정 소저를 보내신 겁니까? 그럼 이제라도 다시 찾아가서 해야 할……."

"아, 안 됩니다!"

빽 하고 소리친 정채린은 이젠 몸까지 돌려 얼굴을 가렸다.

운정은 그 해괴한 모습에 영문을 모르겠다는 듯 고개를 갸웃했다.

"정 소저가 무슨 말씀을 하고 싶은 건지 모르겠습니다."

정채린은 옷섶을 잡고는 다시금 큰 소리로 기침했다. 그러곤 심호흡을 몇 번 하고는 다시 몸을 돌려 운정을 향해 말했다.

그녀의 시선은 묘하게 운정의 두 눈을 벗어나 있었다.

"그 작별 인사는 더 이상 아무에게도 하지 않으시는 것이 좋겠습니다."

"응? 그게 무슨 말입니까?"

"그게, 제가 조금 착각한 부분이 있습니다. 그, 그냥 그렇게 아시고 앞으로는 하지 않으시면 됩니다."

정채린은 입술을 살짝 깨물었고, 운정은 그런 그녀를 보곤 의심스럽다는 듯이 말했다.

"갑자기 그게 무슨 말입니까? 무슨 착각이 있었고, 또 왜 앞으로는 하지 말라는 것입니까?"

"그, 그게……."

"아, 답답하니 시원하게 말씀해 보십시오."

정채린은 새빨갛게 달아오른 얼굴로 결국 저질러 버렸다.

"좋아합니다."

운정은 눈살을 찌푸리더니 되물었다.

"좋아합니다?"

"……."

"그게 갑자기 무슨 뜻입니까? 뭘 좋아한다는 겁니까?"

"……."

"정 소저?"

"우, 운정 도사님을 여……."

"여?"

"여, 연모한다는 말입니다."

정채린의 얼굴은 더 이상 새빨개질 수 없을 만큼 빨개졌다.

운정은 팔짱을 끼고 턱에 손을 가져가곤 말했다.

"아, 여자가 남자를 좋아한다는 그런 의미로 나를 좋아한다는 것이군요?"

"……."

"그런데 그게 작별 인사하고는 무슨 관계가 있는 겁니까?"

막상 운정이 아무렇지도 않게 받아들이니, 정채린은 누군가 그녀에게 찬물을 뿌리는 것 같은 기분을 느꼈다. 정신이 혼미해질 정도로 마음에 가득 찼던 부끄러움에 찬바람에 휘날려 날아가면서 그녀는 서서히 이성을 되찾았다.

정채린은 얼굴에 양손을 가져다가 볼기짝을 세게 때렸다. 그러자 정신이 완전히 돌아오는 것 같았다.

"정말 괜찮은 겁니까?"

운정의 걱정 어린 질문에 정채린은 평소의 차가운 표정으로 돌아와 대답했다.

"네, 괜찮습니다."

"……."

"그 작별 인사는 제가 선수(先手)를 치기 위해서 그렇게 한 겁니다."

"선수라면?"

정채린은 다시금 속내를 고백해야 한다는 사실에 또다시 부끄러움을 속에서부터 올라오는 것을 느끼기 시작했다. 그러나 운정의 순수하고 맑은 표정은 부끄러움을 억누를 수 있는 자신감을 주었다.

진실을 온전히 말해도 괜찮을 것 같다는 자신감.

"소청아 사제하고 잘되어 가는 것 같아서, 제가 먼저 운정 도사님을 선점하고 싶었습니다."

정작 말하고 나니, 또다시 운정의 눈치가 보였다. 하지만 운정의 눈빛에는 어떠한 비난도 판단도 없었다.

운정이 물었다.

"그럼 그건 작별 인사가 아니었습니까?"

"네. 아닙니다. 연인 사이에서나 할 수 있는 망측한 행위입니다."

운정은 잠깐 이해가 가지 않는다는 듯 고개를 갸웃했다.

"그건 이상하군. 그럼 왜 소 소저도 나한테 거짓말을 한 것입니까?"

"네?"

"그날 밤 정 소저가 떠난 뒤에, 내가 소 소저와 작별 인사를 하자 했는데 소 소저도 별말 하지 않고 응했었습니다."

"……."

"그것도 그렇게 잠깐 하는 것이 아니라 원래 길게 하는 것이라고 하면서 또 혀를 섞는……."

"자, 잠깐! 뭐라고 하셨습니까?"

소리치는 정채린을 보며 운정은 이상하다는 듯 되물었다.

"왜 갑자기 화를 냅니까?"

정채린은 격한 숨을 내쉬다가 곧 가슴을 몇 번 치더니 말했다.

"그러니까, 소 사매와 그, 그니까… 혀, 혀를 섞으셨다고요?"

"그렇습니다. 작별 인사의 기본이라면서 정 소저는 그 기본도 모른다고 핀잔을 주기도 했습니다만, 이제 보니 소 소저도 선점하고 싶었던 것 같습니다."

너무나 당당히 그리고 또 자신 있게 말하는 그를 보며 정채린은 얼이 빠지는 기분을 느꼈다. 즉후 속에서부터 들끓는 분노가 너무나 커, 더 이상 분노란 단어로 표현하기 어려울 지경이었다.

"그, 그… 그… 딸꾹딸꾹."

정채린은 딸꾹질을 하면서 몇 번이고 말을 꺼내려 하는데 도저히 말이 나오지 않았다. 그것도 그런 것이 정작 운정에게 거짓말을 한 것은 그녀고, 소청아는 그 거짓말을 그대로 역이용한 것이기 때문에 할 말이 없었기 때문이다.

그러나 그렇다고 분노가 사라지는 것은 아니다. 그리고 또 그것이 자꾸만 운정을 향하는 것도 막을 수 없었다. 분명 이성적으로는 그에게 아무런 잘못이 없다는 것을 알지만, 마음을 들킨 상대가 이리도 당당하게 다른 여자와 혀를 섞었다는 걸 말하는 것을 들으니 그녀도 자신의 감정을 어찌할 수 없었다.

화가 나지만 화를 낼 수 없다.

정채린은 성인이 되고 처음으로 울어 버렸다.

"저, 정 소저?"

"딸꾹딸꾹."

딸꾹질을 하며 흐르는 눈물을 계속해서 닦는 정채린을 보며 운정은 뭔가 심상치 않다는 것을 본능적으로 깨달았다. 살기가 가득한 두 눈빛이 그를 향한 채, 하염없이 두 눈에서 흘러나오는 눈물은 그칠 줄 몰랐고, 또 중간중간 딸꾹질 속에 포함된 울음기는 묘한 감성을 자극했다.

운정은 두 손을 서서히 들어 그녀의 양어깨에 올려놓았다.

그도 그가 왜 그렇게 했는지 몰랐다.

하지만 그것만으론 충분하지 않다는 것을 본능적으로 알았다.

그래서 그녀를 껴안았다.

그것도 왜 그렇게 했는지 알지 못했다.

하지만 그것만으로 충분하지 않다는 것을 본능적으로 알았다.

정채린은 여전히 살기가 가득한 눈빛과 한없이 차가운 표정으로 그리고 은구슬 같은 눈물을 흘리며 딸꾹질을 연달아 했다.

하지만 그녀는 운정의 품속에서 가만히, 아주 가만히 있을 뿐이었다.

"사, 사저! 아, 안 돼요!"

높은 어조의 목소리가 저만치에서 들렸다.

소리가 들린 그쪽에는 막 지붕 위로 올라온 소청아가 경악한 표정으로 그들을 바라보고 있었다.

운정은 그쪽을 바라보며 고개를 돌렸다.

"소 소저? 소 소저도 여기 온 거야? 그리고 보니 둘 다아…읍, 으읍."

입이 가로막혀 말을 할 수 없었던 운정은 순간 입속으로 들어오는 이물질에 눈을 동그랗게 떴다. 그리고 그대로 소청아를 바라보았는데, 그녀의 얼굴을 인간이 지을 수 있는 극한의 놀람에서부터 극한의 화남, 그리고 극한의 슬픔까지도 동시에 담아 내는 놀라운 기적을 보여 주고 있었다.

"하, 하아, 하아."

정채린은 입술을 거칠게 닦아 냈다. 그러곤 뒤돌아보며 소청아에게 말했다.

"어른들이 같이 있으니, 사매는 자리 좀 비켜 줄래?"

그 말을 들은 소청아의 아미가 사시나무처럼 파르르 떨리기 시작했다. 그러나 그녀는 애써 웃음을 지으면서 말했다.

"한 시진이에요."

"……."

"한 시진이나 했으니, 뭐 그 정도 잠깐은 하게 해 드리죠."

"하, 한 시진이나?"

정채린은 누군가 머리를 때린 듯 멍한 표정으로 힘없이 운정을 올려다보았다. 운정은 그의 머리로는 전혀 이해되지 않는 묘한 죄책감에 사로잡혀 그것의 정체가 무엇인지 고민했다.

"왜인지는 모르겠지만, 미안합니다."

"……."

"정말 왜 미안함을 느끼는지 모르겠지만, 분명한 사실은 소저에게 미안함을 느끼고 있다는 것입니다. 흐음, 흥미롭군요."

그렇게 말한 운정은 턱까지 쓸어 가며 자기 성찰을 시작했다.

그사이 소청아는 두 주먹을 불끈 쥐고 운정에게 성큼성큼 걸어왔다.

"운정 도사님!"

그녀의 외침에 운정은 자기 성찰에서 깨어나 그녀를 보았다.

그곳엔 두 미녀가 운정의 머리를 뚫어 버릴 듯한 기세로 그를 노려보고 있었다.

소청아가 물었다.

"둘 중 누구죠?"

운정이 되물었다.

"뭐가 말이야?"

이번엔 정채린이 쏘아붙였다.

"둘 중 누구냐는 말입니다."

"그러니까 무엇을 고르라는 겁니까? 둘이 갑자기 나타나서 한 명을 고르라고 하니 무슨 뜻인지 모르겠습니다. 이번 여행길에 동행하는 사람을 말하는 겁니까?"

소청아와 정채린은 한숨을 푹 쉬며 서로를 보았다.

"고생하네."

"사저도요."

둘은 동시에 운정을 돌아보며 말했다.

"둘 중 누가 애인으로 더 적합하냐고요."

"둘 중 한 명을 정인으로 정한다면 말입니다."

그 말에 아무런 감정이 없는 표정으로 소청아와 정채린을 몇 번이고 번갈아 보던 운정이 대답했다.

"나는 해야 할 일이 많기에 당장 살림을 차릴 생각이 없습니다."

"……"

"……"

"우선 사부님의 유언부터 지키고 나서야 생각할 여유가 있겠습니다만, 현재로선 도사로서 입선을 생각하고 있으니 애인이나 정인을 만들진 않을 것 같습니다."

소청아는 눈을 딱 감아 버렸고, 정채린은 얼굴을 쓸어내렸다.

운정은 끝까지 영문을 모르겠다는 표정으로 그녀들을 번갈아 보았다.

그때, 운정의 뒤로 해가 찬찬히 떠오르며 세상을 밝혔다. 하지만 그 환한 빛도 두 미녀의 얼굴에 드리워진 어둠을 몰아내진 못했다.

*　　　*　　　*

"아, 그래서 둘 다 같이 가지 않겠다고 한 것이로군요, 크하하!"

말을 타고 적당한 속도로 달리는 도중, 한근농은 폭소를 감추지 못했다. 그가 들썩거리자 불편함을 느낀 그의 말이 푸르릉거리며 작은 불만을 토해 냈지만, 한근농의 폭소는 그칠 줄 몰랐다.

운정은 자신의 말의 갈퀴를 쓰다듬으며 말했다.

"때문에 한 동생을 불편하게 한 것 같아. 미안하게 되었어."

한근농은 배까지 부여잡았다.

"하하하, 아닙니다. 어쩐지 둘 다 씩씩거리면서 아무하고도 말을 안 하는데, 대강 예상은 했지만 정말 그 정도일 줄은 몰랐습니다. 둘 다 자기가 먼저 운 형과 동행하겠다고 씨름할 때는 언제고 하룻밤 사이에 갑자기 냉랭하게 돌아서더니 죽든 말든 상관하지 않겠다니…… . 하하하, 여인의 마음은 참 갈대 같지 않습니까?"

"그런가?"

"그렇지 않습니까? 남자는 자기 마음을 몰라준다고 갑자기 마음을 접어 버리거나 하진 않습니다. 연적과 진검 승부를 하든 아니면 더 정성을 보이든 하지 그렇게 하룻밤 사이에 태도가 완전히 달라지진 않지 않습니까?"

운정은 대답하지 않았다.

그렇게 꽤 움직이고 나서야 뜬금없이 대답했다.

"꼭 그렇지만도 않은 것 같아."

"예?"

"남자들도 여자들과 별반 다르지 않다고 생각해."

한근농은 한참이 지난 지금까지 그 문제로 운정이 고심하고 있었다는 것을 깨달았다.

그는 살짝 웃으며 운정에게 물었다.

"어떤 면에서 말입니까?"

운정이 설명했다.

"남자나 여자나 속이 좁긴 마찬가지야. 다만 남자는 속이 좁으면 못난 것처럼 취급을 받으니 최대한 숨기려 하지만 여자는 속이 좁아도 여자라 괜찮다는 변명거리가 있잖아? 그러니 여자가 남자보다 속이 좁아 보이는 건 그저 겉으로 그렇게 보일 뿐인 것이지."

한근농은 팔짱을 껴서 그 말을 생각해 보곤 툭하니 말했다.

"흐음, 운 형이 말이 맞는 거 같긴 합니다. 무공에 있어서 남자들의 질투도 여자의 그것 못지않죠, 하하하. 평생 사람을 잘 만나 보지 못한 운 형이 그런 이치를 아실 줄은 몰랐습니다."

"사부님께 들은 이야기가 있으니까."

"……"

"오히려 그걸 통해서 나는 정채린 소저와 소청아 소저의 마음을 이해하는 것 같은걸."

한근농은 운정을 흘겨보았다.

매화검수에게 떨어진 명령은 운정이 무당산에 다시 가는 동안 내력을 쓰지 않도록 도와주라는 것이다. 예를 들면, 산적이나 기타 위험 요소를 만나면 대신 무공을 사용하여 제압하는 것이다. 다만 매화검수는 중원의 다른 오악을 지키러 파견을 나가야 했기 때문에 단 한 명만 자원을 받는다고 했었다.

정채린과 소청아 둘은 즉시 자원했다. 그런데 그들이 갑자기 하룻밤 사이에 하지 않겠다고 하자, 다른 매화검수들 중 누구도 대신하겠다는 사람이 없었다. 여자들은 그 둘의 눈치가 보였고, 남자들은 운정이 얼마나 재미없는 사람인지 몸소 경험했었기 때문이다.

하지만 웬일인지 한근농이 지원한 것이다. 그에게 궁금증을 표한 다른 검수들에게 그는 운정이 정말 재밌는 사람이라는 말만 했었다. 그리고 과연 한근농은 지금과 같은 간단한 대화에서도 재미를 느끼고 있었다.

"무슨 이야기였습니까?"

흥미가 돋은 한근농의 질문에 운정은 하늘을 올려다보며 사부님의 말을 기억했다.

"사부님은 항상 올곧은 분이시라, 그분의 잣대에선 그 누구도 피해 가기 어려웠지. 대부분 본 파의 도사들에 대한 비난과 욕설뿐이라 타 문파의 사람인 한 동생에게 자세히 말하긴 좀 그래."

"그렇군요."

"정말 신랄하게 비판하셨지. 다들 무늬만 도사라고 욕하면서, 마음속에 질투를 품고 있다는 거야. 그러면서 하나하나 설명해 주는데, 뭐 추하기 그지없는 이야기들뿐이었어."

한근농은 운정의 사부인 우향낙선의 입장을 알 것 같았다. 그와 같이 자신에게도, 그리고 남에게도 엄격한 사람은 화산파에도 꽤 여럿 있었기 때문이다.

"운 형의 사부님께서 무당파를 떠나신 이유가 아마 그 때문일 겁니다. 화산에도 그러신 분들이 몇몇 계십니다. 특히 흑도와의 연합 이후에는 아예 화산파를 떠나신 분들도 계십니다. 물론 화산에선 그들의 출타를 인정하지 않고 있습니다만."

운정은 고개를 끄덕였다.

"그러고 보니 정말 비슷하네. 사부님도 마와 타협한 검선이 싫었고 또 그를 따르는 무리들이 싫어 무당파를 떠나셨거든."

한근농이 보니 운정의 뒷모습이 조금은 작아진 듯했다.

그가 물었다.

"운 형은 어떻습니까? 처음 뵈었을 땐, 사부님의 유지를 잇는 것처럼 보였습니다만……."

운정은 한근농이 무슨 말을 하려는지 깨달았다.

"이야기를 들었구나?"

"향검께선 저희 매화검수들과는 허울 없이 지내십니다. 다시 화산을 떠나야 하는 저희들과 함께 술을 마셨었는데, 운정 도사님 이야기도 꽤 하셨습니다."

"그렇군. 왠지 그분이라면 그러실 것 같아."

"태극마심신공을 배우실 생각이십니까?"

운정은 또 말이 없었다.

이번에는 한근농도 차분히 기다렸다.

꽤 오랜 시간이 흐르고 운정이 대답했다.

"무당산의 정기를 되찾을 수 있으냐, 없느냐에 달린 것 같아. 하지만 그럼에도 해결해야 할 문제가 있어."

"……."

"무당산의 정기가 없다면 무당파의 모든 내공심법은 명맥을 유지하기 어려울 거야. 내가 배운 선공 말고 내력을 쌓는 속도 가 꽤 빠른 내공심법이라고 할지라도 말이야. 그렇다면 마공의 도움을 받아 증폭시키는 과정이 없이는 안 되겠지. 마공은 마기가 그릇보다 넘치기 때문에 문제라고 들었어. 그렇다면 적은 양을 증폭시켜 유지한다면, 태극마심신공도 문제가 없지 않을까?"

한근농은 고개를 저었다.

"그렇게 단순하게 생각하실 문제 아닌 것 같습니다. 당장 생각만 해도, 무당산의 정기의 정결함이 없다면 마기를 다루지 못할 수도 있는 것 아닙니까? 양의 문제를 떠나서 말이죠."

"그렇긴 하지."

"일단은 태극마심신공을 읽으시고 그 심득을 얻어야 판단이 가능한 문제 같습니다."

운정은 한숨을 쉬었다.

"그래서 문제가 있다는 거야. 마공이란 건 심득을 얻는 순간 저절로 익히게 되는 것과 다름없는 것이니까."

"예?"

"한 동생은 사람이 순수함을 잃는다는 게 뭐라 생각해?"

갑작스러운 질문이었지만, 한근농도 평소 사색을 즐겨 하는 사람이라 그 정도는 자신만의 대답이 있었다.

그가 대답했다.

"세상의 즐거움을 접하게 되는 것 아닙니까?"

"그렇지. 내 답도 비슷해. 사람은 한번 지름길을 알아 버리면, 계속 그 길로 걷고 싶은 유혹에 끊임없이 시달리지. 전에는 아무렇지 않게 걷던 길도 괜히 힘들어지고 말이야."

한근농은 운정의 속뜻을 깨달았다.

"마공이 그런 거라는 겁니까?"

운정이 고개를 끄덕였다.

"정공에서 순수함을 강조하는 이유가 바로 그거야. 그러니 태극마심신공을 읽을 순 없어. 심득을 얻으면 곧 그대로 따라 가게 될 것이고, 그렇지 않다 해도 그 유혹으로 인해 내 선공 의 한계가 그어져 버릴 거야."

한근농은 운정의 말을 받아 말했다.

"배우기 전까진 그것을 배울지 말지 결정할 수 없다… 참으 로 모순이라 할 수 있겠습니다."

"그렇지."

이번에는 한근농이 꽤 오랜 시간 동안 고민을 거듭하곤 말 했다.

"제 생각에는 마공이란 의미가 작금에 와서 꽤 변했다고 생 각합니다."

"무슨 의미야?"

"본래 마공이란 것은 정공과 구분하기 위해서 만들어진 것이 맞습니다. 깨달음을 얻지 못한 제자가 좀 더 쉬운 방법을 찾다 보니 본래의 가르침에서 벗어나는 잘못된 심득을 얻게 되면서 생기는 것이 바로 마공이죠. 그리고 그 끝은 다 아는 주화입마 입니다. 자기 멋대로 길을 내다가 사고를 당하는 거죠."

"그렇지."

"하지만 오히려 그 주화입마에서부터 실마리를 얻어 처음 창 시될 때부터 주화입마를 모방하는 형태로 가는 무공도 있습니다. 주화입마에 시달리면, 그때만큼은 모든 면에서 강해지지 않습니까? 주화입마에 빠진 절정고수는 초절정고수도 제압하기 어렵죠."

"흐음……."

"그것을 전문적으로 연구하여 아예 그러한 마공들이 적합한 몸으로 신체를 바꾸는 방법까지 개발되었습니다. 그것이 바로 마인(魔人). 정확하게는 역혈지체(逆血之體)입니다. 단일 세력으론 중원 최대인 천마신교의 성세는 바로 이 바탕 위에 세워져 있습니다. 그것을 통해 마를 지배하여 마공을 효과적으로 익히는 것입니다."

운정의 이마에 내 천 자가 그려졌다.

"그렇다면 이제 마공이란 건 단순히 정공의 잘못된 변형물이 아니라 새로운 종류의 무공이라 봐야 한다는 건가?"

"그렇습니다. 그것이 흑백연합의 시대를 살아가는 우리들이 가진 마공에 대한 해석입니다."

"틀린 것이 아니라 다른 것이다?"

"분명 태극마심신공도 그런 것이라 생각합니다. 정상을 향한 지름길을 제공하는 것이 아니라, 아예 다른 길을 제공하는 것일 겁니다. 더 쉬운 길이라 장담할 수 없는 길 말입니다."

운정은 그의 말을 인정하지 않을 수 없었다. 왜냐하면 태극마심신공은 어떠한 무당파 내공심법의 변형물이 아니기 때문이다. 그것은 검선이 스스로 창시한 것으로 그가 무당파의 공과율(功過律)에서 자유롭게 되려고 만든 것이다.

운정이 말했다.

"그렇다면야 다행이지만, 만약 그저 변형물에 지나지 않는다면 나는 선공을 잃어버리게 돼."

한근농이 날카롭게 말했다.

"그저 변형물에 지나지 않는 것으로 입신에 들었다면 그것은 더 이상 변형물이라 칭할 수도 없는 것 아닙니까?"

"그렇긴 하지."

"……."

"마공에 대한 새로운 견해는 고마워. 흑도 쪽 이야기는 사부님도 잘 몰라서 나도 들은 게 없거든. 아마 천마신교의 인물에게 직접 들어 보는 것도 나쁘지 않을 것 같아."

한근농은 순간 헛웃음이 나왔다.

"하핫, 마교인이 그리 쉽게 마공에 대해서 설명해 줄 것 같진 않습니다만, 뭐 운 형이라면 왠지 가능도 할 것 같습니다."

운정은 그를 돌아보며 물었다.

"왜? 이제는 같은 편이라며?"

한근농의 웃음에 난처함이 섞이기 시작했다.

"그렇다고 오랜 갈등의 골이 한 번에 메워지진 않습니다. 그나마 저처럼 젊고 또 개인적인 원한도 없는 세대나 잘 지내지, 조금만 윗세대로 올라가도 철천지원수처럼 생각하는 선배들이 부지기수입니다. 그러니 운 형이 원하는 무학에 관한 깊은 대화를 백도인과 나누어 줄 사람은 더더욱 없을 겁니다."

"흐음……."

"저도 흑도 쪽에 아예 연이 없는 건 아니라 한번 말을 해 보겠습니다만, 장담은 못 드립니다. 뭣하면 태룡향검께 직접 부탁해 보십시오. 그분께서도 흑도에 연이 많습니다."

운정은 고개를 살짝 흔들었다.

"아니, 이미 너무 많은 부탁을 드려서 그것까지 말하긴 좀 그렇군. 일단은 한 동생이 사람을 소개시켜 줘. 무학 이론에 대해서 깊이 아는 사람으로."

요즘은 백도인들도 이론을 잘 익히지 않는 판이라 흑도인 중 그런 사람이 있을까 했지만, 한근농은 벌써부터 운정을 실망시키고 싶지 않았다.

"좋습니다. 이 후배가 한번 자리를 마련하도록 하죠."

운정은 앞을 바라보며 물었다.

"그나저나 조금 쉬어 갈 수 있을까?"

그 말을 들은 한근농은 본인이 실수했다는 걸 깨달았다.

"아, 죄송합니다. 말을 타는 것에 익숙하지 않으시지요? 제가 신경 썼어야 하는데."

그렇게 말한 뒤 운정의 상태를 확인했는데, 그는 말의 움직임에 몸을 착 감은 채 너무나 여유롭게 앉아 있었다. 허리며 골반이며 마치 각각 다른 생물인 것처럼 노는데, 평생 동안 말 위에서 생활한 것처럼 너무나 자연스러웠다. 지금까지 이토록 말을 잘 타는 걸 왜 의심하지 않았을까 하는 생각까지 들었다.

한근농이 의아해하자, 운정은 손을 흔들더니 자기 말의 머리를 손가락으로 가리켰다.

"내가 아니라 얘가 힘들대."

"예?"

"얘가 힘들어한다고. 요 앞에서 물 냄새가 나는데 그쪽으로 가서 좀 쉬자는데?"

"……"

한근농은 멍한 표정으로 운정의 말을 보았다.

말의 한쪽 눈은 분명히 한근농을 향해 있었다.

깜빡깜빡.

마치 애원이라도 하는 듯한 그 깜박임에, 한근농은 순간적으로 척추를 타고 흐르는 소름을 느꼈다.

*　　　　*　　　　*

맛있게 물을 먹는 두 말을 바라보며 한근농이 말했다.

"그러니까 짐승과 대화가 가능하다는 말입니까?"

운정은 풀 위에 누워 푸른 하늘 위를 천천히 유영하는 구름을 바라보며 대답했다.

"대화라고 해야 할까? 뭐, 대강 무슨 말을 하고자 하는지는 알아들어. 대화라고 할 것까진 없고."

"……"

"너무 그렇게 보지 마. 선인이라 가능한 거니까."

"선인이라 하시면?"

"흑도에는 마인이란 게 있잖아. 백도에는 선인이 있지."

"……."

"왜 계속 그렇게 봐?"

한근농은 고개를 갸웃하며 말했다.

"무당파의 가르침이 궁금해져서 말입니다."

"나야말로 화산파의 가르침이 궁금한데? 화산파에는 선인이
란 게 없나?"

한근농은 말없이 풀밭에 누워 있는 운정을 내려다보았다. 이
름 모를 풀을 입에 물고는 티 없이 맑은 두 눈으로 구름을 바
라보는데, 그 외모가 남자라도 반할 정도였다.

그는 운정의 옆에 누우며 대답했다.

"선(仙)이 뭡니까?"

"영생(永生)이지."

"……."

"화산에선?"

운정의 되물음에 한근농은 간단히 대답했다.

"선(仙)이란 본래 선(僊)에서 유래된 것 아닙니까? 춤추는 것이
죠."

"그래서 미(美)를 숭상하는군. 불로불사의 개념은 없는 거
야?"

"없다기보단, 아름다움이 없다면 불로불사도 의미가 없다고
믿는 것입니다."

운정은 풀잎을 씹었다.

"우리랑 반대라 할 수 있겠네. 불로불사가 없다면 다른 어떠

한 것도 의미가 없다고 믿는데."

"……."

"그럼 한 동생은 내가 내 스스로를 선인이라 했을 때, 외모에 관한 의미라고 생각했겠어."

"아닙니까?"

"아니야. 나는 불로불사(不老不死)이기에 선인이라 한 거야. 내 외모야 어머니에게 받은 것뿐이지."

"……."

한근농은 아무런 반응도 못 했고, 운정은 피식 웃으며 물었다.

"못 믿겠어?"

"솔직히 말씀드리면 누가 믿을 수 있겠습니까?"

"하지만 완벽하다는 의미는 아니야. 완벽한 의미라면 선인이 아니라 신선(神仙)이어야겠지."

한근농은 묻지 않을 수 없었다.

"무당의 가르침에서 신(神)은 뭡니까?"

운정은 간단히 대답했다.

"자기가 자신의 주인인 것이지. 그 어떠한 환경에도 영향을 받지 않고 온전히 본인의 것을 펼칠 수 있는 것을 뜻해."

"아하."

"신선이란, 신(神)이면서 선(仙)인 것이지. 즉, 어떠한 곳에서도 불로불사인 존재란 말이야. 나는 후자는 이루었지만 전자를 이루지 못했어. 그래서 선인이라는 거야."

운정의 말은 대단히 함축적이었지만, 한근농은 겨우 그의 말을 이해할 수 있었다.

"그래서 무당산의 정기를 찾는 겁니까? 그곳에서만 불로불사이니."

"그런 건 아니야. 환경에 얽매인 건 언젠가 극복해야 하긴 하니까. 내가 무당산의 정기를 되찾으려 하는 건 사부님의 유언 때문이지 내 욕심은 없어."

"그렇군요."

운정은 옆에 누운 한근농을 돌아봤다.

"화산에선 어때? 입신을 뭐라 가르치지?"

한근농은 오래전에 배웠던 이론을 기억하려 애썼다.

"아, 그러니까. 신이란… 잠깐, 누군가 있습니다."

한근농이 다급히 말하며 몸을 일으키자, 운정도 한근농이 바라보는 쪽으로 눈길을 돌렸다.

그곳에는 수상한 차림의 여인이 시냇물에 떠내려오고 있었다. 그 여인은 바라보는 것만으로도 황홀감에 젖을 정도로 깊은 미색을 자랑했는데, 물에 젖은 옷을 통해 보이는 몸의 굴곡은 가히 천상의 그것이라 해도 손색이 없었다.

"……."

"……."

그녀에게 다가간 한근농과 운정은 한동안 말을 하지 못했다. 처음에는 그 비현실적인 미모 때문에, 그다음에는 온몸에 깊이 나 있는 상처 때문에, 그리고 그다음에는 이질적으로 느껴지는 얼굴과 행색 때문이었다.

기다란 귀. 비상식적으로 가는 허리. 금과 은을 섞어 놓은 것 같은 색의 머리카락. 혈관이 엿보일 정도의 흰 피부. 그리고 묘하게 어긋나 있는 이목구비의 위치. 그 모든 것이 그녀가 인간이 아니라는 것을 잘 말해 주고 있었다. 그 이질감 때문인지, 사람이 가질 수 없는 아름다움을 품은 것이 분명했다.

그 둘은 그녀를 들어 한쪽에 눕히고는 상태를 확인했다. 운정이 이리저리 점혈을 하며 상처를 통해 흘러나오는 핏물을 조금이라도 막아 보려고 하는데, 한근농은 이상하게도 그 모습을 가만히 지켜보고만 있었다. 운정이 그를 돌아보며 도와달라 말하려고 했는데, 그의 두 눈에 담긴 차가움을 보곤 물었다.

"왜 그래?"

"검흔들을 보니, 화산의 검에 당한 흔적입니다."

"……."

"제가 알기론 이 물길을 따라 올라가면 화산에 당도합니다. 아마 화산에서부터 떠내려온 것 같습니다만."

"화산의 적이라고 생각하는 거야?"

"아마도 그럴 겁니다."

"그래도 치료는 해야 할 거 아니야? 사정을 물으려면."

"심문이겠지요."

단호한 그 목소리엔 어느새 은은한 살기까지 배어 나오는 듯했다.

운정은 눈살을 찌푸리며 그 여인의 단전에 손가락을 가져가며 말했다.

"어쨌든. 일단 도와. 속은 내가 치료할 테니 금창약을 좀 발라 줘."

한근농은 고개를 저었다.

"상관없는 이를 위해서 귀한 내력을 낭비하지 마십시오."

"사람의 목숨을 구해 주는 게 공격 얼마짜린 줄 알아? 얼른 도와줘."

한근농은 순간 운정이 무슨 말을 하는지 몰랐으나, 우선 그의 말을 따랐다. 심문을 위해서라면 우선 정신을 차려야 하기 때문이다.

이계의 요괴가 분명한데, 왜 그녀가 지금 이곳에 나타났을까? 한근농은 금창약을 그녀의 몸에 난 검흔에 하나씩 바르면서 머릿속으로 의심에 의심을 더했다.

시간이 지나자 화산의 최고급 금창약과 운정의 놀라운 기의 운용으로 인해서 그녀는 위급한 상황을 넘겼다. 그 이후에도 그녀가 정신이 들기까지 반 시진. 그동안 한근농은 그녀를 지극정성으로 돌보는 운정을 옆에서 도와주면서, 그녀가 이곳에 나타나게 된 정황을 추리해 보았지만 확실한 답도 얻을 수 없었다.

처음 눈을 뜬 그녀는 운정을 바라보더니 말했다.

"Lufitueb……."

운정은 한근농을 돌아보며 말했다.

"일단 이계의 요괴인 것 같은데? 그때 봤던 자들과 묘하게 비숫해. 다른 인물 같지만."

"······."

운정은 그 여요괴를 보며 말했다.

"한어(韓語)를 할 수 있습니까?"

그녀는 대답했다.

"Erehw Ma I?"

"못하는군."

한근농은 그 여요괴를 뚫어지게 바라보며 운정에게 말했다.

"점혈한 뒤 본 파로 이송해야겠습니다."

그때 여요괴가 한숨을 쉬더니 물가에서 쉬고 있던 두 말을 보더니 작은 휘파람 같은 소리를 내었다.

"EhW—eH!"

그러자 두 말은 동시에 그녀를 돌아보더니, 천천히 그녀에게 걸어왔다. 그녀는 이계의 언어로 그 두 말에게 말을 걸기 시작했고, 두 말은 푸르릉거리며 응답하기 시작했다.

그 기묘한 광경에 운정은 눈초리를 모으더니 한근농에게 말했다.

"기다려 봐."

운정은 손을 앞으로 뻗었고, 그러자 여요괴와 한참 대화를 하던 운정의 말이 고개를 숙이고 운정의 팔에 머리를 가져갔다. 그 모습을 본 여요괴는 눈이 찢어질 듯 놀라더니, 두려움이 가득한 표정으로 운정을 보았다.

"요괴한테도 놀랄 일이 있나 보군. 그나저나 요괴를 살리는 게 공력이 몇 점인지는 안 나와 있던데. 대강 동물 정도라 생각하면 되는 건가? 그렇다면 정말 내력을 낭비한 꼴인데."

그렇게 말하면서 운정은 말갈기를 쓰다듬었다. 몇 번을 그렇게 하니 말이 푸르릉거리면서 여요괴를 마주 보았다.

여요괴는 말과 운정을 이리저리 살피더니 곧 떨림이 가득한 목소리로 이계의 언어를 말하기 시작했다.

여요괴와 말, 그리고 운정은 그렇게 눈빛을 교환하며 각자의 언어로 말을 했고, 그 광경을 지켜보던 한근농은 자기가 꿈이라고 꾸는 건지 아니면 약에 취한 것인지 점차 의심스러워졌다.

그렇게 기묘한 대화를 끝낸 운정이 한근농에게 말했다.

"잡아먹지 않을 테니 잡아먹지 말아 달래. 그리고 자기와 함께 보금자리에서 벗어나면 자기 동료가 있어서 안심하고 잘 수 있대."

한근농은 수번이나 눈을 깜박였다.

"예?"

운정은 턱을 몇 번 쓸더니 말했다.

"말의 언어로 통역해서 의미가 상당히 긴축된 걸 생각하면… 아마 싸우지 말자. 그리고 자기를 따라오면 자기 동료를 통해서 사정을 설명할 수 있다는 식이겠어."

그 말을 들은 한근농의 얼굴이 순식간에 굳었다.

"화산파로 데려가겠다고 말해 주십시오. 화산파의 검혼이 있으니, 그 사정을 화산에서 심문하겠다고도 전해 주십시오."

운정은 코끝을 몇 번 긁더니 말했다.

"그러니까 흐음… 어떻게 말해야 하나."

한참을 고민한 그는 말 갈퀴에 손을 얹고 몇 번이고 쓰다듬었고, 그러자 그 기묘한 대화는 다시 시작되었다.

이번에는 꽤 오래 걸리는지, 몇 번이고 대화가 오갔다. 여요괴와 운정은 서로 답답한지 몇 번이고 얼굴을 찌푸리며 대화를 했고, 결국 일각 정도가 지나고 나서야 운정이 한근농에게 말했다.

"보금자리까지 끌고 가지 말고 여기서 그냥 잡아먹으라네. 그리고 끌고 가면 자기는 자기를 먹겠대."

"흠, 자결하겠다는 뭐 그런 말입니까?"

"전에 만난 요괴도 그런 식이었지, 아마? 중원의 세력에 붙잡힐 수 없다고 했어."

"……."

"죽이겠다면 한 동생이 해. 나는 생명을 함부로 죽일 수 없으니. 내가 이 요괴를 죽이려면 적어도 이 요괴가 사람을 다수 죽였다는 증명이 필요해."

"그건 저도 마찬가지입니다."

"화산의 검공에 당한 상처라며. 그 정도면 화산의 기준에선 죽어도 되지 않아?"

"비록 무당보단 못하지만 화산의 공부도 상당히 순수합니다. 사람을 해치려는 마인 정도는 되어야 죽일 수 있습니다."

"눈빛에서 여러 차례 살기를 보였으면서."

"마음이야 수십 번 먹었으니까요."

사문의 무공의 흔적이 그것도 인간도 아닌 요괴에게서 발견되었다? 적의를 품는 것은 어찌 보면 당연했다.

운정이 말했다.

"만약 화산으로 호송하고 싶으면 그렇게 해. 하지만 모든 진행 과정은 홀로 해야 할 거야. 나와는 관계없는 일이니."

한근농은 의심스러운 눈초리로 여요괴를 바라보았다. 여요괴는 그녀의 운명이 그에게 달렸다는 걸 눈치챘는지 고요한 눈길로 그의 결정을 기다리는 듯했다.

고심한 한근농이 운정에게 시선을 돌리며 말했다.

"동료들이 얼마나 먼 곳에 있는지 물어보실 수 있겠습니까? 마치 그곳에 갈 것처럼 말입니다."

운정은 그의 속내를 눈치챘다.

"아, 동료들이 화산을 공격하려는지 알아보려는 건가?"

"척후병일 수도 있지 않습니까?"

"똑똑하네."

운정은 그렇게 말하곤 다시 말을 통해 여요괴와 대화하기 시작했다. 그러곤 곧 한근농에게 말했다.

"삼 일 이상 걸린대. 삼(三) 이상은 말의 언어에 숫자가 없어서 알 수 없어. 그리고 동료는 수컷 한 명이라네. 또 그는 맹수의 먹이가 아니라 우리의 먹이라는데. 이건 뭐라는 건지 도저히 모르겠어."

"다른 말은 없었습니까?"

"흐음, 그 전에는 먹이의 먹이가 아니라 그냥 먹이라고 하는데… 무슨 뜻인지 알겠어?"

다행히 한근농은 새로운 해석을 내놓을 수 있었다.

"한 다리 건너서 통하는 게 아니라 직접적으로 통할 수 있다고 하는 거 아닙니까?"

"아, 그런 건가?"

"그 동료는 한어를 할 수 있나 보군요."

"흐음, 설마……."

운정은 눈초리를 모으더니 다시 말을 통해 대화를 시작했다.

그러기를 또 일각.

운정은 안타깝다는 듯 한근농에게 말했다.

"미안하지만 따라가 봐야겠어."

"예?"

"동료라는 사람이 내가 아는 사람인 거 같아서."

"……."

처음에는 농담이라 생각했지만 운정의 표정은 진지하기 이를 데 없었다.

한근농의 얼굴이 점차 차가워지기 시작하더니 이내 그는 그의 매화검을 뽑았다.

第五章

"솔직히 말씀드리겠습니다. 지금까지 운 형을 믿었습니다만, 이번만큼은 의심하지 않을 수 없습니다."

운정은 한근농의 굳은 표정과 날이 선 매화검을 찬찬히 훑어보며 물었다.

"어째서?"

"무당산의 정기가 사라진 그 순간 갑자기 무당파 인근에서 나타나더니, 아무도 보지 못한 사이에 이계마법사를 죽이곤, 본인이 무당파의 제자라고 주장하지 않았습니까? 우선 이것만으로도 충분히 의심의 대상입니다."

"흐음."

"또한 이계인은 이렇게 자주 만날 수 있는 존재가 아닙니다.

그리고 이계의 요괴는 더더욱 그렇습니다. 한데 운 형은 출도하신 지 얼마 되지 않아 벌써 두 번이나 마주하고 계십니다. 저 요괴가 여기 운 형이 있는 줄 알고, 또 자기를 도와줄 것이라 믿고 이곳으로 도주한 것이라 생각하는 게 맞습니다."

"그건 맞는 거 같긴 해."

한근농의 눈초리가 날카로워졌다.

"그럼 스스로가 이계의 첩자라는 것을 인정하는 겁니까?"

"아니, 그거 말고. 이 여요괴가 말하기를 내게서 냄새가 나서 왔다고는 했어."

"냄새? 무슨 냄새 말입니까?"

"말의 냄새."

"예?"

운정은 미간을 긁적이며 고민하더니 말했다.

"말이 말의 냄새라고 했으니, 의역하면 동료 혹은 동족의 냄새라고 하는 게 맞을 거야. '말'이라는 특정 단어가 없을 테니."

"……"

"하여간, 내가 이계의 첩자라니? 내가 무당산의 정기를 되찾으려 한다는 사실을 몰라? 죽은 이계마법사가 그걸 가져갔다며. 그런데 내가 이계인과 한패라니, 말이 안 되잖아."

"정확한 사정은 모르겠습니다. 있어도 모두 증거가 없는 억측일 뿐입니다. 하지만 일련의 사건들을 하나둘씩 모두 따져보았을 때 분명한 것은 운 형의 정체가 매우 의심스럽다는 말입니다."

"모함도 이런 모함이 없어."

"운 형께선 지혜로우시니 제 입장을 이해하시리라 믿습니다."

한근농과 운정 사이의 심각한 기류가 흐르자 여요괴는 자신의 오른쪽 팔을 내려다보았다. 그러곤 움직이려고 하는데, 겨우 새끼손가락만 까딱할 뿐이었다. 그 순간 운정은 여요괴를 돌아보고는 안심하라는 손짓을 한 뒤, 한근농에게 말했다.

"뭐, 좋아. 그럴 수 있다고 해. 그러나 태룡향검이 분명 내 신상 조사는 끝났다고 했는데?"

"그야……."

"태룡향검을 비롯하여 화산파 그리고 또 네 사저인 정 소저까지… 한 동생은 스스로가 그들보다 더 지혜롭다 생각하는 거야?"

한근농의 표정이 당황으로 물들었고, 그 마음을 방증하듯 그의 검 끝이 조금씩 내려오기 시작했다. 하지만 곧 그는 눈을 강하게 뜨며 검을 다잡았다.

"이 요괴가 나타나지 않았다면 저도 계속 믿었을 겁니다. 하지만 화산의 검흔을 몸에 입은 여요괴가 화산의 물줄기를 통해 운 형 앞에 의도적으로 나타났다면, 다시 생각해 볼 만합니다."

운정은 팔짱을 꼈다.

"좋아. 한 동생이 작정하고 의심하겠다면 내가 어찌할 수 있는 길이 없지. 하지만 난 화산파에도 그리고 요괴 쪽에도 무당산의 정기를 되찾을 방법을 알아보려고 하고 있어. 둘 다 가능성이 있는 만큼 어느 한쪽을 굳이 택하고 싶진 않아."

"주장하신 대로 운 형이 무당의 제자라면 마땅히 화산을 택하셔야 합니다."

운정은 고개를 흔들었다.

"다시 한번 내 입장을 말하지만, 내게 있어 화산의 무림인이나 이계의 요괴는 동등한 타인일 뿐이야."

"그렇습니까?"

"그래서 내가 이 요괴를 내주지 않는다면 한 동생은 어찌할 거야? 나를 베고 이 요괴를 데려갈 생각인가? 정말로 그렇게 할 거야? 아무런 죄도 없는 나를 그냥 죽일 순 없을 텐데?"

"화산의 검은 상대를 제압하는 데 특화되어 있습니다."

"그래?"

"운 형이야말로 어떻게 하실 겁니까? 저를 죽이시고 그 요괴를 살리실 겁니까?"

"무당의 검 또한 상대를 제압하는 데 극히 뛰어나지."

"……"

"……"

숨 막힐 듯한 침묵이 내려앉았다. 오로지 물이 흐르는 소리만이 예민해진 고막을 울릴 뿐이었다.

한근농은 보법을 펼쳤고, 운정은 그 즉시 태극검을 뽑았다.

챙!

인사차 검으로 한 합을 교환한 한근농은 뒤로 슬쩍 물러서며 검을 땅에 대곤 자세를 잡았다.

그것은 이십사수매화검공(二十四手梅花劍功)의 일초식 매화노방(梅花路傍)이었다. 검에 자하신공의 내력을 주입하여 그 검 끝을 미세하게 떨게 만들며 환검(幻劍)과 산검(散劍)을 언제든지 펼칠 수 있도록 하는 가장 기본적인 초식이며, 모든 매화검공의 시작이 되는 것이다.

이를 찬찬히 바라보던 운정이 말했다.

"내가 사부님께 듣기론 화산의 매화검수들은 이십사수매화검공이란 검공을 익힌다던데 혹시 그게 그건가?"

한근농은 투지를 담은 눈빛으로 운정을 보며 말했다.

"그렇습니다. 수백 년의 세월 동안 끊임없이 도전을 받았음에도 지금까지 살아남아 전수되고 있는 화산의 자랑입니다."

땅에 닿을 듯 말 듯한 한근농의 검 끝이 흔들리며 작은 잔상을 남겼는데, 흰 검신과 어우러져 한 떨기 꽃처럼 보였다.

"검 끝을 보니 정말 화산에서 보던 홍매(紅梅)가 생각이 나네."

한근농은 검을 들어 운정에게 쭉 뻗으며 말했다.

"아직은 백매(白梅)입니다. 검신에 선혈이 묻어야 홍매가 되지요."

운정은 흥미를 잃었다는 듯 태극검을 검집에 넣으며 말했다.

"하지만 향기가 전혀 없으니 그것이 백매이든 홍매이든 무슨 상관이겠어. 그런 가짜 꽃이라면 검으로 꺾을 필요도 없겠군."

그 순간 한근농의 얼굴이 일그러질 대로 일그러졌다.

"검을 뽑으십시오."

"내가 괜찮다는데 왜 그래?"

"검을 뽑으십시오!"

"뽑게 만들어 봐, 그러면."

"……."

"자존심 때문에 공격하지 못하는 건가? 네겐 사문의 일이 응당 먼저여야 하지 않아?"

그 말을 들은 즉시 한근농은 자하신공을 극성으로 끌어올렸다. 그러자 그의 검이 맹렬히 흔들리며 무수한 잔상을 만들었고, 그 잔상 중 어느 것이 진짜인지 분간할 수 없는 지경에 이르렀다.

한근농은 보법을 펼쳐 운정에게 다가갔고, 구초식인 매화구변(梅花九變)을 펼쳤다.

"타핫!"

기합 소리와 함께, 곧게 뻗어진 검. 운정의 머리를 향해 찔러진 그 검은 무수한 잔상을 가지고 있었기에, 마치 수없이 많은 가시가 돋아난 거대한 통나무로 찌르는 듯했다. 이는 위아래 그리고 옆으로, 그 어디로도 확신하고 피할 수 없었기 때문에 무조건 뒤로 빠지는 것이 가장 확실한 정답이었다.

당연하지만, 그 정답을 이용하여 아홉 번이나 따라붙어 검을 찌르는 것이 바로 이 매화구변의 핵심. 그렇게 몰아붙이게 되면 대부분 아홉 번을 다 채우기 전에 자세가 흐트러져 공격을 당하게 된다.

또한 아홉 번 모두 피해 낸다 하더라도 체력적인 면에서 피한 쪽이 훨씬 더 큰 손해를 남기게 하여, 승부를 유리한 접점으로 이끌고 간다. 때문에 매화구변은 완벽히 펼칠 수만 있다면 일류 이하의 고수들을 대부분 상대할 수 있으며, 그 위로도 실력을 가늠하기 좋았다.

한근농은 모든 매화검공의 초식 중 특히 매화구변을 좋아하여, 하수나 고수를 가리지 않고 이를 애용했다. 하수라면 손쉽게 이길 수 있고 고수라면 이를 파훼하는 과정을 통해 전체적인 그림을 그려 나갈 수 있기 때문이다.

때문에 운정이 매화구변 속으로 얼굴을 들이밀었을 때, 한근농은 즉시 매화구변으로 돌리던 자하신공의 내력을 멈추고 다리로 돌렸다. 거침없이 안으로 파고든다는 것은 이미 완벽히 파훼당했다는 뜻이기 때문이다.

쉬—익!

무수히 많은 잔상 사이로 파고든 운정은 오른손으로 한근농의 왼쪽 어깨를 잡아갔다. 그렇게 손끝에 닿을 때쯤 한근농의 몸이 푹 꺼지더니, 주먹 하나가 운정의 턱으로 날아왔다.

운정은 뻗은 오른손을 접어 주먹을 방어하고는 발차기를 시도했는데, 한근농의 몸은 이미 멀어졌다.

발차기가 허무하게 지나가고, 멀찌감치 선 한근농이 말했다.

"매화구변의 변화를 한눈에 꿰뚫어 보고 또 그 안으로 들어오길 주저하지 않는 것을 보니, 확실히 저보단 고수인 듯합니다."

"솔직히 한계가 많은 초식이니까. 아홉 변화를 모두 꿰뚫어 보든 아니면 그 모든 잔상을 피하든 둘 중 하나만 가능해도 파훼가 되잖아?"

"……."

"내가 더 고수라고 인정한다면 최고의 수를 보여 봐."

"하나만 묻겠습니다."

"응?"

"내력은 계속 쓰지 않으실 겁니까?"

그래서 운정의 주먹도 발차기도 한근농에게 도달하지 못한 것이다.

운정은 웃으며 대답했다.

"글쎄. 한 동생이 하기 나름이지."

한근농은 속에서 치미는 굴욕감을 참아 냈다. 그러곤 그것까지도 하나의 동력으로 삼아 자하신공을 극한까지 끌어 올렸다. 어차피 한참 고수를 상대하니, 사정을 생각할 것 없이 최고의 한 수를 선보일 수 있었기 때문이다.

그는 자세를 잡곤 운정을 보며 말했다.

"매화만개(梅花滿開)라 하여, 제가 완벽히 펼칠 수 있는 초식 중 가장 강한 것입니다. 이를 파훼하신다면, 조용히 물러가겠습니다."

운정은 고개를 흔들었다.

"물러가긴 어딜까? 한 동생은 나랑 가야지. 그게 사문에서 떨어진 명령 아닌가?"

구렁이 담 넘어가듯 능글거리는 운정을 보며 한근농은 검을 다시금 잡았다.

"애초에 저를 놔주실 생각을 하지 않으셨군요."

"뭐, 같이 가면 좋잖아? 같이 가지 않겠다면 포박하고 점혈해서라도 데려갈 생각이야."

"……."

"안 오면 내가 먼저 갈까?"

"아닙니다. 후배가 선공해야지요."

한근농은 그의 모든 내력을 다시금 단전에 모았다. 오랜 시간 동안, 그는 머릿속으로 매화만개를 재현하며 조금의 실수도 하지 않으려 안간힘을 썼다. 운정은 가만히 그를 기다려 주었고, 준비가 된 한근농은 폭발시키듯 전신을 움직이며 한줄기 빛이 되어 운정에게 쏘아졌다.

파스슷!

앞으로 뻗어 나가는 한근농의 검. 그 검의 떨림이 지금까지 있었던 것과는 차원이 다른 수준으로 넓게 퍼져 나갔다. 아까는 통나무만큼의 면적에서 잔상이 난무했다면, 이젠 사람의 상체만큼이나 넓은 면적에서 그 잔상이 난무하기 시작했다.

그것은 그가 말한 대로 정말 매화가 만개하는 듯했다.

운정은 웃음을 거두지 않은 채로 왼손을 주먹 쥐고 땅으로 찔렀다. 그러곤 주먹을 반쯤 쥐고 위로 다시 끌어 올리며 앞으로 한 걸음 나아갔다. 그 수많은 검의 잔상 속에 무방비로 들어선 그의 몸은 그대로 갈기갈기 찢겨 나가도 이상할 것이 전혀 없었다.

무수히 많은 매화꽃.

그사이로 주먹 하나가 올라가 그 줄기를 꺾어 버렸다.

퍽.

한근농은 손목에서 느껴지는 참을 수 없는 고통에 검을 놓쳐 버렸다.

그가 쥐었던 검이 사납게 회전하면서 포물선을 그리며 날아가는 그곳에는 몸을 움직일 수 없는 여요괴가 앉아 있었다.

그 포물선의 선상에 정확히 위치한 여요괴는 검날을 피하고자 안간힘을 썼지만, 부상당한 몸은 전혀 움직일 생각을 하지 않았다. 그녀는 곧 죽음을 직감했는지 흰 동공이 확장되며 그 두 눈을 모두 채웠고, 입술은 파르르 떨리기 시작했다.

그녀는 결국 질끈 눈을 감았다.

그 순간 따뜻한 바람이 불었다.

"하아. 하아. 하아."

죽음의 공포 앞에서 격한 숨을 내쉬던 여요괴는 슬며시 눈을 떴다. 그 순간 눈앞에 보인 시퍼런 칼날. 숨이 막힐 듯 놀랐지만, 다행히 그 검은 공중에 멈춰 있었다.

그녀의 초점이 뒤로 모아지자, 그 검신의 중간에 매끄러운 두 손가락이 보였다. 그 두 손가락을 타고 시선을 올리자, 도저히 인간이라 믿을 수 없을 만큼 아름다운 인간 남자가 해맑게 미소 짓고 있었다.

운정이 말했다.

"내력을 꽤 낭비했으니, 제대로 책임져야 할 거야."

"하아……."

여요괴는 그의 말이 무슨 말인지 몰랐지만, 왠지 모를 안도 감을 느껴 깊은 숨을 내쉬었다.

한근농은 도저히 감아지지 않는 두 눈으로 운정을 바라보며 자기도 모르게 중얼거렸다.

"이, 이형환위(移形換位)……."

운정은 검을 두 손가락으로 들곤 나지막하게 말했다.

"설마, 일부러 그런 건 아니겠지?"

"……."

"그랬다면 이 죄 없는 여인이 꼼짝없이 죽었을 것이고, 그러면 화산파의 무학을 익히고 있는 한 동생의 무공에도 돌이킬 수 없는 악영향이 있었을 테니까 말이야."

한근농은 고개를 끄덕였다.

"운 형은 저 여인만 살린 것이 아니라 제 무공도 살리신 겁니다. 화산의 검혼이 있다는 것만으로 사람을 죽일 순 없으니까요."

"그래, 믿을게."

"......"

운정은 하늘 높이 그 검을 들어 올려 몇 번이고 훑어보더니, 작게 '좋은 검'이라 중얼거리며 한근농에게 던졌다. 한근농은 그 검을 받아 검집에 넣었다.

운정이 말했다.

"패배했으니 내 말을 들어. 나와 함께 가자."

"이형환위가 가능한 고수에게 제가 무슨 말을 하겠습니까? 그러나 무력으로 저를 제압하셨으니 제가 가진 의심은 변한 것이 없습니다. 그리고 이 사실을 사문에게 알리기 위해서 최선을 다해 노력할 겁니다. 그러니 저를 데려가시려거든 말씀하신 것처럼 점혈을 하시든 포박을 하시든 하십시오."

"내게 잘해 준 한 동생에게 그러고 싶진 않아. 그러니 그냥 따라와. 그러면 내가 내 신분을 증명해 보일게."

한근농은 의심스럽다는 눈초리로 운정을 보더니 물었다.

"어떻게 말입니까?"

운정은 웃었다.

"내 가족을 소개해 줄게."

*   *   *

운정은 여요괴에게 자신의 말을 내주고는 어디선가 야생말 하나를 데려왔다. 안장도 없는 등 위에 아무렇지도 않게 타는 그 모습이 너무나 자연스러워 오래전부터 알고 지낸 애마(愛馬)인 듯 보일 정도였다.

일행은 운정의 가족이 살고 있는 무당산으로 향했다. 움직이는 동안, 한근농은 여요괴와 운정을 매 순간 의심했는데, 그들은 몸과 표정을 사용해 가며 즐겁게 대화를 하고 있을 뿐 그에겐 신경조차 쓰지 않는 듯했다.

한근농에겐 그들에 대한 의심을 화산파에 전할 방법이 너무나도 많았다. 도주를 해도 됐고, 화산에 몰래 편지를 보내도 됐다. 포박은커녕 감시조차 하지 않았기에, 이런저런 핑계로 잠시 멀어져도 그들은 상관하지 않았기 때문이다. 하지만 한근농은 여행길 동안 조용히 운정의 안내를 따랐다.

그렇게 열흘이 지날 때쯤, 그들은 한 산기슭에 있는 초가집에 도착했다. 언덕을 넘어 그 집이 시야에 들어오자 운정은 아련한 눈으로 그 집을 보더니 말했다.

"Emoh."

한근농은 순간 그가 무슨 말을 하는지 몰라 고개를 돌렸는데, 아쉽게도 그 말은 그에게 한 말이 아니었다. 말 위에 있던 여요괴는 고개를 끄덕이더니 뭐라 말했고, 그렇게 또 그들은 한동안 한근농이 모를 이야기를 지속했다.

그들의 이야기가 끝나자, 한근농이 운정에게 물었다.

"그동안 여요괴에게 언어를 배우신 겁니까?"

운정은 초가집을 바라보며 대답했다.

"대강. 몇몇 단어 정도 배웠을 뿐이야. 하지만 조금 이상한 게 있어."

한근농은 혹시나 하는 마음에 물었다.

"무엇이 말입니까?"

"어머니와 아버지가 뭐냐고 물어보는데도 계속 다른 말을 하는 거야. 그 정도는 대강 손짓발짓 하면서 알아들을 만하거든? 그런데도 딱 한 단어로 말해 주지 않는 거 있지? 내가 하는 말이 무슨 말인지 모른다기보다는… 뭐, 하여간 그래."

"……."

새로운 정보라도 있을 줄 알았는데 정말 언어 공부에 관한 내용일 줄이야. 한근농은 딱히 뭐라 할 말이 없어, 침묵을 지켰다.

운정이 말했다.

"괜히 이상한 소리 했네. 하여간 따라와. 가족을 통해서 내 이야기를 들으면 의심이 걷히겠지. 나를 무당파에 보내신 건 어머님 본인이시니까."

한근농은 나지막하게 말했다.

"솔직히 말씀드리겠습니다. 정말로 가족을 보여 주실 줄 몰랐습니다."

"왜? 믿고 따라온 것 아니야?"

"믿기야 믿었습니다만은… 그야 운 형이니 그럴 수도 있겠다는 식이었지, 사실 상식적으로는 믿기 어렵지 않습니까?"

운정은 고개를 갸웃하며 역으로 물었다.

"내 가족을 소개시켜 주겠다는 게 왜 상식적이지 않지?"

한근농은 여요괴를 흘겨보았다.

"그야, 시대가 시대인 만큼 그런 것 아니겠습니까?"

"시대라……."

"지금이야 압도적인 무력으로 둘의 싸움을 중재하셨습니다만 결국 언젠가는 도사님의 무력을 벗어나는 일이 일어날 겁니다. 그러면 화산이든 저 이계의 요괴들이든, 둘 중 하나를 선택해야 하는 순간이 반드시 올 겁니다. 그때를 생각하면……."

한근농이 말을 흐리자 운정은 그가 말하고자 하는 바를 눈치채고 말을 대신 끝내 주었다.

"양쪽 모두에게 가족이 어디 사는지 보여 주는 것이 슬기롭지 못하다?"

"사람에게 가장 약한 부분 아닙니까? 보아하니 마을에서 떨어져 사는 집안인 것 같은데, 누군가 해코지를 하려면 너무나 손쉽게 할 수 있을 겁니다. 혹 나중에라도 화산이나 이계, 양쪽과 모두 척을 지지 않을 자신이 있으십니까?"

"글쎄. 그런 자신이 있다면 자만이겠지."

"그렇다면 그 자만이 가족을 위험에 처하게 하신 겁니다."

운정은 그를 돌아보며 말했다.

"그럼 역으로 말해서, 내 가족을 보여 주는 것만큼 신뢰를 이끌어 낼 수 있는 것도 없는 것 아니겠어?"

"……."

"그리고, 그 정도가 아니면 한 동생은 내 말을 믿었을까? 검까지 빼 들었잖아?"

"……."

"자, 이젠 내 말을 믿겠어?"

한근농은 그의 시선이 부담스러워 고개를 돌렸다.

"가족분들의 말을 듣고 판단하겠습니다."

"또 이 사실을 이렇게 이야기해 주는 걸 보면, 한 동생이 내 가족을 건드리지 않을 거라고 믿어. 만약 내 가족에 해를 끼칠 수 있는 사람이라면 애초에 이런 말을 하지 않았겠지."

"그렇게 속단하지 마십시오. 절 모르셔서 하는 소립니다."

"내가 요괴의 편에 든다 하더라도, 도교의 가르침을 따르는 화산에서 내 가족들을 유괴라도 할까? 화산이 멸문지화를 당하거나 하지 않는 이상 그러진 않겠지. 하지만 저 요괴는 그럴 수 있어. 한 동생은 그걸 걱정하는 거지?"

"……."

"걱정하지 마. 저 여요괴도 자기 동료를 만나러 가기 전에 내 가족들을 먼저 만나겠다는 내 요구에 응했으니까. 어찌 보면 저쪽도 아무 보증도 없이 날 먼저 믿어 준 거야. 적어도 전혀 말이 통하지 않는 상대는 아니라는 것이지."

운정은 한근농을 보며 웃었고, 한근농은 그를 쳐다보지도 않았고, 아무런 말도 하지 않았다. 그저 답답하다는 표정만 은근히 내비칠 뿐이었다.

그 셋은 말을 타고 초가집 앞에 도착했다. 그들을 처음 발견한 것은 마당에서 도끼로 장작을 베던 사내아이였다. 십 대 중반쯤으로 보였는데, 훤칠한 키와 균형 잡힌 근골 그리고 시원한 미남형의 외모를 가지고 있었다. 이는 화산파에서 선호하는 미(美)와 근골(筋骨)을 동시에 겸한 인재. 한근농이 보기에, 아무리 깐깐한 화산의 장로라도 그를 보곤 두 팔 벌려 환영할 것이라 생각했다.

그 사내아이는 입을 살포시 벌리고 여요괴를 멍하니 바라보았다. 정순한 내공으로 마음을 다스릴 수 있는 한근농과 운정도 그녀를 처음 봤을 때 마음이 동했었다. 그러니 혈기왕성한 나이의 사내아이는 말할 것도 없었다.

운정이 말에서 내려와 말했다.

"혹 삼양이니?"

그 말을 들은 사내아이는 그제야 여요괴에서 눈을 떼곤 운정에게 시선을 돌렸다. 여요괴에 뒤지지 않는 그 외모에 한동안 당황하다가 곧 그의 질문에 대답할 수 있었다.

"삼양이라면 병으로 죽은 제 동생의 이름입니다."

"그럼 이양이겠구나? 이 형님이 없으니 네가 이 집안의 가장인데, 이리 못 커서 되겠느냐? 많이 먹고 많이 커야지. 그나저나 삼양이가 죽다니…… 흐음, 나를 참 잘 따랐었는데."

그 말을 들은 사내아이의 동공이 보름달만큼이나 커졌다.

"아… 혹시, 큰형님이세요?"

"그래. 기억은 하니?"

"어, 어렴풋이 기억해요. 그날 아버지와 어머니께서 얼마나 우셨는지……."

운정은 손바닥으로 한근농과 여요괴를 가리키며 말했다.

"갑자기 손님 두 분을 끌고 와서 미안하게 되었다. 혹시 어머님은 안에 계셔?"

"예. 마침 아버지께서도 계셔요."

"대낮에 집에 계신 것을 보면 또 꾀병을 부리셨나 보네."

이양은 함박웃음을 얼굴에 그렸다.

"정말 형님이 맞으시군요. 솔직히 얼굴까지 정확하게 기억나지 않았는데, 아버지의 꾀병 습관을 잘 아시니 형님이 맞는 듯하네요."

"두 분 다 살아 계셔서 참으로 다행이다. 아프신 곳은? 어머니께서 무릎이 아프셨던 걸로 기억하는데."

이양의 함박웃음은 더욱 깊어졌다.

"때문에 요즘은 마을에도 잘 못 나가세요. 하지만 그도 꾀병인지 모르죠."

"두 분 다 여전하시구나. 우선은 부모님께 인사드리는 것이 도리지. 잠시 여기서 손님들과 인사를 나누고 있어라."

그렇게 말한 운정이 휘적휘적 걸어 집 안으로 들어갔다. 그때 우연치 않게 여요괴에게 시선을 또다시 빼앗긴 이양은 또 정신이 멍해졌다. 때문에 미처 중요한 사실을 운정에게 말하지 못했다.

끼이익.

문이 열리는 소리가 나서야 정신을 차린 이양이 다급히 소리쳤다.

"아! 혀, 형님! 아, 아마도……."

갑자기 열린 방문에는 두 중년의 남녀가 이불속에 엉켜 있었다. 이불 사이로 맨살이 이곳저곳에 드러나 있는 것이 남사스럽기 그지없었다. 그 둘은 엉거주춤한 자세로 열린 방문을 돌아보았는데 운정, 이양, 한근농 그리고 여요괴까지 그들의 시선이 움직이면 움직일수록 두 얼굴은 더욱 붉게 물들었다.

운정은 그들을 찬찬히 내려 보다가 상황을 이해했다는 듯 고개를 끄덕였다.

"오호, 아직까지 금실이 좋으신 걸 보니, 이 아들이 기분이 좋습니다."

"……."

"……."

"일을 마치시면 정식으로 인사드리겠습니다. 그럼."

운정은 문을 살포시 닫았고, 안에서 우당탕 소리가 연거푸 들리기 시작했다.

이양은 이마를 부여잡더니 깊은 한숨을 내쉬며 말했다.

"말씀드렸어야 하는데, 하아."

"뭐가?"

"그… 집이 좁잖아요? 그래서 저희들이… 그, 알아서 자리를 비켜 주곤 해요. 그래서 동생들도 잠시 밖에 나가 놀고 있거든요."

운정은 고개를 갸웃했다.

"아, 그랬군. 근데 동생들이라니? 난 삼양이까지밖에 모르는

데, 혹시 더 생긴 거니? 하긴 저리 금실이 좋으시니 어쩔 수 없겠지만."

"이 년 전쯤인가, 사음이하고 오음이가 친부모를 잃어 굶어 죽을 뻔한 것을 아버지께서 구해 주셨어요. 그렇게 저희 집에서 지내다가, 식구가 되기로 했지요. 아시겠지만, 어머니께선 딸을 원하셨으니 모두에게 잘된 일 아니겠습니까? 게다가 막내인 육음이도 작년에 태어났습니다."

"오호, 서둘러 만나 보고 싶구나."

이양은 머리를 몇 번이고 긁적이더니, 곧 한근농을 보며 말했다.

"그, 저희 부모님께서 민망한 꼴을 보이게 되어 죄송합니다."

한근농도 덩달아 민망해져 헛기침을 연거푸 했다.

"커흠, 크흠, 뭐, 괜찮다."

이양은 운정을 돌아보며 말했다.

"저희 집에는 사랑방도, 마구간도 없어서 손님을 맞이할 형편이 못 되는데… 그, 아버지께서 나오실 때까지 잠시만 기다려 주세요."

이양은 이 당황스러운 상황에 어찌할 바를 몰라 부모님이 계시는 방을 계속 흘겨보았다.

운정은 마당을 크게 둘러보더니 말했다.

"내 기억으론 시냇가에 아버지가 작은 정자 하나를 만들어 두셨던 것 같은데. 여름엔 거기서 물놀이도 하고 그랬었어."

"아, 그걸 아버지께서 만드신 겁니까? 한 번도 그런 말씀은 없으셨는데."

"내 기억으론 삼촌들이 전부 다 와서 다 같이 만드셨어. 꽤 자리가 넓었던 걸로 기억하는데?"

"그럼 거기서 상을 볼까요?"

"그러지 뭐. 말들은 여기 그냥 두면 되고. 우선 먼저 올라가 있을게, 다들 데리고 올라와 줘."

"아, 네."

운정은 그렇게 말한 뒤, 여요괴에게 다가갔다. 그녀를 말에서 내려 준 후, 부축했다. 그리고 한근농과 같이 초가집 뒤쪽으로 나 있는 오솔길을 따라 걷기 시작했다.

그들이 집을 떠나 오솔길로 들어가는 것을 지켜보던 이양은 이내 집 안으로 들어갔다.

여요괴를 부축하는 운정의 느린 발걸음과 걸음을 맞추던 한근농이 말했다.

"서로 꽤 민망하게 되었습니다."

운정은 순간 그가 무슨 말을 하는지 몰랐다가 곧 이해했다.

"아, 부모님이 성교하시⋯⋯."

"크흡."

"왜 그래?"

"아, 아닙니다."

"그게 민망한 일이지? 맞아. 분명 그랬던 것 같아."

운정은 마치 아득한 추억 이야기라도 하듯 말했다.

그 모습을 올려다보며, 한근농이 물었다.

"운 형은 더 이상 그런 감정을 못 느끼십니까?"

운정은 오솔길에 난 나무들과 풀들을 하나하나 둘러보며 말했다.

"감정을 못 느끼는 건 아니지. 다만, 큰 심정의 변화가 없다고 해야 하나. 지금도 이 그리운 길가를 거닐면서 새록새록 어린 시절의 기억이 나지만 그 때문에 내 마음과 정신이 영향을 받진 않아."

"……."

"도사라는 것이 그런 것 아니겠어?"

그렇게 일각 정도를 걷자 그들은 꽤 폭이 넓은 시냇가에 도착할 수 있었다. 시냇물 한쪽 어귀에는 굵은 통나무들로 만들어진 건축물 하나가 있었는데, 흙과 돌로 잘 가려진 지붕도 그렇고 중앙에 넓은 돌을 상처럼 놓은 것도 그렇고 꽤 안락해 보였다. 정자라고 하긴 허름했지만, 충분히 실용적으로 보였다.

그들은 그곳에 앉아 대략 일다경 정도를 기다렸다. 그러자 그들이 지나왔던 오솔길에서 삼삼오오 운정의 가족들이 각각 손에 바구니를 들고 걸어왔다. 그중 가장 앞장선 운정의 어머니의 표정에는 의심이 가득했는데, 운정의 얼굴을 보자마자 그녀는 들고 있던 바구니를 떨어뜨리며 입을 가렸다.

"아이구, 저, 정말로 내 큰아들이구나! 내 큰아들이야!"

그녀는 금세 운정에게 달려왔다.

그녀는 행복에 겨운 표정으로 운정을 안더니, 곧 그의 어깨를 달도록 쓰다듬으며 말했다.

"아이고, 아이고. 이게 얼마만이냐. 그 쪼그맣던 애가 이렇게 크다니! 몇 년 새에 무슨 일이래! 무당산이 좋기는 좋은가 보구나. 어머나, 세상에!"

방금 있었던 민망한 일은 모두 잊은 듯했다.

운정은 고개를 숙였다.

"어머님도 잘 계셨습니까?"

"나야 뭐 똑같지, 아이고. 그래, 네 이야기나 좀 들어 보자. 여보! 여보! 우리 아들 맞아요. 맞으니까 그리 있지 말고 올라와 좀 봐요."

그렇게 말하고 나자, 아들과 딸 뒤에서 몸을 숨기고 있던 아버지는 슬쩍 고개를 빼 들곤 운정을 보았다. 곧 얼굴이 밝아지더니 어머니처럼 금세 정자 위로 올라왔다. 그러면서 자기도 모르게 여요괴를 힐끔거렸다.

"그, 그래 큰아들아, 진짜 너 맞느냐?"

"네, 맞습니다, 큰아들."

"그, 그래. 참으로 오랜만이다. 이리도 장성하다니 믿어지지가 않는구나. 말하는 것도 늠름하니 사내가 따로 없고. 이야, 정말 도사구나, 도사. 그, 근데 이 옆에 계신 처자는 누구냐? 호, 혹시 새색시냐?"

그 말을 들은 어머니는 아버지의 어깨를 툭 치더니 말했다.

"아니, 도사가 무슨 새색시란 말이에요. 참 나."

"아, 아니 그럴 수도 있지. 여편네가 왜 사람을 때리긴 때려?"

"무식한 소리 하니까 그렇죠. 빠, 빨리 앉기나 해요."

그 둘이 앉자, 그들을 따라온 운정의 동생들이 부모님의 옆에 쪼르르 앉기 시작했다.

그렇게 서먹서먹한 재회가 시작되자, 다들 할 말을 모르고 눈치만 보기 시작했다.

운정이 먼저 말했다.

"아, 우선은 소개부터 하겠습니다. 무당에서 운정이란 도명을 하사받았으니 이젠 절 운정이라 하시면 됩니다. 그리고 여기는 화산의 한근농. 그리고 이쪽은 아직 이름을 듣지 못했습니다. 말도 아직 통하지 않으니, 너무 신경 쓰지 마십시오."

운정이 말을 마치자, 아버지와 어머니 그리고 동생들은 무슨 말을 해야 할지 몰라 서로의 얼굴을 돌아볼 뿐이었다. 어색함에 푹 젖은 듯한 그 공기 속에서 아버지는 자기라도 나서야겠다는 생각에 일단 말을 꺼냈다.

"그렇구나. 도사가 되었다면 더 이상 내 아들이라 편히 생각할 수 없지, 하하하. 그럼 운정 도사님, 혹시 술은 먹습니까?"

아버지의 얼굴에는 장난기 반, 긴장감 반이 적절히 뒤섞인 미소가 있었다. 그는 옆에 앉은 어머니의 허벅지를 툭툭 쳤다. 그러자 어머니는 싸 가지고 온 술병과 술잔을 돌상 위에 차려 놓았다.

운정은 살짝 웃으며 말했다.

"죄송하지만, 먹지 않습니다."

"아… 그, 그렇군요."

아버지의 어색한 존댓말은 오히려 상황을 악화시켰다.

"……"

"……"

또 어색한 침묵이 감돌자, 한근농이 눈치를 보다 말했다.

"혹 귀찮으시더라도 춘부(椿府)께서 아드님과 따님분들을 소개시켜 주십시오."

아버지는 박수를 한 번 치더니 말했다.

"아, 그래. 이 큰아들이, 아니, 운정 도사가 집을 떠난 후에도 하늘이 자식을 더 주었소. 자, 여기는 장남 노릇을 한 우리 이양이. 그리고 그 뒤에는 사음. 오음이. 그리고 사음이가 안고 있는 갓난아이는 저번 해에 태어난 육음이오."

운정은 고요한 눈길로 그들을 둘러보더니 어머니에게 말했다.

"제가 없어도 참으로 오순도순 잘 지내는 것 같아 너무나 마음이 좋습니다. 무당의 도사가 된 뒤에는 세속과의 인연을 최대한 멀리해야 했기에, 이렇게 늦게 찾아뵙는 불효를 저질렀습니다. 송구합니다."

운정은 자리에서 일어났다.

그 모습을 본 어머니가 당황해하며 말했다.

"버, 벌써 가려고 하느냐? 이 떡이라도 먹고 가지."

"아, 가려는 것이 아니라, 절이라도 올릴까 하여 그렇습니다."

"아, 그, 그렇구나."

어머니는 당황하며 아버지의 눈치를 보았다.

운정은 방긋 웃더니 그들 앞에 절을 했다. 어머니와 아버지는 낯선 아들의 절에 맞절을 하며 받았다.

상 위에는 막 아이들이 차려 놓은 떡들이 올려져 있었다. 하지만 양이 매우 적어 한 사람이 한 번씩 집어 먹으면 모두 사라질 정도였다.

운정은 시냇물을 바라보며 말했다.

"사람은 많고 쌀은 없을 테니, 물고기라도 잡아 요리해야 하지 않겠습니까?"

그가 그렇게 말하자, 동생들의 얼굴이 환해지기 시작했다. 평소 아버지의 낚시 수준이 너무나 비참하여 그들은 평소 물고기를 잘 먹지 못했었다. 그러다 보니, 항상 그림처럼 보고만 살았는데, 이렇게 속 시원하게 물고기를 먹자고 하니 행복해진 것이다.

아버지도 결심하고는 덩달아 자리에서 일어났다.

"큰아들이 하겠다는데, 내가 가만있을 수 없지."

어머니는 아버지의 무릎을 탁 하고 치며 말했다.

"망치지나 말고 가만히 있어요."

"허어, 여편네가 가장한테 그게 무슨 말버릇이야, 그게?"

어머니는 고개를 흔들어대며 말했다.

"으이구, 자존심은 있어서."

운정이 말했다.

"안 나오셔도 됩니다. 제가 알아서 하겠습니다."

그렇게 말한 그는 보법을 펼쳐 순식간에 정자에서 시냇가로 움직였다. 그 멋진 모습에 부모님과 동생들은 놀란 눈길로 그를 보았는데, 그 뒤에 벌어진 일을 봤을 땐 소리를 지르지 않을 수 없었다.

"우와!"

"어엇!"

양손으로 물가에 대고 몇 번을 툭툭 내려치자, 진한 울림이 수면에 생성되더니, 곧 살아 있는 물고기가 물속에서 튕겨져 나와 냇가에 떨어졌다. 마치 신화에 나오는 도사의 도술과도 같은 그 모습에 아이들은 얼른 정자에서 뛰쳐나와 운정에게 쪼르르 다가갔다.

운정은 웃으며 동생들에게 말했다.

"자, 그러면 요리해 볼까?"

동생들은 해맑게 웃더니 동시에 고개를 끄덕였다.

*   *   *

해가 떨어질 때쯤, 운정과 한근농 그리고 여요괴는 운정의 고향 집을 나섰다. 어머니는 눈물을 훔쳤고, 아버지도 울음기를 결국 참지 못했다. 그들은 운정에게 하룻밤만이라도 자고 가라고 끝까지 권했지만, 운정은 미리 약속한 것이 있다며 거절하곤 기어코 길을 떠났다.

적당히 떨어졌을 때쯤, 운정이 막 노을 지는 해를 바라보며 말했다.

"역시 불편하네."

한근농은 운정을 보고는 고개를 뒤로 돌렸다. 그곳에는 마당까지 나와 그들의 뒷모습을 끝까지 바라보고 있던 두 부모가 아직까지도 손을 흔들고 있었다.

"반갑지 않으셨습니까?"

한근농의 질문에 운정이 대답했다.

"반가웠어. 하지만 십 년 만에 만난 어색함을 어찌할 수가 없네. 가족이 늘어서 더욱 그래. 아버지와는 원래부터 낯설었고."

"하긴 그렇게 보이긴 하더군요."

이번에는 운정이 한근농을 돌아보았다.

"그래서 결과는?"

한근농은 팔짱을 끼었다. 그는 어머니가 해 준 운정의 이야기를 기억하며 말했다.

"절 완전히 제압하시고도 이렇게까지 선의를 보이셨는데, 제가 운 형의 말을 따르지 않으면 도리가 아닙니다. 여요괴의 동료를 만나러 가 보도록 하죠. 그리고 향검께서 명령하신 대로 끝까지 호위하도록 하겠습니다. 혹시 싸움이 일어나더라도 제가 먼저 나설 겁니다."

"그럴 일은 없을 거야."

"어쨌든 아까처럼 내력을 낭비하진 마십시오. 물고기야 제가 잡아도 되지 않았습니까?"

운정은 피식 웃었다.

"모처럼 가족들 앞이라 자랑이라도 하고 싶었나 봐. 이해해
줘."

그런 평범한 이유로 그랬을 리 만무했다. 아마도 그를 도
사로 키우기 위해 육식을 금하고 이름까지 지어 주지 않은
어머니의 그 가상한 노력에 보답하기 위해 보여 준 것일 것이
다.

한근농이 말했다.

"아시는지 모르겠지만, 운정 도사께서 도술을 펼치실 때 어
머니께서 눈물을 흘리셨습니다. 지켜보는데 마음이 참 짠하더
군요."

"……."

"행여나 일이 잘못되어 이계의 요괴 쪽에서 운 형의 가족을
건드리기라도 하면, 제가 직접 막겠습니다. 막지 못한다면 매화
검수를 동원하여 복수하겠습니다."

"말만이라도 고마워. 하지만 그럴 필요 없어. 그런 일이 일어
나지 않게 하면 되니까."

"운 형은 정말 속 편한 소리만 합니다."

"세상 물정을 몰라 그런 거겠지."

"그보단 너무 강하셔서 그런 것 같습니다."

"너무 강하다?"

"강호 초출부터 너무 강하시니, 세상 물정을 몰라도 상관없

는 것 아닙니까?"

"그런가?"

"저도 매화검수가 되어 화산의 무위를 대표하기 시작하면서 세속과 많이 부딪쳤습니다. 그럴수록 쓴맛도 많이 보았고, 사람에게도 실망을 많이 했습니다. 이젠 생각이 너무 많이 바뀌어 예전의 저와는 아예 다른 사람이 되었습니다. 운 형께선 세속에 오염되지 않으셨으면 합니다."

"……"

그 말을 끝으로 한근농은 한동안 말을 하지 않았고, 운정도 그의 말을 깊이 상고했다.

그렇게 한 시진 정도 지나자 그믐달이 미약하게 밝히는 공터가 나왔다. 그 공터의 중앙에는 검은 피부를 가진 남요괴 한 명이 팔짱을 낀 채로 서 있었는데, 멀찌감치 운정 일행을 정면에서 응시하고 있었다.

한근농이 물었다.

"저자입니까?"

"응."

그 남요괴는 화산 앞 객잔에서 운정과 마주했던 그 요괴였다.

한근농이 주변을 살피며 말했다.

"당장 오늘 마주칠 줄은 몰랐습니다."

"그래서 바로 집에서 나온 거야."

"……"

"여요괴가 미리 그가 다가오고 있다고 알려 주었으니까. 긴 장하지 마. 별일 없을 거야."

"그래서 선약이라 말씀하신 것이군요. 핑계라고 생각했습니 다만."

"내가 거짓을 말해서 뭐 하게."

"……."

"하여튼 투기(鬪氣)를 발산하지 말아 줘. 저자도 거기에 반응 하잖아. 검 좀 잡고 있지 말고."

한근농은 그제야 자기가 자기도 모르게 검을 쥐고 있다는 것을 깨달았다. 그는 내공심법으로 격해진 마음을 다스리며 검 에서 손을 뗐다.

둘은 그 남요괴와 한 장 정도 거리에 섰고, 여요괴는 그에게 더 다가갔다. 그들은 몇 번 이계의 언어로 대화하더니, 남요괴 가 운정에게 말했다.

"잠깐이면 된다."

그는 뒤돌아섰다. 그러곤 양손을 앞으로 뻗었는데, 전에 운 정이 보았던 것처럼 푸르른 빛이 그의 앞에서 서서히 생성되기 시작했다. 점차 많아진 불빛은 곧 달빛을 이길 정도가 되었고, 그에 맞춰서 그 푸른 빛으로 인한 남요괴의 그림자도 짙어지기 시작했다.

여요괴가 뭐라 말하자, 남요괴가 고개를 끄덕였다. 그러자 그 여요괴는 운정을 보고 눈인사를 하더니 곧 그 그림자로 몸 을 쓰러뜨리듯 던졌다.

놀랍게도, 그 여요괴는 그 그림자 속으로 빠져 그 종적을 감추었다. 마치 물속에 몸을 던져 잠수하는 모양새와 같았다.

그것을 본 한근농은 눈초리를 모으더니 검에 손을 가져갔다. 설마 그대로 그 여요괴가 사라져 버릴지는 몰랐기 때문이다.

그의 감정을 눈치챈 운정이 그의 팔을 잡았다. 한근농은 운정의 얼굴을 돌아보며 불만 가득한 표정을 지었다. 서로의 시선 속에 묘한 기류가 생겼고, 그것은 곧 한근농이 고개를 돌리는 것으로 끝이 났다. 운정이 그의 팔을 놓자, 그는 옷을 한 번 털어내는 것으로 불편한 심정을 드러냈다.

때마침 그 남요괴가 서서히 양손을 내렸다. 그러자 푸른 빛이 사그라지더니 곧 완전히 종적을 감추었다. 그는 거친 숨을 토해 내며 자리에 주저앉았고, 그렇게 숨을 고르기 시작한 지 대략 반각. 그는 겨우 눈을 뜨고 운정에게 말할 수 있었다.

그는 발음이 조금 어눌한 한어로 운정에게 말했다.

"혈맹(血盟)을 구해 줘서 고맙다."

"혈맹?"

"네가 구해 준 여자 말이다."

"아하. 그런 거라면 뭐 감사할 필요 없어. 나를 위해서 한 것이니."

그 이후에도 남요괴는 한참 동안 숨을 몰아쉬고는 자리에서 일어났다. 그의 시선이 한근농을 향했다.

"우리의 이야기를 논하기 앞서 우선 옆에 있는 사내에 대해서 듣고 싶군. 적이 아닌 건 알겠지만, 내게 완전히 적의가 없다고도 할 수 없어. 이 자리에 왜 데리고 온 것이지?"

운정이 뭐라 답하기 전에 한근농이 먼저 말했다.

"여기 운 형이 아니라면 우린 이미 칼을 섞었을 것이다."

남요괴는 콧방귀를 뀌더니 비아냥거렸다.

"흥, 과연 그렇군. 그래서? 날 사로잡으려고 온 것인가?"

"내가 묻고 싶은 것은 그 여인의 몸에 어떻게 화산의 검흔이 있었냐는 것이다. 그리고 그 여인은 갑자기 어디로 간 것이지? 그것만 대답해 준다면 별일 없을 것이다."

한근농을 노려보는 남요괴의 눈빛이 날카로워졌다. 그는 그대로 운정에게 눈길을 돌렸다.

운정이 말했다.

"대답해 줄 수 있는 선에선 대답해 줬으면 해."

남요괴는 고개를 저었다.

"혈맹의 행적은 최고 기밀이다. 말할 수 없어."

한근농은 얼굴을 일그러뜨리더니, 운정을 돌아봤다.

"믿음의 결과가 이렇게 된 건 참으로 유감입니다, 운 형."

운정은 한 손을 한근농의 어깨에 올려놓았다. 그러곤 남요괴를 돌아보며 말했다.

"Esaelp."

남요괴의 흰 동공이 검은 홍채를 전부 잡아먹어 눈이 온통 희게 변했다.

"설마, 혈맹이 공용어를 가르쳐 주었나? 그 또한 기밀일 터인데."

"A elttil."

"……"

운정은 다시 한어로 말했다.

"내가 생명을 살려 주었으니, 언어를 조금 가르쳐 주는 것 정도는 괜찮다고 생각했나 보지."

남요괴는 얼굴을 잔뜩 일그러트리며 중얼거렸다.

"어리석기는, 쯧. 그래서 하얀 것들은 안 돼. 물러 터져서……"

남요괴는 흰 피부를 가진 여요괴와 다르게 검은 피부를 가지고 있었다. 때문에 그 여요괴를 하얀 것이라 비하한 듯했다.

운정이 말했다.

"여기 한 동생은 그 여요괴와 열흘 동안이나 동행했다. 만약 적의가 있었다면, 그 여요괴와 그토록 오랜 시간 동안 아무 탈 없었겠어?"

"그야 그 하얀 것이 널 전적으로 믿었기 때문이지. 저 남자를 믿은 것이 아니다. 그렇게 말했어."

"그럼 나를 믿고 한 동생의 질문에 대답해 줘."

"절대 불가하다. 최고 기밀이야."

한근농은 눈빛에 살기를 담았다.

"그렇다면 더 말할 것 없군. 너를 심문하여 그 여요괴가 왜 본 파에 침투하였는지 알아내고야 말겠다."

운정은 걱정이 들어 한 발 움직여 그들 사이에 섰다. 그런데 다행히 남요괴는 한근농를 향해 적의를 내비치지 않았다. 오히려 의문스럽다는 듯 물었다.

"본 파? 화산파의 고수인가?"

한근농은 딱딱하게 소리쳤다.

"수작 부리지 마라! 내 의복에 그려진 붉은 매화를 보면 바로 알 수 있을 텐데? 갑자기 왜 모른 척이지?"

"우리의 눈은 너희 인간의 것과 달라서 구분할 수 있는 색이 다르다. 내 눈엔 붉은 매화가 보이지 않아."

"……."

"무당의 도사, 이자가 화산의 고수임이 확실한 정보인가?"

운정은 고개를 끄덕였다.

"확실해. 내가 보증하지."

그 남요괴는 한근농을 위아래로 몇 번이고 훑어보더니 곧 양손을 허리로 가져갔다.

촤라락.

그가 손을 펼치자, 원형으로 된 칼, 륜검(輪劍)이 나왔다.

그 즉시 한근농은 자신의 매화검을 뽑았고 속으로 자하신공을 운용했는데, 그를 본 남요괴가 다급하게 말했다.

"잠깐, 싸우자는 것이 아니다."

한근농은 코웃음을 쳤다.

"무기를 뽑아 놓고 무슨 소리를 하는 것이냐?"

남요괴가 말했다.

"다만 무공을 확인하고 싶어서 그런다. 네가 화산의 제자라는 것을 확인하기 위해서."

"뭐라고?"

"만약 무공으로 네가 화산의 제자임을 확인시켜 준다면, 내 혈맹의 행적에 대해서 설명해 줄 수 있을 것이다."

"……."

"어찌할 것이냐? 무공을 선보여 줄 것이냐? 아니면 이대로 칼을 섞을까?"

한근농은 운정을 보았다.

운정이 말했다.

"일 초식만 보여 줘도 될 것 같은데? 그 잔상이 가득한 검은 매화검공이 아니면 따라 할 수 없는 것이잖아?"

그 정도는 어차피 적이라도 보여 줄 수 있다. 한근농은 매화검을 앞으로 쭉 뻗더니, 검의 자하신공의 내력을 담는 매화노방을 펼쳤다.

한 송이 꽃처럼 불어나는 검 끝을 본 남요괴는 다시 양손을 허리 뒤로 가져갔다. 그러자 그의 무기가 검은 그림자에 삼켜져 그의 양손에서 완전히 사라졌다.

"확실히 화산의 것이군. 나를 믿었으니, 나도 믿지. 무기를 거뒀으니, 너 또한 무기를 거둬라."

한근농은 순순히 매화검을 검집에 넣었다.

"그럼 말해 봐라. 그 여요괴의 몸에 왜 화산의 검혼이 남아 있는 것이지."

남요괴는 팔짱을 끼었다.

"그것까진 모른다. 하지만 그 하얀 것은 화산의 손님으로 그
곳에 가 있었던 것이야."

"손님?"

"화산도 입장이 있으니, 함부로 이계의 요괴를 손님으로 맞
이할 수 없었지. 그래서 그들도 그 하얀 것을 은밀히 초대한 것
으로 알고 있다."

"......"

"화산의 제자이니 네 윗선을 통해서 알아봐라. 그러면 확실
히 알 수 있을 것이다."

그 말을 들은 한근농은 이마에 내 천 자를 그렸다.

"그런데 왜 화산의 검에 당한 것이지?"

이번에는 남요괴가 눈빛을 날카롭게 빛내며 말했다.

"그것이야말로 내가 질문해야 하는 것 아닌가? 화산에서 초
대해 놓고 암습한 것으로 보이는데?"

"......"

남요괴의 말이 맞다면 잘못을 한 것은 화산 쪽이다.

아는 것이 없었던 한근농은 그 질문에 답을 할 수도, 따질
수도 없어 침묵을 지켰다.

다행히 남요괴는 더 추궁할 생각이 없는 듯, 조금 부드러워
진 어투로 말했다.

"그런 의미에서 정확한 사정을 알아봐 줬으면 좋겠다."

"뭐라고?"

"나는 네 옆에 있는 무당의 도사를 믿는다. 그리고 무당의 도사는 널 믿지. 따라서 네게 제의하는 것이다. 어떻게 그 하얀 것이 당하게 되었는지 알아봐 달라는 거야."

한근농은 눈초리를 모았다.

"내가 이계의 첩자질을 할 것 같으냐?"

"우리 쪽을 초대한 건 화산이다. 당당히 손님으로 방문했는데, 암습을 당했어. 네 사문이 정말로 백도의 세력이라면, 오히려 이번 사건의 정확한 사정을 규명해서 우리 쪽에 설명해야 할 책임이 있는 것 아닌가?"

"그, 그야……."

"나도 솔직한 심정으론 너를 붙잡아 우리 세계로 끌고 가 온갖 고문 방법을 동원하고 싶다. 너도 같은 마음이겠지. 하지만 내가 그렇게 하지 않는 이유는 암습했던 자가 그 하얀 것을 사로잡으려 한 것이 아니라 죽이려 했기 때문이다."

한근농의 눈빛이 순간 흔들렸다.

"그건 무슨 말이지?"

남요괴는 설명했다.

"그 하얀 것에게 듣기로는 복면을 쓴 한 명의 고수에게 암습을 당했다는군. 그 이후 화산을 믿을 수 없어 홀로 탈출했다고 말했다. 만약 화산 전체의 결정이 그런 것이라면, 그녀를 사로잡아 이계의 정보를 캐내려 했겠지. 그저 죽이려 했다는 건, 입막음을 위한 것. 다시 말하면 화산과 우리의 접선을 막으려는 제삼자의 짓이라는 거다."

"……."

"문제는 그 암습한 자도 화산의 검공을 썼다는 점이다. 내 판단으로는 화산 내부에 생각이 다른 자가 있는 것 같군."

한근농은 고개를 저었다.

"내부의 생각이 다른 자가 있다고 하더라도, 화산의 내공을 익힌 자라면 그런 극단적인 방법을 쓸 수 없다. 사문을 배신하고 죄 없는 자를 죽이는 정도의 악행이라면 그 즉시 주화입마에 들어선다."

"그래서 알아봐 달라는 것이다. 화산의 입장에서도 열매 속에 벌레를 걸러 낼 수 있는 좋은 기회 아닌가?"

한근농은 남요괴의 입장과 생각을 단번에 이해했다.

남요괴에겐 어차피 화산파 내부의 사정을 알 수 있는 방법이 없다. 있다면 지금 이 자리에 한근농이 자발적으로 알아봐 주는 것뿐인데, 그걸 정확히 노리고 논리를 전개하여 제안한 것이다.

그렇다고 속임수는 아닐 것이다. 만약 그 말에 거짓이 섞였다면, 윗선인 태룡향검에게 점검을 받으면 될 일. 그리고 그렇게 하라고 남요괴는 직접 말하기까지 했다. 그렇다는 뜻은 진정으로 서로의 이익을 위한 방도를 제시했다고 봐야 한다.

한근농은 남요괴에게 진심으로 감탄했다.

"자신의 부하가 당했음에도, 그 냉철한 사고방식에 경의를 표할 수밖에 없군."

남요괴는 코웃음을 쳤다.

"흥, 너희 인간의 수명보다 긴 시간을 전쟁 속에서 살았다. 전쟁을 모르는 너희 물렁한 중원인들과는 다르지."

그때까지 말없이 이 상황을 지켜보던 운정이 말했다.

"나도 물어보고 싶은 것이 있는데."

남요괴가 운정에게 시선을 돌렸다.

"말해 봐라."

"화산이 지적인 그 객잔에서 나를 찾게 되었다는 건 애초에 그 주변에 있었다는 거잖아? 그럼 그 하얀 요괴를 보호하기 위해서 있었던 건가?"

남요괴는 검은 이빨이 살짝 보일 정도로 미소를 지었다.

"어린아이처럼 순수한 줄 알았다만, 그래도 쓸 만한 지혜를 가졌군. 맞다. 혹시 모를 사태에 대비해서 대기하고 있었지."

"아, 그리고 그 하얀 여요괴가 내게 동족의 냄새가 난다고 했었는데, 그에 관해서 설명해 주었음 해."

운정은 고요하기 그지없는 눈빛으로 남요괴를 보았다.

남요괴는 거짓을 말하는 것이 의미가 없다고 판단했다.

"내가 소환했던 다른 요괴를 기억하나?"

"그림자 속에서 나왔던 그 여자?"

"그래. 사실 그 여자는 단순히 저주를 파악한 것뿐만 아니라 한 가지 일을 더 했다. 바로 네게 우리 일족의 냄새를 묻히는 것이지. 한번 묻으면 죽기 전까지 절대로 지워 낼 수 없는 냄새지."

"오호, 신기한데."

"본래는 여성족이 남편감을 택할 때, 다른 이들도 알 수 있게끔 하는 일종의 표식 같은 것이다. 하지만 전쟁 중에는 모든 것이 전쟁의 수단이 되지. 난 네가 화산에 들어갈 거라 예상했다. 그래서 혹시 모를 사태에 대비해서 네게 냄새를 묻혔다. 일족의 냄새가 묻은 자라면, 그 하얀 것이 도움을 청하리라 판단했어. 그리고 넌 들어줬겠지. 선하니까."

"흐음……."

"말하지 않은 것은 미안하다. 하지만 그 표식 자체는 한 치의 거짓도 없다. 네가 우리 일족이 믿을 만한 사람이 아니라면, 절대 그런 표식을 주지 않았을 거니까."

"그래서 그 하얀 요괴가 날 찾아온 것이군. 냄새를 맡고… 이거 내게 해가 되는 건 아니지?"

"우리 일족이 기본적으로 널 신용할 터이니 오히려 이득이라면 이득이다."

운정은 턱을 한 번 쓸더니 나지막하게 물었다.

"왜 나를 믿지?"

남요괴가 대답했다.

"네 말을 믿었다."

"무슨 말?"

"네게 있어 중원과 이계는 같다고."

"……."

운정이 말하지 않자, 남요괴가 말을 이었다.

"그 말이 얼마나 어려운 말인지, 나는 누구보다도 더 잘 안다. 다름과 같음의 경계를 놓고 입에 담을 수도 없는 행위를 거리낌 없이 하는 것이 생명체의 본질이지. 그 경계선이 무너지고 세워지기를 반복했던 전쟁 속에서 나조차도 완전히 깨닫지 못한 부분이야. 그것을 단 일말의 거짓도 섞이지 않고 이야기할 수 있는 사람은 우리 일족의 가장 지혜로운 자들 중에도 없을 것이다. 처음이었지, 한 인간 개인에게 감탄한 것은."

"그래?"

"이용한 것은 사실이나 표식에는 존경의 의미 또한 있다."

"그렇군."

오로지 단답형으로만 대답하는 운정을 바라보며 남요괴가 조심스럽게 물었다.

"혹 우리 사이의 신용이 깨진 것인가?"

운정은 미소 지으며 고개를 흔들었다.

"아니, 괜찮아. 남편감은 모르겠지만, 뭐 대강 무슨 의미인지 알겠어."

"마음이 넓어 다행이군."

"그래. 그런데 한 가지……."

"왜 그러지?"

운정이 어깨를 들썩였다.

"이름도 모르는 사이끼리 믿음을 운운하긴 그렇잖아?"

"……."

"통성명이라도 하자고."

운정의 말을 끝으로 찬바람이 그들 가운데 불었다.

남요괴는 가슴을 부풀리며 깊은 숨을 들이마셨다. 폐 속으로 스며든 서늘한 공기는 그의 심장을 고요하게 만들고 머리를 식혔다. 깊이를 알 수 없는 그런 그의 눈빛 속에선 수많은 감정이 뒤섞여 요동쳤지만, 그 표면으론 아무런 감정도 나타나지 않았다.

그는 한근농에게 시선을 돌렸다.

"자리를 비켜 주겠나?"

한근농은 운정을 보았고, 운정이 그에게 말했다.

"화산에 관련된 내용이 있으면 모두 말해 줄게."

비켜 달라는 의미.

한근농은 경계 어린 눈초리로 남요괴를 한 번 흘겨보고는 말했다.

"삼십 장 밖에 있을 테니, 혹시라도 전투가 벌어지면 저자에게 내력을 낭비하지 마시고 제 쪽으로 경공을 펼쳐 오십쇼. 제가 상대하겠습니다."

"믿을 테니까, 내가 남요괴에게 전음은 쓰지 않아도 되겠지?"

"저를 과소평가하지 마십시오."

한근농은 포권을 취하고는 경공을 펼쳐 그의 말대로 삼십 장 밖으로 멀어졌다.

"카이랄(Kiraal)이다."

그렇게 말한 남요괴, 카이랄은 침을 꿀꺽 삼켰다. 어떠한 상황에서도 냉정함을 잃지 않았던 그가 보여 준 약한 모습이기에 운정은 묻지 않을 수 없었다.

"왠지 모르겠지만, 이름을 말하는 것이 꽤 어려운 일인가 봐?"

그는 고개를 끄덕였다.

"우리 문화가 그렇다. 인간과는 달리 우리는 다양성이 극도로 적어. 우리끼리도 서로를 분간하기 어렵다. 그래서 이름이 중요해. 서로의 이름을 안다는 건, 완전한 신용의 증거이다."

"그렇다면 속이기도 매우 쉽겠군."

"그런 일은 없다. 우린 서로가 거짓을 말하는지 알 수 있으니까. 긍지가 높기 때문에 애초에 거짓을 말하지도 않지만."

운정의 두 눈빛에 이채가 띠었다.

"거짓을 알 수 있다? 이계의 마법 같은 것인가?"

"그저 오래 살기 때문에 생기는 감각 같은 것이다. 얼굴 표정만 봐도 무슨 생각을 하는지 대강 알 수 있지. 백 년도 못 사는 인간은 눈빛만 봐도 안다. 감정이란 숨기긴 어려워도 파악하긴 쉬우니까."

"흐음, 재밌군. 요괴들이 어떤 사회를 이루고 있을지 궁금해."

"그런 면에서 말하는데, 저자를 너무 신용하지 마라."

"왜?"

남요괴는 작지만 또박또박한 발음으로 말했다.

"거짓을 품고 있어."

"……"

"정확히 어느 부분이 거짓말이라 확실히 말할 순 없다. 말했다시피 마법이 아니니까. 하지만 무언가 숨기고 있는 것은 분명해. 네게도, 나에게도."

운정은 대수롭지 않게 말했다.

"그는 책임감이 강한 사람이야. 사적으론 서로 믿긴 하지만, 화산이 걸려 있다면 아무리 친한 친우에게도 숨길 수밖에 없는 진실이 있을 거야."

"흐음, 그런가?"

운정은 맑게 웃었다.

"그래서 카이랄, 내 이름은 궁금하지 않나?"

"물론 궁금하지."

"운정이라고 한다. 운정."

"운정. 기억하지."

그렇게 말한 그는 허공에 손을 뻗었다. 그러곤 손에서 양피지로 된 두루마리를 꺼냈는데, 이를 멀찌감치서 본 한근농이 검을 뽑아 들자 운정은 재차 손짓으로 그를 말려야 했다.

카이랄은 한근농을 보곤 또다시 코웃음을 치더니, 운정에게 그것을 던졌다.

"정보를 알아봤다. 거기 담겨 있어."

"무슨 내용이지?"

"난 그 내용을 읽을 수 없어."

"그게 무슨 뜻이야?"

"내가 알 부분이 아니라고 장로들이 결정한 것이겠지. 중원에서 활동하는 몸인 만큼 필요한 정보 외에 알고 있어 봤자, 위험도만 높아질 뿐이라서."

"참 나. 네게 이런 고생을 시키면서 그런 거 하나 안 알려 주나?"

"하여간 네 부탁대로 무당산의 정기에 관한 정보가 있을 거야."

운정은 조심스레 두루마리를 펼쳐보았다.

그 안에는 몇 문장의 글이 있었다.

다만 아쉽게도 중원의 글자가 아니었다.

운정이 기가 막힌다는 듯 말했다.

"이거… 너희 문자잖아?"

"일족에서 한어를 할 줄 아는 사람은 나밖에 없으니까, 어쩔 수 없지."

"……"

"다시 말하지만 난 그 내용을 알 수 없어."

"그럼 어떡하라는 거야?"

"스스로 알아봐야겠지. 미안하지만 내가 더 해 줄 수 있는 것이 없어."

"……"

"그럼 이제 내 용무를 말해도 될까?"

참으로 뻔뻔한 말이었지만, 카이랄은 그것이 뻔뻔할 수 있다는 생각조차 하지 않는 듯했다.

운정이 투덜거리듯 말했다.

"철면피네. 그렇게 바로 자기 용무로 넘어가기야?"

카이랄이 눈을 찌푸렸다.

"무엇이 철면피라는 거지?"

"그렇잖아."

카이랄은 더 알 수 없다는 표정을 지으며 말했다.

"나는 내가 할 수 있는 최선을 다해 네 요구에 응했다. 내가 할 수 없는 일을 하기라도 바라는 건가?"

"최선이란 건 유연한 말이지."

그 말에 카이랄은 얼굴을 일그러뜨렸다.

"서로 속이고 서로 속는 인간에게나 그렇지. 내가 네게 내 이름을 말한 걸 후회하게 할 참인가?"

"……"

"사과해라, 나를 의심한 것을."

운정이 반박했다.

"내게 말하지 않고 일족의 냄새를 묻힌 건? 나를 속인 거 아니야?"

"그건 네가 내 이름을 아는 자가 되기 전에 일이다. 현재의 기준으로 과거의 행동을 판단할 셈인가?"

당장에라도 무기를 빼 들 만큼 카이랄의 기세가 흉흉해졌다. 한근농은 이미 경공을 펼치고 있었고, 그가 다가오는 동안 운정은 이 상황에서 극도로 화를 내는 카이랄의 마음을 이해하기 위해 노력했다.

한근농은 운정을 지나치며 말했다.

"물러나 계십시오. 제가 상대하겠습니다."

그러곤 그는 운정의 말을 들어 볼 생각조차 하지 않고 즉시 매화검공을 펼쳐 카이랄을 공격했다. 카이랄도 품속에서 두 륜검을 꺼내더니 묘한 자세를 잡고 그의 선공을 기다렸다.

"타— 핫!"

한근농의 검 끝은 수십 갈래로 갈라져 한 송이 매화를 그려내고 있었다. 그의 첫수는 카이랄의 머리를 향한 찌르기였는데, 전에 운정에게 보여 주었던 그 매화구방이었다.

카이랄은 두 륜검을 공중에 놓으며 뒤로 허리를 젖혀 굴렀다. 그리고 위로 올라오는 양발로 륜검을 받아 반시계 방향으로 돌렸다.

머리가 사라지고 두 다리가 나타나자, 한근농의 첫수는 허무하게 다리 사이를 갈랐다. 그뿐이랴, 곧게 뻗어진 두 다리 끝에서 맹렬히 회전하는 두 륜검이 한근농의 머리를 향해 옥죄듯 들어오고 있었다.

한근농은 왼손에 내력을 불어 넣어 오른쪽 륜검을 쳐 내면서 몸을 그쪽으로 숙였다. 그러자 오른쪽 륜검이 허무하게 튕겨졌고, 왼쪽 륜검은 그의 볼을 아슬아슬하게 지나갔다.

한근농은 다시금 매화구방을 이어 펼치면서 아래로 검을 찔렀다. 그때 한근농의 눈에는, 거꾸로 선 채 한 손으로 몸을 지탱하고, 다른 손의 검지를 곧게 펴고 입가에 가져간 카이랄이 눈에 보였다. 그는 고개를 앞으로 젖혀 한근농을 정확히 보고 있었다.

그 손가락 끝에는 작디작은 푸른 불꽃이 피어올라 있었고, 카이랄의 볼은 다람쥐처럼 부풀어 올라 있었다.

한근농은 그 즉시 매화구방의 묘리를 매화빈분(梅花頻紛)으로 바꾸어, 검 끝의 검막(劍膜)을 형성했다.

찰나 뒤, 카이랄의 부푼 볼이 꺼지면서 푸른 불꽃에 바람을 넣었다. 그러자 푸른 불꽃은 푸른 불줄기가 되어 한근농을 향해 쏘아졌다.

화르륵.

어두운 밤을 환히 밝히는 푸른 불줄기가 한근농을 집어삼켰으나, 그 앞에 펼쳐진 검막에 가로막혀 한근농을 비켜갔다. 하지만 그도 잠깐. 옅은 검막에 서서히 불길이 스며들기 시작했고, 곧 그것을 뚫고 그 안을 사정없이 덮쳤다.

카이랄은 손을 거두며 다시 자세를 잡아 똑바로 섰고, 그 푸른 불길이 사라지는 것을 보았다.

그 불길 속엔 아무것도 없었다.

쉬이익―!

바람을 가르는 날카로운 소리와 함께 매화검이 카이랄의 목을 향해 날아들었다.

그렇게 카이랄의 목을 베어 넘기려는 순간. 매화검이 갑자기 공중에서 튕겨져 하늘 위로 날아갔다.

"으윽."

"웃."

아귀가 찢어져 버린 한근농은 오른손을 부여잡았고, 카이랄

역시 꺾인 왼쪽 손목을 쓰다듬었다. 그 순간 그들은 동시에 지금까지 없었던 기류의 변화를 느꼈다. 고개를 돌려 보자, 그곳에는 양손의 검지와 중지를 하늘로 세운 채 눈을 감고 있는 운정을 볼 수 있었다.

운정이 눈을 뜨며 말했다.

"그쯤 해."

"……"

"……"

"바람을 이용한 것뿐이니, 그렇게 보지 말고."

한근농이 분노를 담아 큰소리로 외쳤다.

"마법이잖습니까? 그리고 지금 이자를 살려 주신 것이고! 이래도 정녕 이계의 첩자가 아니라는 겁니까?"

운정은 카이랄의 왼손을 가리키며 말했다.

"마법이 아니라 술법이야. 그리고 내가 살린 건 너야. 그가 아니라."

한근농은 운정의 손가락을 따라 카이랄의 왼손을 보았다, 곧 그의 미간이 꿈틀거렸다. 카이랄의 왼손은 그의 단전에서 한 치보다 못한 짧은 거리에 있었기 때문이다. 한근농은 싸움이 끝나고 난 지금도 그 손길을 전혀 인지하지 못했던 것이다.

충격을 받은 한근농을 두고, 카이랄은 왼손을 회수했다. 그러곤 공중에서 돌고 있던 짤막한 단검을 낚아채며, 운정에게 말했다.

"그것이 중원의 술법이라는 건가? 전설쯤으로 치부했었는데 아직까지 소실되지 않았을 줄이야."

운정이 미소 지었다.

"소실되었다고 해도 과언은 아닐 거야. 그리고 아까 내가 한 의심은 사과할게. 뻔뻔하다고 생각하는 그 사고방식이 의심에 서부터 비롯되었을 수도 있다는 걸 인지하지 못했어."

"이해했다면 다행이군."

카이랄은 한근농을 바라보며 말했다.

"더 할 텐가?"

한근농은 주먹을 불끈 쥐더니, 운정을 돌아보며 말했다.

"이자와 더 대화하실 생각이십니까?"

운정이 고개를 끄덕였다.

"응."

"그렇다면 전 떠나겠습니다."

"그래, 어쩔 수 없지. 그렇게 해."

"……"

순순히 대답하는 운정의 말을 들은 한근농은 꿀 먹은 벙어 리가 되었다. 그의 입술이 몇 번이고 달싹였지만, 끝끝내 나오 는 말은 없었다. 그는 치욕스러운 기분을 드러내지 않으며 떨 어진 매화검을 집어 들었다. 그러나 그렇게 서서히 공터에서 멀 어지는 그의 어깨는 조금씩 떨리고 있었다.

처량하기까지 한 한근농의 뒷모습을 보며 카이랄이 운정에 게 물었다.

"안 붙잡나?"

운정은 한숨을 푹 내쉬며 하늘을 보았다.

"나를 지키려고 널 공격한 것이라면 붙잡았겠지."

"무슨 뜻이지? 그럼 왜 날 공격한 것인데?"

"아직도 내가 의심스러워서 그런 거야. 둘 중 누구를 택하나 보려고."

"아하."

"그의 믿음을 얻기 위해서 나는 최선을 다했어. 여기서 내가 더 할 수 있는 건 없어."

"과연, 그렇군. 하지만 나는 그가 싸움에서 패배하여 그 굴욕감 때문에 충동적으로 행동했다고 생각한다. 자신의 본심이 드러난 것에 대한 부끄러움도 한몫했을 것이고. 조금이라도 어른인 네가 따라가서 타일러야 하지 않겠어?"

"충동은 억압해 두었던 마음이 폭발하는 것이지, 없던 감정이 생겨나는 건 아니잖아? 이성적으로는 계속 아니라 했지만, 결국 속에서 고개를 드는 의심은 그도 어찌할 수 없었을 거야. 지금 그를 말린다고 달라지는 것 없다고 봐."

"……."

씁쓸한 표정을 한 운정은 땅에 있던 두루마리를 주워서 말기 시작했다.

"네 요구는 화산파 내부의 일을 알아봐 달라는 거겠지?"

카이랄은 운정이 한근농에 대해서 말하고 싶지 않다는 걸 눈치챘다.

그가 대답했다.

"처음 널 보았을 때는 혈맹의 신변을 지켜 달라는 것이었지. 하지만 일이 이렇게 된 이상 그것이 내 부탁이 될 것이다."

"부탁이라……."

"이름을 아는 자이니 부탁이지. 불가능하겠나?"

운정은 그 말에서 카이랄이 더 이상 그들의 관계를 단순한 이해관계로 생각하지 않는다는 것을 느꼈다.

운정은 느끼는 그대로를 설명했다. 그가 카이랄을 이해했다면, 카이랄도 그를 이해해야 하기 때문이다.

"솔직히 서로 통성명을 했다고 갑자기 둘도 없는 친우가 되는 건 어색한 일이야. 널 믿지 못하는 건 아니지만, 인간에게 있어 관계란 상대적이고 유동적인 거라고."

"그리고 변덕적이지. 차이점이야 충분히 이해한다. 그래서 내 부탁은 불가능하다는 건가?"

운정은 고개를 흔들었다.

"가능해. 근데 그럼 한 동생에겐 왜 같은 걸 요구한 거야?"

"그에게 먼저 부탁하면 네게는 같은 것을 부탁했다고 생각하지 않을 테니까."

"흐음, 정말 영리하네."

"하지만 이렇게 된 이상, 다 부질없는 짓이 되었군."

"……."

"그자는 못 믿어. 못 믿을 인간이다. 눈빛만 봐도, 아니, 냄새만 맡아도 믿지 못할 자라는 걸 알 수 있어."

운정은 답답하다는 듯 고개를 흔들었다.

"다들 똑같은 생각이네. 서로 못 믿겠다고."

"그렇다고 나만 믿으면 적에게 잡아먹힌다. 그게 진리지."

"……"

남요괴는 말없는 운정의 양손을 둘러보더니 말했다.

"아직 그 반지를 찾진 못했나 보군."

"응, 그렇지."

"흐음……"

그 말을 들으니 운정의 뇌리에 스치는 것이 있었다.

"그러고 보니 왜 여기 있는 거야? 여요괴를 보호하기 위해서 화산에 있었어야 하잖아."

남요괴는 고심하면서 중얼거리듯 대답했다.

"보고 후, 장로들의 요구로 무당산의 정기가 사라진 것을 확인했어야 했다. 중요한 사건이라 직접 해야 했어. 그리고 더 세븐(The Seven)도 회수해야 했지."

"더 세븐?"

"우리 세계에서 가장 강력한 일곱 가지의 마도구(魔道具)를 지칭하는 것이다. 그리고 그것의 소유자를 지칭하기도 하지."

운정은 나지오가 칠(七)이라고 말했던 것을 기억했다. 다만 나지오는 그것을 마도구가 아닌 마법사라고 했었다.

운정이 물었다.

"반지는 열 개잖아?"

"그 열 반지가 함께 묶여서 하나의 마도구로 여겨진다. 문 핑

거즈(Moon Fingers). 한어로 하면 월지(月指)겠군."

"월지라… 괜찮은 이름이야."

카이랄의 얼굴이 조금 어두워졌다.

"아쉽게도 월지를 착용하는 것 외에 그 보복 저주를 해결해 줄 방안은 아직 못 찾았어."

운정은 대수롭지 않게 대꾸했다.

"뭐, 상관없어. 딱히 실감도 안 나고."

"그런 의미에서 말해 주고 싶은 것이 있다."

"뭘?"

카이랄은 한쪽 방향을 턱짓으로 가리켰다.

"저쪽 방향에 네게 죽은 마법사의 세력으로 보이는 수상한 자들이 꽤 여럿 있었다. 내가 마주친 것만 세 번. 아마 그들도 월지를 찾으려는 것 같다. 네가 월지를 찾으려고 하다가 그들과 마주하게 되면 네게 저주의 냄새를 맡고 널 죽이려 들 것이다."

"그러니까 가지 마라?"

"가면 죽을 거야. 마법사의 시체로부터 월지를 회수하는 일은 내가 할게. 나라고 쉽지 않겠지만, 네 목숨과 일족의 임무가 달려 있다면 해야겠지. 네 저주를 해결할 수 있는 방안을 고안 할 때까진 네가 착용할 수 있도록 일족의 장로들도 내가 설득 하겠다."

운정은 요괴에게 있어 통성명의 의미가 무엇인지 정확히는 알 수 없었지만, 그가 온전히 그를 위해 행동하려 한다는 것은 깨달을 수 있었다. 그렇게 받아들인다면, 아까 전에 운정이 그에게 한 말은 충분히 화가 날 법한 것이다.

지금도 카이랄은 의심스러울 정도로 잘해 준다. 하지만 그것은 엄연히 인간의 기준. 운정은 그가 가진 순수한 마음 그대로를 지키기로 마음먹었다.

"그래 준다면야, 나야 고맙지. 나도 화산 내부의 상황을 내최선을 다해 알아봐 줄게."

"그러니, 내 말대로 그 화산의 고수를 다시 붙잡고 관계를 회복해라. 아무리 고수라고 하지만 이제 갓 이십쯤 된 것 같은데, 겉으로는 아닌 척하지만 그냥 애라고, 속은."

"나도 그 정도밖에 안 살았는데?"

"넌 달라."

"참 나."

"어서 가라."

운정은 피식 웃었다.

"역시 안 되겠어."

"뭐가?"

"너도 쉽지 않다며? 네가 죽으면 내 저주를 누가 해결해 주겠어?"

"마나의 재배열은 손가락 몇 번 튕기는 걸로도 가능하다. 그들이 널 보고 마음을 먹으면 침 한 번 삼킬 시간에 즉사야."

"그래서 내가 도움이 전혀 안 될 거라고 생각해?"

카이랄은 침묵했고, 운정은 치아가 보일 정도로 웃었다. 그러자 결국 카이랄이 한쪽 입꼬리를 올렸다.

"아니. 솔직히 되레 부탁하고 싶을 정도로 도움이 된다. 하지만 화산 내부의 정보를 알아봐 주는 것, 그리고 혹시 모를 변수로 인해 우리 둘 다 죽을 수 있다는 걸 감안하면 그래도 넌 다시 화산으로 가는 게 났다."

"어차피 한 동생과는 사이가 멀어져서 혼자 가야 하는데, 열흘 동안의 여정은 너무 적적하단 말이지. 일 끝내고 같이 가자고."

"……."

"불가능하나?"

운정은 카이랄의 말투를 똑같이 따라 했다. 카이랄은 그의 웃음 속에 담긴 강한 의지를 읽곤 고개를 한 번 끄덕이더니 말했다.

"너 말이다, 나중에 우리 세계로 꼭 와라."

"갑자기 무슨 말이야?"

카이랄은 류검과 단검을 집어 들어 품에 넣었다.

"우리 혈맹에게 가족을 소개해 줬다면서?"

"그랬었지."

"나도 우리 일족을 네게 소개해 주고 싶어졌다."

"하하하, 그래?"

"그래. 그럴 생각이 아니었다면, 내 이름을 알려 주지도 않았을 거야."

"……."

"따라와. 전투에 관한 거나 상황 등은 가는 길에 설명하지."

카이랄은 그렇게 말한 후 아까 그가 턱짓을 했던 방향으로 걸음을 걷기 시작했다.

운정은 잠시 잠깐, 한근농이 사라진 방향을 보았다. 그러나 곧 카이랄의 뒤를 쫓기 시작했다.

그의 발걸음은 너무나 가벼웠다.

『천마신교 낙양본부』 2권에 계속…

초대형 24시 만화방

신간 100%, 샤워실, 흡연실, 수면실(침대석), 커플석, 세탁기 완비

■ 광명 광명사거리역점 ■

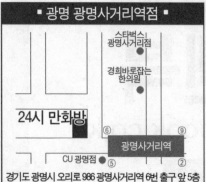

경기도 광명시 오리로 986 광명사거리역 6번 출구 앞 5층
02) 2625-9940 (솔목타워 5층)

■ 강북 노원역점 ■

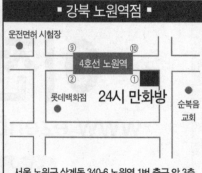

서울 노원구 상계동 340-6 노원역 1번 출구 앞 3층
02) 951-8324 (화용빌딩 3층)

■ 일산 정발산역점 ■

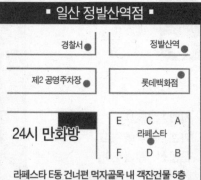

라페스타 E동 건너편 먹자골목 내 객잔건물 5층
031) 914-1957

■ 일산 화정역점 ■

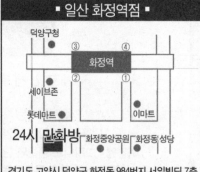

경기도 고양시 덕양구 화정동 984번지 서일빌딩 7층
031) 979-4874 (서일사우나 건물 7층)

■ 부천 역곡역점 ■

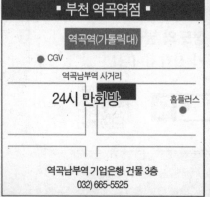

역곡남부역 기업은행 건물 3층
032) 665-5525

■ 부평역점 ■

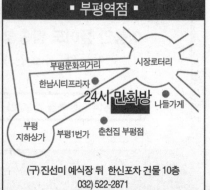

(구)진선미 예식장 뒤 한신포차 건물 10층
032) 522-2871

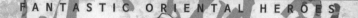

MODERN FANTASTIC STORY
김대산 현대 판타지 소설

강한
금강불괴 되다

가족의 사고 이후 죽지 못해 살아가던 청년 김강한.
우연히 한 여자를 구하게 되면서 새로운 세계와 만나다.

마음이 일어 행하지 못할 것이 없는 궁극의 경지?
외단(外丹)? 내단(內丹)? 금강불괴?

"이게 다 무슨 개 풀 뜯어 먹는 소리야?"

그러나 진짜다!
김강한, 마침내 금강불괴가 되다!